SUIT

Ancienne psychologue scolaire, BB Easton a décidé de quitter son emploi pour se consacrer à l'écriture. Ses romans, inspirés par son passé punk et sa vie sexuelle, ont été adaptés par Netflix en une série intitulée *Sex/Life*.

Paru au Livre de Poche :

SEX/LIFE
4 hommes en 44 chapitres
Speed
Skin
Star

BB EASTON

Suit

TRADUIT DE L'ANGLAIS (ÉTATS-UNIS) PAR ARNOLD PETIT

HACHETTE ROMANS

Titre original :
SUIT

Suit est une œuvre de fiction inspirée de personnages et d'événements tels qu'ils sont décrits dans l'autobiographie de BB Easton, *4 hommes en 44 chapitres.* Bien que de nombreuses situations décrites dans ce livre soient purement autobiographiques, certains personnages qui entourent BB ont vu leur nom et leurs caractéristiques physiques modifiés afin de préserver leur anonymat.

ISBN : 978-2-253-26283-1 – 1re publication LGF

À Ken, ce bel enfoiré.

Introduction

Je vais être franche : quand j'ai décidé d'adapter en quatre romans mon autobiographie, *4 hommes en 44 chapitres*, et de consacrer un tome à chacun de ces hommes, je ne savais vraiment pas où j'avais la tête. Comment ai-je pu croire que ce serait une bonne idée ? Les trois premiers romans se terminent par une rupture ; quant au dernier, celui que vous tenez entre les mains, il parle de l'homme le plus barbant de toute l'Amérique.

En plus, il le sait. Quand j'ai dit à Ken que j'aurais besoin de son aide afin de trouver des idées pour cet ouvrage, il m'a ri au nez – vous vous rendez compte ? – et il a dit : « Bon courage. Je suis chiant comme la pluie. »

Merci, Ducon. Je suis au courant.

Que dois-je faire, dans ce cas ?

Il faut bien que je vous parle de *quelque chose.*

De mariage ? De bébés ? C'est pour ça que vous êtes là ? Pour une fin de conte de fées ? Vous voulez savoir comment cette timbrée de BB, une sale morveuse pourrie-gâtée aux cheveux roses, est tombée amoureuse d'un type exaspérant, avec autant d'émotions qu'une poupée Ken ? Bon… D'accord, je vais tout vous raconter. Mais n'allez pas vous plaindre si vous trouvez ça ennuyeux.

Plaignez-vous-en à Ken.

Moi, je le fais tout le temps.

PARTIE 1

Chapitre 1

28 janvier 2001

J'avais beau être assise sur le luxueux canapé en cuir de Jason, mon esprit, lui, se trouvait dans l'appartement vide de l'autre côté du parking. Mon ancien chez-moi. Un lieu où je vivais avec mon ex, Hans la rock star, jusqu'à ce que je le surprenne au lit avec une de mes meilleures amies. Un endroit que j'avais saccagé en partant, embarquant tout ce qui n'était pas cloué au sol.

Bon d'accord, il se peut que j'aie arraché quelques trucs au passage.

Cette rupture infernale remontait à six semaines et, même si je ne me sentais pas encore prête à retourner sur les lieux de l'un des pires événements de toute ma vie, Jason, mon ami et ex-voisin, organisait une soirée Super Bowl et j'avais grand besoin d'un verre.

Jason vivait dans une des nouvelles résidences de luxe de Midtown Village, où il avait un appartement plus grand, plus récent et plus classe. Dans le mien, les surfaces étaient en formica et les fourmis m'envahissaient comme si c'était l'Apocalypse. Pendant les mois que j'avais passés à faire les cent pas sur le sol de vinyle à attendre des nouvelles de mon petit copain introuvable, l'appartement de Jason était devenu comme ma seconde maison. Ses amis étaient devenus mes amis. Et, quitte à faire la gueule, autant troquer mon appartement vide contre son canapé moelleux en cuir italien – fréquenté par des ados buveurs de bière, des adultes pros du whisky double malt et même un certain type accro au Gatorade.

Jason se laissa tomber près de moi et passa son bras par-dessus mon épaule. Il sentait l'après-rasage de luxe et, lorsqu'il posa sa cheville gauche sur son genou droit, son pantalon se froissa à peine.

— Tu m'as manqué, meuf.

Jason n'avait que trois ans de plus que moi mais il gagnait déjà un salaire à six chiffres par an dans une boîte d'informatique et il occupait ses week-ends en vendant de la drogue récréative – pour « gonfler le capital de sa start-up », disait-il. Quant à moi, j'étais une étudiante sans le sou, continuant à se balader en marcel et tee-shirt comme si les années 1990 n'avaient pas pris fin depuis un an, employée à mi-temps chez Macy's et infoutue de se prendre suffisamment en main pour garder une coupe de cheveux décente. Ces dernières semaines, pendant que je tâchais de ne pas tomber en dépression nerveuse, les cheveux blonds et courts qui faisaient autrefois ma fierté avaient commencé à former une masse moutonneuse ressemblant à s'y méprendre à un champignon de deux tonnes.

— Je sais, mec, répondis-je. Tu m'as manqué aussi. Merci de m'avoir invitée.

— Merci d'être venue. Je pensais qu'il faudrait un bon Dieu de miracle pour que tu acceptes de venir.

Je gloussai.

— Tu peux pas dire « bon Dieu » et « miracle » dans la même phrase. Putain, c'est insensé !

— C'est *toi* l'insensée, répliqua Jason en secouant la tête.

— Ouch, dans ma face !

Je levai les yeux au ciel et Jason vida son verre d'une traite.

— Je vais me resservir un truc, dit-il. Je t'apporte à boire ?

— Non, je suis bien, répondis-je en sirotant le verre de Johnnie Walker qu'il m'avait servi – du rouge, du bleu, du noir, je ne sais plus de quelle couleur c'était.

J'étais partie pour passer une longue nuit devant la télé, à prétendre m'y connaître en football et à repousser les avances de ses potes bobos, quand quelque chose attira mon attention.

Non, pas quelque chose.

Quelqu'un.

Le temps ralentit.

Une machine à vent invisible reprit vie.

Et le nouvel invité de Jason entra dans l'appartement avec toute la grâce d'un dieu grec.

Ou d'un ange déchu, si l'on considérait sa tenue.

Le mystérieux invité était grand, mince et vêtu de noir des pieds à la tête.

Dans l'entrée, il ôta son manteau en laine et le posa soigneusement sur le dossier d'une chaise. Il remonta au-dessus des coudes les manches de sa chemise, révélant deux avant-bras bien dessinés. Elle était boutonnée jusqu'au cou et passée à l'intérieur d'un pantalon à l'aspect doux, pas empesé, et qui tombait nonchalamment sur ses hanches. Puis, lorsqu'il se retourna, marchant vers le salon comme s'il planait, il porta la main à son col et ajusta une fine et élégante cravate. Au-dessus de cette cravate, j'eus le plaisir de découvrir une mâchoire aussi volontaire que celle de Captain America, des pommettes interminables et des cheveux courts et bruns rebiquant naturellement vers le haut.

Il avait l'air d'un *bad boy*, mais avec une situation et un corps de rêve. Or j'avais grand besoin de l'une ou de l'autre de ces deux choses.

Je mis fin à mes apitoiements, j'essuyai la bave d'envie qui me coulait sur le menton et j'échafaudai un plan. Soit je tombais à ses pieds en faisant semblant d'avoir une attaque, soit je simulais un étouffement dans l'espoir qu'il me fasse du bouche-à-bouche. Dans les deux cas, le résultat était garanti. Il penserait m'avoir sauvé la vie et un lien indéfectible se formerait aussitôt entre nous.

Je m'apprêtais à mettre mon plan à exécution lorsque Allen, un des habitués des soirées de Jason, éleva la voix :

— Ken !

Je fis volte-face.

Ken ?

Je l'aurais su si Ken était présent à la fête. Ken, c'était mon accro au Gatorade, toujours sapé sport, un M. Je-sais-tout qui m'aidait à réviser, et plutôt mignon si on aime les sportifs propres sur eux – pas du tout mon type, donc. Impossible qu'il soit…

Bouche bée, je regardai Allen se précipiter dans le salon, sa coupe au bol et ses grosses lunettes bondissant sur sa tête alors qu'il s'élançait tout droit vers le nouvel arrivant, les bras tendus en avant.

— Dans mes bras, mon pote !

Avec un air moqueur, le Mark McGrath[1] en costard esquiva *in extremis* et sans effort la violente tentative de plaquage de son robuste camarade à quatre yeux qui faillit se vautrer sur la table basse.

Oh, putain de bon Dieu ! C'est bien Ken !

Soudain, je ne sus plus ni comment me comporter ni quoi faire. Ken était un pote. Un simple « Quoi d'neuf ? » aurait suffi, mais je restai plantée là, cachée à la vue de tous, dans l'attente d'un peu de *kennitude.*

Il venait d'éviter un contact humain avec l'adresse d'un ninja.

Voilà qui est typique de Ken.

Il se rendit à la cuisine et se servit une Gatorade dans le frigo.

Du Ken tout craché.

Puis cet enfoiré tout droit sorti d'une page de *GQ Magazine* se retourna, porta son regard à l'autre bout du salon… et m'adressa un sourire suffisant.

Du Ken à l'état pur.

Des cœurs plein les yeux, je me penchai en avant et me rappelai soudain que j'étais censée faire quelque chose… Sourire, par exemple.

Comme il n'y avait plus de place pour lui sur le canapé, mon premier réflexe fut de me lever. C'était décidé : j'allais le rejoindre et lui parler. Ce n'était pas la mer à boire, pas vrai ? Ce n'était qu'un pote.

Une fois debout, je fis trois grandes enjambées dans

1. Chanteur du groupe Sugar Ray.

sa direction avant que la panique ne me fasse bifurquer sur la droite, vers la porte menant au balcon. Je me retrouvai donc dehors en plein mois de janvier. Sans blouson.

Comme une conne.

L'ambiance était totalement différente à l'extérieur. Des éclairages de fête pendaient du plafond et les enceintes de la sono de Jason étaient branchées à fond sur la radio de rock alternatif locale. Dans l'appartement, tout n'était que lumières brillantes, cacophonie, chaleur et chaos tandis qu'ici tout était sombre, froid, silencieux et mélodique. Au son des dernières notes d'un titre maussade de Linkin Park, je m'installai sur la causeuse, piochai une cigarette dans mon paquet et profitai autant que possible de l'instant tout en mourant lentement d'hypothermie.

L'instant ne dura pas. À peine trois secondes après le début du morceau suivant, j'eus envie de sauter du balcon. Être en train de me les geler, le regard fixé de l'autre côté du parking vers mon ancien appartement, où toute ma vie était partie en couille, ne suffisait pas à l'univers, qui avait trouvé tordante l'idée d'ajouter à mon supplice le morceau *Falling Star*, des Phantom Limb – une chanson que Hans avait écrite pour moi au début de notre relation.

C'était leur premier titre à avoir été diffusé à la radio. L'album s'était mal vendu et le label s'était séparé du groupe peu après notre rupture. Ce qui n'empêchait pas les radios du coin de diffuser *Falling Star* toutes les heures.

N'ayant nulle part où aller, je poussai un soupir résigné.

J'écoutais les paroles en y prêtant vraiment attention, et ce fut comme si je découvrais la chanson pour la toute première fois. Je ne me sentis pas triste. Au contraire, je me mis à glousser. Puis j'éclatai de rire. Je dus plaquer la main sur ma bouche pour pouvoir entendre la suite.

Contrairement à ce que je m'étais imaginé, *Falling Star* n'était pas du tout un conte épique traitant d'inexorable destinée et d'amour véritable, mais l'histoire d'une fille amenée à faire de plus grandes choses que son amant. Il veut l'empêcher de s'accomplir, mais elle finit par exploser avec toute la force d'une supernova et le réduit en poussière.

— Tu aimes cette chanson ?

La main toujours sur la bouche, je sursautai et me retournai pour découvrir Mark McKen en train de refermer la porte du balcon derrière lui. Il portait son manteau et avait apporté le mien.

Un sourire fendit mon visage. Qu'est-ce qui me rendait aussi heureuse : Ken ou mon manteau ?

Il me tendit ma veste et demanda :

— Un peu gnian-gnian, tu ne trouves pas ?

J'explosai de rire tout en me drapant de ma veste comme d'une couverture.

— Plus gnian-gnian, tu crèves ! répondis-je en caquetant.

Je me décalai sur le côté pour que Ken puisse s'asseoir mais il battit en retraite à l'autre bout du balcon.

Comme toujours, il gardait ses distances.

— Alors, c'est quoi ton groupe préféré ? demandai-je en tirant sur ma cigarette au mépris des engelures qui pourraient me coûter les doigts.

Ken répondit du tac au tac :

— Sublime.

Pitié.

— Sublime ? Arrête tes conneries.

— Tu as quoi contre Sublime ?

Il est sérieux, en plus ?

— Rien ! dis-je en ravalant mes paroles. Ils sont top.

Le sourcil levé, Ken s'adossa à la rambarde du balcon, ravi de me voir me tortiller.

J'étais moi-même ravie qu'il aime me voir me tortiller.

— Alors, quel est le problème ? demanda-t-il.

— Bah, leurs chansons ne parlent que de beuh et d'alcooliques de quarante ans.

— Et de prostitution infantile aussi, ajouta-t-il d'une voix neutre.

Je ricanai.

— Ah oui, *Wrong Way*. Comment ai-je pu oublier cette chanson ?

— Je me le demande. C'est quand même la meilleure chanson du monde.

Déconcentrée par son apparence, je changeai de sujet :

— Au fait, j'adore tes fringues. Pourquoi tu t'es fait tout beau ?

Nom de Dieu, j'espère que c'était moins flippant que ça en avait l'air.

— J'ai dû aller bosser. D'habitude, je ne travaille pas le dimanche mais certains connards parmi mes collègues se sont décommandés pour cause de Super Bowl, alors il a bien fallu que je me dévoue.

— Être le boss, ça n'a pas que des avantages, pas vrai ?

Ken gérait un cinéma, mais jamais il ne m'avait proposé d'entrer voir un film gratuitement. Tout ça parce que je l'avais traité de connard. *Une fois*.

Ken prit l'air moqueur.

— Ouais, surtout quand tous tes employés sont des putains d'ados. Mais ne te vexe pas.

— Cause toujours, raillai-je. Ça fait des mois que je ne suis plus une ado.

Je pris un des coussins de la causeuse et le lui balançai dans la tronche. Je visais très mal, mais Ken attrapa le projectile juste avant qu'il ne passe par-dessus la rambarde. Cela ne lui avait demandé aucun effort, il aurait même pu le rattraper en dormant. Avec un sourire, Ken rabattit son bras en arrière, comme s'il était sur le point de contre-attaquer, mais dès que je me cachai le visage en couinant il déposa délicatement le coussin sur mes genoux.

Quel connard.

Tandis que je baissais les mains, je m'apprêtais à lui décocher un regard meurtrier du genre « va crever », mais une des commissures de mes lèvres refusa d'obtempérer. Elle allait vers le haut plutôt que vers le bas.

Tâchant de ne pas avoir l'air impressionnée par ses réflexes d'ex-star de l'équipe de football, je levai les yeux au ciel.

— Avec des réflexes pareils, tu devrais t'inscrire au Cirque du Soleil. Comme ça, au moins, tu n'aurais plus à bosser avec des *ados*.

— Non, mais je bosserais avec des saltimbanques

qui ne parlent même pas l'anglais, lança-t-il d'une voix pleine d'ironie.

— Euh, pardon ? Ces gens sont des *artistes*, monsieur !

Pendant une minute, Ken me dévisagea avec un demi-sourire, puis il demanda :

— Tu les as déjà vus ?

— Quoi ? Le Cirque du Soleil ? dis-je en entendant ma propre voix monter dans les aigus. Oh, mon Dieu, mais c'est l'endroit que je préfère au monde. J'y passe ma vie et je m'y sens… je sais pas… stupide ? Pas créative ? Ils sont si imaginatifs et tous ces trucs qu'ils font, c'est… Waouh ! Tu y es déjà allé ?

Amusé par mon côté groupie, Ken m'observa un moment puis secoua la tête.

Je poussai une exclamation. Une grosse exclamation.

— Mon Dieu, Ken, tu adorerais ça ! Toi qui aimes l'art, la musique, l'Europe… Enfin, normal que tu ne les aimes pas, tu n'aimes rien, mais…

Ma petite pique habituelle le fit sourire. C'était de l'humour déguisé. Cet enfoiré n'avait aucune passion, à part celle d'éviter à tout prix de s'amuser.

— C'est tout ça à la fois mais en mieux, repris-je. Ils passent ici chaque printemps. Tu devrais vraiment y aller !

— OK, je passerai voir, dit-il avec une expression qui suggérait qu'il n'en ferait rien.

Le Johnnie Walker qui coulait dans mes veines se fit entendre :

— Oh, bon Dieu, Ken ! Avoue : tu ne veux pas y aller parce qu'il faut dépenser du fric ! dis-je en le désignant avec le bout rougeoyant de ma cigarette.

Ken éclata de rire, d'un rire sincère que j'étais fière d'avoir provoqué. J'eus envie de le brandir au-dessus de ma tête comme un trophée.

— J'oubliais que je m'adressais à une future psychanalyste, ricana-t-il.

— Écoute bien, mon petit père, tu iras même si je dois te payer l'entrée en personne.

— OK.

— OK.

Hein ? Quoi ?

Un étrange silence plana au-dessus de nous au moment où débutaient les premières notes de *With Arms Wide Open*, du groupe Creed[1].

Je bondis sur mes pieds.

— Tiens, vu qu'on parle de rock stars gniangnian… Amène-toi. Je ne peux pas blairer ce groupe.

J'avançai vers Ken, je balançai ma cigarette dans le parking et je l'attrapai par le revers de son manteau en laine ; jamais je n'aurais cru qu'il m'autoriserait un contact physique aussi rapproché.

Ken me suivit sans broncher à l'intérieur de l'appartement et je pris note pour moi-même : *Mal à l'aise avec les accolades mais ne voit pas d'inconvénient à ce qu'on le traîne comme un petit toutou. Intéressant.*

Une fois que nous fûmes à l'intérieur, Jason se rua aussitôt dans notre direction, comme s'il y avait le feu. Il s'arrêta en face de nous en haletant.

— Ken, mec ! C'est quoi ton nom de famille ?

Drôle de question, et elle sortait de nulle part, mais

1. Groupe de rock fondé en Floride en 1995.

à peine Jason l'avait-il prononcée que je brûlais moi aussi de connaître la réponse. Chaque cellule de mon corps se pencha, tout ouïe, comme si Ken s'apprêtait à nous confier les numéros gagnants du loto. Comme s'il venait de découvrir la recette miracle de la bière sans calories. Comme si le prochain mot qui allait sortir de sa bouche, même moche, imprononçable ou dénué de voyelles, était amené un jour à devenir mon nom de famille.

— Easton, répondit-il.

Easton. Ça me plaît.

Chapitre 2

— Alors, comment c'était, de retourner chez Jason ? Bizarre ?

Juliet, ma meilleure amie depuis le collège, était assise près de moi sur l'une des chaises d'un salon de coiffure. La moitié de ses cheveux donnait l'impression qu'elle avait mis les doigts dans une prise électrique, tandis que l'autre moitié était déjà coiffée en longues et fines tresses. Elle m'avait appâtée en me proposant une séance de relooking mais, maintenant que nous y étions, personne ne savait quoi faire de la frisée aux lardons qui me servait de chevelure.

Avec un petit mouvement de son poignet cerclé de bracelets, le coiffeur élégant et élancé qui était dans mon dos fit une suggestion :

— Et si on faisait une coupe courte ?

Avec un soupir, je lançai un regard au reflet du pauvre bougre qui s'occupait de mon cas.

— J'en avais déjà une avant, lui dis-je. Maintenant qu'ils ont pris un peu de longueur, j'ai envie d'un truc nouveau.

Son visage se décomposa.

Juliet se tourna vers lui, la main sur le côté du visage.

— Rupture difficile, lui murmura-t-elle, assez fort pour que tout le salon entende.

Le coiffeur m'adressa un clin d'œil.

— N'en dites pas plus. La coupe de la revanche. J'adore ça !

Me rappelant la question de Juliet, je me tournai vers elle pour lui répondre :

— Ouais, ça m'a fait super bizarre d'aller chez Jason… et surtout de revoir mon ancien appartement. Puis Ken s'est pointé, alors…

— Je sais, nous interrompit le styliste qui empoigna ma chevelure à deux mains. Vous voyez Gwyneth Paltrow dans *Pile et Face*[1] ? Pourquoi pas quelque chose dans ce genre ?

Il tira sur mes cheveux et reprit :

— On couperait tout ça et on vous ferait une longue et belle frange sur le côté.

— J'ai déjà eu cette coupe-là aussi, dis-je en haussant les épaules. Pour une fois, j'aimerais bien *garder* ma longueur.

Ma requête fit grimacer André – je ne connaissais pas son nom mais il avait une tête à s'appeler André.

La visagiste chargée de Juliet fit une suggestion :

— Vous devriez partir sur quelque chose de plus sombre.

Juliet fit osciller ses dreadlocks naturellement hirsutes, fraîchement teintes en violet rougeâtre.

— Oh, j'adore ta couleur ! la complimentai-je.

— Je sais ! s'exclama André, comme sous le coup d'une illumination. Du bordeaux ! Ça s'accordera par-

1. *Sliding Doors* : film de 1998 réalisé par Peter Howitt.

faitement avec votre peau de rouquine. Je vois ça d'ici : on lisse vos cheveux et on fait un joli carré plongeant. Ça fera très agent secret sexy.

Juliet se mit à ricaner.

— Je doute que ses cheveux acceptent de se *lisser*.

— Oh, ils feront ce que je leur dis de faire, ma biche !

Je regardai tour à tour les deux coiffeurs et haussai les épaules.

— D'accord.

André s'absenta pour préparer la couleur et Juliet m'adressa un sourire complice.

— Quoi ? demandai-je.

— Tu l'as appelé Ken.

— Et ? C'est son prénom.

— Avant, tu l'appelais Pyjama Man.

— Seulement à l'époque où il se baladait tout le temps en pyjama.

Juliet pouffa par le nez.

— C'étaient des fringues de sport, bouffonne !

Jason était comme le frère que je n'avais jamais eu ; Juliet, elle, aurait pu être ma méchante grande sœur.

Je croisai obstinément les bras.

— On s'en fout. Moi aussi, j'ai des joggings à cordon. Je les ai trouvés chez Target au rayon pyjamas. Parce que devine quoi ? Ce sont des *putain de pyjamas* !

La coiffeuse de Juliet se mit à ricaner avec elle.

— Alors, s'il n'est plus Pyjama Man, avec quoi s'habille-t-il, maintenant ?

Je soufflai exagérément et fixai le miroir, implorant

André par télépathie de se dépêcher de finir la teinture.

— Je sais pas, répondis-je. Pas un pyjama, en tout cas. Juste… une cravate.

En l'espace d'un instant, l'expression de Juliet passa d'amusée à décontenancée.

— Une cravate ? Depuis quand tu kiffes les mecs à cravate, toi ? Tu ne jures que par les gars qui ont l'air de dépouiller les types à cravate. *Avec des flingues !*

Je ris, mais ce fut bien malgré moi.

— Je sais, je sais, d'accord ? Mais si tu l'avais vu ! C'était pas un simple costard, il était… Je ne sais pas… un peu entre les deux.

— Oh, mon Dieu.

— Quoi ?

— T'as qu'à en faire ton mec de transition !

— Ken ? Non. C'est pas du tout mon type de mec. Il ne fume pas, il ne boit pas, il n'est pas tatoué, que dalle. Il n'a même probablement jamais été arrêté de sa vie.

La coiffeuse de Juliet ricana à nouveau.

— Toi, ma fille, il te faut un nouveau type de jules !

— Ce qu'il lui faut, c'est un mec de transition, précisa Juliet en levant la tête vers elle. Le meilleur moyen de se remettre d'un mec, c'est d'en trouver un autre. Tout le monde sait ça.

— Et une nouvelle coupe aussi ! lança André, de retour avec un récipient de boue violette, avant de mettre brusquement fin à notre conversation en tirant ma chaise loin de Juliet.

Pendant qu'il pratiquait sa magie sur mes cheveux, je songeais à Ken sans arrêt. Je devais bien admettre que la seule fois où je ne m'étais pas rejoué les six semaines qui avaient suivi ma traumatisante rupture avec Hans, c'était la veille au soir, en sa compagnie.

Mais pouvais-je décemment sortir avec lui ? Sérieusement, c'était *Pyjama Man* ! Nous n'avions rien en commun. En plus, je le connaissais à peine. D'accord, je savais qui étaient ses amis, où il bossait, qu'on avait fréquenté le même lycée et aussi qu'il avait quitté l'équipe de football parce qu'il ne supportait pas de se faire enguirlander par les entraîneurs. Je savais aussi qu'il avait parcouru l'Europe en randonnée, qu'il avait déjà visité tous les musées que je comptais voir avant de mourir et que, lorsque je lui avais demandé de m'aider à réviser mes partiels du premier semestre, j'avais réalisé qu'il en savait un bout sur l'histoire de l'art et l'Égypte ancienne. Et j'étais aussi *on ne peut plus consciente* que Kenneth Easton ne buvait pas d'alcool, ne fumait pas et ne consommait aucune drogue. Il ne mangeait pas non plus de chocolat, ne célébrait aucune fête et ne participait pas aux anniversaires. Il refusait les câlins, la sociabilité et même de dire « à tes souhaits » après un éternuement, car monsieur ne croyait en rien, surtout pas à la réalisation des vœux.

Mais alors, pourquoi m'obsédait-il autant ?

Trois heures plus tard, Juliet sortit de chez le coiffeur avec de belles dreads noires et serrées. Quant à moi, j'avais un carré plongeant bordeaux. Et, vu le nombre de produits chimiques qu'il avait fallu employer pour dompter le volume de mes tifs, j'étais prête à parier que tout le personnel du salon devait être en train de mourir d'un cancer.

Sur le parking, Juliet et moi nous fîmes un câlin d'adieu et chacune repartit à bord de sa propre voiture – moi dans une Mustang noire vieille de dix ans, dans laquelle j'avais disputé des courses clandestines avant même que j'aie l'âge légal de m'acheter des clopes, et elle dans un minivan d'occasion offert par sa mère, juste après que Juliet fut tombée enceinte à seize ans de son ex, un dealer notoire.

Ah, c'était le bon temps !

À présent, nous n'étions plus que deux bonnes femmes stressées et célibataires passant tout leur temps libre à se démener pour finir leurs études.

Au moins, on avait de belles coupes de cheveux.

Nous quittâmes le parking en même temps, avec le même sourire sur le visage et une Camel Light coincée entre nos doigts. Une fois sur la route, Juliet tourna sur la droite et retourna chez sa mère, où elle vivait avec son fils de deux ans et demi. Je tournai à gauche, reprenant le chemin de la fumerie d'opium que mes parents appelaient leur maison.

Au fur et à mesure des kilomètres, je sentis la dépression que j'affrontais depuis ma séparation d'avec Hans commencer à ronger les remparts de ma conscience.

Regardez notre BB, se gaussa-t-elle. *Toute pimpante, sans aucun endroit où aller se faire reluquer.*

J'allumai la radio.

Autant balancer l'argent par les fenêtres.

Je changeai de station, passant de la pop à une radio diffusant du hard rock.

Dis-moi : pour qui tu t'es faite si jolie ?

Je montai le son.

Pour tes vieux ? À part eux, tu ne verras personne ce soir.

Tandis que j'hésitais entre mettre le volume à fond et arracher le volant, le cosmos m'envoya un signe par l'intermédiaire d'une pub radio :

— *Le célèbre Cirque du Soleil annonce son grand retour à Atlanta ! Le fameux grand chapiteau bleu et jaune se dressera au printemps prochain pour accueillir son nouveau spectacle,* Varekaï. *Au fond des bois, au sommet d'un volcan, il existe un monde extraordinaire, un monde où tout est possible. Ce monde s'appelle… Varekaï. Première le 8 mars prochain. Réservez vos billets dès maintenant.*

Avant d'avoir pu établir un plan d'action ou même d'y songer, je piochai mon téléphone portable dans mon sac à main et le calai contre mon oreille. Jason répondit dès la première sonnerie :

— Hé, BB, quoi de n…

— Jason ! J'ai besoin que tu appelles Ken immédiatement et que tu lui donnes mon numéro ! Dis-lui que je l'emmène au Cirque du Soleil !

*

— Oh, mon Dieu, tes cheveux !

À peine avais-je posé un pied dans la maison que maman poussa un hurlement. D'un geste de la main, elle m'invita à la rejoindre dans la cuisine où elle entreprit de palper et lisser mon nouveau carré plongeant.

— Ils sont si beaux, si brillants, si lisses ! Promets-moi de ne plus jamais les raser !

J'éclatai de rire.

— Si je peux les garder en l'état, alors c'est promis !

J'entendais mon père au salon qui jouait du Jimi Hendrix sur l'une de ses Fender Stratocaster. La musique s'interrompit et il fit part de son appréciation :

— Ça te va super bien, Scooter !

Il avait dû me voir arriver.

— Merci, papa !

Je déposai mon sac à main sur le comptoir – un genre d'agglomérat branlant et cauchemardesque de planches blanches que ma maman avait acheté chez K-Mart. Avec les tabourets branlants assortis.

— Oh, c'est joli ça, m'exclamai-je devant un vase de lys orientaux posé sur le plan de travail. Quand les as-tu…

— C'est de la part d'Hans, s'empressa-t-elle de préciser.

Sa voix était tombée d'une octave et, en entendant ce nom, je tombai des nues.

Je lui adressai un regard à faire fondre un pare-chocs, saisis à deux mains le vase en cristal et marchai jusqu'à la poubelle, dont j'ouvris le couvercle en pressant la pédale.

Maman m'arracha *in extremis* le vase des mains.

— Non ! Ils sont si jolis ! Laisse-moi les porter à l'école, au moins. Je pourrais peut-être m'en servir comme modèle pour nature morte avant qu'ils ne fanent. Les gosses vont les adorer !

Avec un soupir, je levai le pied et laissai retomber le couvercle.

— Très bien.

— Mon bébé…

Soudain, mon portable se mit à chanter dans mon sac : *didilidilidilidili !*

Mon cœur manqua un battement et je m'emparai vivement de mon sac sur le comptoir avant d'y farfouiller, à la recherche de mon petit Nokia étincelant.

Didilidilidilidili !

Je trouvai enfin l'engin et lus le nom de mon interlocuteur. Pour la seconde fois en moins de deux minutes, je tombai des nues.

Je fis taire le portable et le remis dans mon sac. Hans qui m'envoyait des fleurs, Knight qui me harcelait au téléphone… Il ne manquait plus que Harley sorte de prison et le trio infernal serait au complet.

Je levai les yeux vers maman et, tout en espérant qu'elle lirait dans mon regard « non, maman, je n'ai pas envoyé Ronald McKnight sur ma messagerie », je tentai de me rappeler le sujet de notre conversation.

— C'était lui, pas vrai ?

— Qui ? demandai-je avec un sourire innocent.

— Tu sais très bien de qui je parle.

Elle se refusait même à prononcer son nom. Comme si Knight était un être si maléfique que le simple fait de le mentionner allait le faire surgir du néant, tel un démon ou un fantôme.

Maman reprit :

— Quand vas-tu te décider à changer de numéro de téléphone ?

— Maman, dis-je d'une voix assurée. Tout va bien. Je ne réponds pas à ses appels.

Plus maintenant.

— Non, ça ne va pas. Je l'ai encore vu la semaine dernière sur sa moto, garé dans l'impasse. Il fixait la maison ! dit-elle avec un geste de la main en direction de la porte d'entrée. Tu sais, ton père et moi avons vu un épisode de *Deadline*[1] l'autre jour, à propos d'un type de ce genre. On les appelle des rôdeurs... non... des *harceleurs* ! Dans le reportage, ils disaient qu'ils sont dangereux, qu'ils n'ont aucune limite et ne reculent devant rien pour obtenir ce qu'ils veulent !

Je réprimai à grand-peine un franc éclat de rire. Si seulement elle avait su ! J'avais passé un quart de ma vie à être terrorisée par Knight. À seulement quinze ans, il m'avait isolée de mes amis, il menaçait quiconque osait venir me parler, il m'avait initiée au bondage, à la scarification et il sautait sur la moindre occasion de me rabaisser ou de m'intimider. Puis il m'avait brisé le cœur en s'enrôlant dans les Marines. J'avais eu droit à de brefs sursis lors de ses deux escapades sur le terrain mais, chaque fois, il en était revenu plus agressif et instable que la précédente.

Son nouveau passe-temps favori consistait à laisser sans raison sur mon portable des messages furieux où il m'insultait à loisir. Mais peu importait que les choses aient dégénéré à ce point, je ne pouvais pas changer de numéro... C'était au-dessus de mes forces.

Knight n'était pas un harceleur.

Il était pire que cela.

C'était mon premier amour.

---

1. Émission d'information américaine diffusée sur NBC depuis 1992.

Ma mère ouvrit le tiroir à bazar de la cuisine et y prit un objet. Elle se retourna et me présenta un petit boîtier noir relié à un porte-clés.

— Tiens, dit-elle.

Je pris le boîtier en forme de cartouche en faisant courir le bout de mes doigts par-dessus le mot inscrit sur la lanière en cuir qui permettait de le tenir : Mace[1].

— Ton père voulait te donner un de ses flingues, mais je crois qu'il faut que tu aies vingt et un ans pour avoir un permis de port d'arme, alors… peut-être plus tard ?

Je levai les yeux au ciel et fourrai la bombe au poivre dans mon sac.

— Maman, il est hors de question que je prenne un flingue !

— Nous nous sentirions bien mieux en te sachant armée. Regarde-toi : même un sac en papier mouillé aurait ta peau.

Et c'est reparti.

— Ouais bon, merci pour le spray. Je monte.

Je pris mon sac, décidée à prendre la tangente avant que le sujet de mon poids – ou de mon manque de poids – ne revienne sur le tapis. C'était toujours la même rengaine. Ces conversations se terminaient toujours pareil.

— Tu as mangé quelque chose aujourd'hui, BB ?

— Ouais, ouais, mentis-je en marchant à reculons vers la porte.

— C'est bien.

Puis, alors que je me retournais et montais à l'étage

1. Une marque de bombes au poivre.

pratiquement au pas de course, maman me héla depuis la cuisine :

— Et emporte cette bombe au poivre quand tu vas en cours ! En ville, on dénombre quatorze agressions par jour !

Chapitre 3

Cette nuit-là, je rêvai de cirque, de chapiteau, d'acrobates et d'un mystérieux prince tout de noir vêtu. Il portait un masque afin de pouvoir évoluer parmi les gens sans être reconnu, mais je savais que c'était lui. Je le suivis jusque sous le grand chapiteau, faisant craquer sous mes pieds des grains de pop-corn et des coques de cacahuètes.

Chaque fois que je parvenais à apercevoir son intense regard bleu océan derrière l'épaisse bande de tissu noir qui dissimulait son visage, il disparaissait aussitôt dans la foule. Je le découvris enfin, debout dans l'ombre près de la piste couverte de sciure et, alors que j'étais à deux doigts de lui retirer son masque, un clown surgit dans mon dos pour m'attraper. Il plaqua sa paume moite contre ma bouche et me tira en arrière avec un ricanement, loin de mon prince. Je luttai avec lui, flanquai des coups de coude et battis frénétiquement des pieds, mais en vain. Il était trop fort et moi trop légère.

Trop légère. C'est ce que les docteurs avaient dit.

Tandis que le clown replet me trimballait sur son épaule jusqu'à la piste, une parade de danseurs en blouses et masques blancs formèrent une ligne en me faisant coucou avec leurs doigts.

Ce fut alors qu'un chapelet de sonneries digitales retentirent, me tirant d'un cauchemar pour me précipiter dans un autre.

Didilidilidilidili !

J'avais eu beau sélectionner la sonnerie la plus gaie possible, rien à faire. Le son de ce portable frappait toujours mon cerveau avec la puissance d'une bombe nucléaire.

J'ouvris les paupières et je plissai les yeux pour déchiffrer l'heure sur le réveil de ma table de nuit. Minuit passé.

Fait chier.

Il n'y avait que Knight pour m'appeler à une heure pareille. La plupart du temps, c'était après avoir été viré d'un bar pour avoir tenté, dans un accès de rage, de zigouiller un mec à coups de tesson de bouteille. Je ne lui parlerai pas dans cet état. Je ne lui parlerai plus du tout. Pas parce qu'il était irrationnel et colérique, mais parce que je connaissais la raison de ce comportement.

Une raison que j'étais la seule à connaître.

Je pris le portable vibrant dans ma main et traversai la chambre de gosse, éclairant mon chemin avec la sinistre lueur verte projetée par l'écran. J'ignorais pourquoi, mais bien qu'à moitié consciente je sentais la présence de Knight, la senteur musquée de son eau de toilette à la cannelle et toute la chaleur de sa colère qui irradiait de son corps massif. Avant même d'ouvrir mes rideaux colorés par la nicotine, je savais ce qui m'attendait, planqué dans la rue sous le lampadaire.

Pourtant, rien n'aurait pu me préparer à la terreur absolue que provoqua cette vision.

Mes doigts relâchèrent les rideaux, qui se refermèrent au moment où ma main recouvrait ma bouche pour étouffer une exclamation. Bien que notre allée fût longue et flanquée d'arbres de part et d'autre, j'aurais reconnu n'importe où l'ombre qui se tenait au bout du chemin. La chose qui tapait dans la nuit. Le monstre sous mon lit. La dernière fois que je l'avais vu, il avait dépassé les bornes et je m'étais promis de ne plus jamais lui donner l'occasion de franchir cette limite.

— Qu'est-ce qui se passe, Punk ?

Knight s'approcha. Sa voix était sinistre, digne d'un prédateur.

Les soirs où Hans jouait avec son groupe, je me garais toujours dans une petite rue à deux pas de la salle. Mais cette nuit-là, après le concert, ma voiture n'était pas la seule chose familière qui m'attendait dans Mable Drive.

— Tu n'as pas l'air très heureuse de me voir, fit Knight d'une voix sarcastique.

Je fis un pas en arrière et tressaillis au moment où mes reins heurtaient le hayon de son monstrueux pick-up customisé.

Knight marqua une halte juste devant moi et me renvoya mes propres mots au visage :

— Tu es tellement plus heureuse, maintenant. C'est ce que tu as dit, n'est-ce pas ?

Je perçus le geste vif de sa main charnue, mais je n'eus le temps que de grimacer avant que sa paume ne s'empare de ma mâchoire.

Avec son pouce et ses doigts, Knight étira les commissures de mes lèvres pour me forcer à sourire.

— Souris, Punk. Montre-moi à quel point il te rend heureuse, putain.

Des larmes chaudes coulaient sur mon visage mortifié tandis que j'essayais de le forcer à me lâcher en giflant son torse robuste à deux mains.

— Va te faire foutre, marmonnai-je à travers mes lèvres déformées.

Knight secoua la tête.

— Tss, tss… Ce n'est pas très féminin, princesse.

— Arrête de m'appeler comme ça ! lançai-je en lui donnant un coup au menton.

— Mais tu aimes être une petite princesse. Tu as dit qu'il te rendait heureuse.

Son emprise sur ma bouche se raffermit et il étira davantage mes lèvres vers le haut.

Je fermai les yeux, provoquant l'écoulement de nouvelles larmes sur mes joues, et murmurai entre mes dents :

— Je te déteste.

Knight se pencha et posa son front contre le mien. Il se dégageait de lui une odeur de Southern Comfort et de Camel Light.

La même odeur que la mienne.

— Bien, murmura-t-il.

Sans me relâcher, Knight écrasa sa bouche contre le bord de mes lèvres retroussées.

J'attendis que jaillisse l'étincelle, cette décharge électrique qui me traversait systématiquement de la tête aux pieds quand Knight m'embrassait, comme un éclair frappant la terre.

Mais elle ne vint jamais.

Au lieu de cela, je me sentis humiliée. Violée. Impuissante. Je sentis les mains de Knight baisser mon pantalon en vinyle jusque sur mes chevilles, les piercings de mes tétons s'accrocher au tissu de mon soutien-gorge lorsqu'il le tira sous mes aisselles, avec mon petit haut. Mais je ne le sentis pas me pénétrer. À ce moment-là, mon esprit s'en était allé. En un lieu plus heureux.

Après un instant de répit, mon portable se remit à vibrer dans ma main. Mon cœur cogna dans ma cage thoracique décharnée.

Ne regarde pas, BB. Retourne te coucher. Ce n'est peut-être pas lui. Pitié, ne…

Sans que j'aie mon mot à dire, mes doigts rampèrent sur l'un des volets en plastique sale et je le relevai juste un poil. Dehors, le chopper de Knight était toujours garé sous le lampadaire, mais lui n'était plus là.

Didilidilidilidili !

Prise de panique, j'ouvris un peu plus les volets et je scannai la zone de ténèbres qui s'étendait entre la rue et la fenêtre de ma chambre, située au deuxième étage de la maison. Aucune trace de Knight dans l'allée. Ni devant la porte d'entrée. Je portai vivement le regard sur le jardin obscur, passant d'un sapin à l'autre comme si je suivais une partie de ping-pong, jusqu'à ce qu'une paire d'yeux bleus, presque translucides, surgissent au cœur des ombres.

Sa peau d'albâtre semblait briller dans la nuit. Autrefois plus doux qu'un duvet de bébé, ses cheveux blonds et ras avaient repoussé et étaient rabattus en arrière. Il avait troqué son treillis militaire contre un jean Levi's noir et un blouson en cuir. Avec son look de motard, Knight était aussi intimidant que dans ses atours de militaire mais, contrairement à ce que des plaques d'identification ou un treillis auraient pu laisser supposer, il n'essayait même pas de faire croire qu'il était du côté des gentils.

Knight était un putain de croque-mitaine.

Il n'y avait aucune raison qu'il puisse me voir. Mes lumières étaient éteintes et mes rideaux n'étaient que discrètement entrouverts, pour permettre à l'une de mes pupilles dilatées de jeter un œil à l'extérieur. Pourtant, Knight était en train de fixer cette fissure. Comme si ma peur l'attirait.

Ne fais pas un seul geste. Tout va bien. Il ne peut pas te voir. C'est impossible.

Je retins mon souffle tandis que Knight continuait de fixer ma fenêtre en plissant les yeux, grommelant quelque chose dans son téléphone. Impossible pour moi de lire sur ses lèvres dans le noir, mais je n'en eus pas besoin. La seconde d'après, mon téléphone bipa dans ma main, m'indiquant qu'un message vocal m'attendait.

Avec un ultime regard meurtrier, Knight cracha sur la pelouse, rempocha son téléphone et remonta l'allée en direction de sa moto, aussi discret qu'une ombre dans la nuit.

Pendant que je le regardais monter sur son engin et s'éloigner en vitesse, mon pouce sélectionna son message en tremblant et appuya sur « effacer », comme un millier d'autres fois avant ce soir. Je savais très bien ce qui m'attendait sur ce message. Chaque fois que

Knight m'appelait au beau milieu de la nuit, c'était pour m'asperger gratuitement de son venin.

Ce que j'ignorais jusque-là, c'était qu'il me l'envoyait de sous ma fenêtre.

Dissimulée derrière des sapins, la lune presque pleine sortit de sa cachette. À l'évidence, elle aussi avait peur de Knight.

Avec une voix fragile et hésitante, je m'adressai à elle en murmurant :

— Ne crains rien. Je vais nous sortir de là.

Chapitre 4

Après avoir passé le reste de la nuit à fixer les étoiles phosphorescentes collées au plafond de ma chambre, je me levai au son de mon réveil et me traînai vers la porte, épuisée et de mauvaise humeur.

L'université d'État de Géorgie se targuait d'être au top de l'urbanisme. Située en plein cœur du centre-ville d'Atlanta, le campus chevauchait Peachtree Street et se trouvait à deux pas du Centennial Olympic Park, de Philips Arena, du CNN Center, ainsi que des quartiers les plus mal famés de tout le pays. L'une de mes salles de cours se trouvait dans un parking. Sans rire. Au lieu d'escaliers, on y accédait en montant une rampe bétonnée sur plusieurs étages. Impossible de discuter dehors après les cours à cause du trafic routier, des chantiers de construction et des sirènes de véhicules d'urgence qui défilaient à longueur de journée – personne ne voulait flâner dans le coin. Si on restait trop longtemps au même endroit, on risquait de se faire agresser par une horde de clochards belliqueux.

Et ne me lancez pas sur le métro ! Vous ne voulez pas savoir.

J'étais à peine arrivée dans Langdale Hall que mon portable se mit à sonner dans mon sac, pile au moment où j'y rangeais ma bombe au poivre. J'eus aussitôt les mains moites et, lorsque je vis le numéro inconnu inscrit sur l'écran, mon pouls s'accéléra.

Oh, mon Dieu, c'est peut-être Ken !

Arrête de rêver, ça ne peut pas être lui. Cela fait moins de vingt-quatre heures que tu as demandé à Jason de lui refiler ton numéro. D'ordinaire, les mecs attendent au moins deux jours avant de rappeler une fille.

Je consultai l'heure juste au-dessus du numéro inconnu.

Impossible que ce soit Knight.

Il n'est que onze heures du matin. Il n'a jamais appelé aussi tôt.

Alors… sûrement un démarcheur ?

Oui, c'est forcément un démarcheur.

Je pris une profonde inspiration et décrochai en grimaçant, toute prête à essuyer soit un chapelet de jurons hargneux, soit un laïus de boniments commerciaux débités à grande vitesse.

— Allô ?

Au lieu de cela, une voix sèche et pince-sans-rire me répondit :

— Alors ? Il paraît que je dois t'emmener au cirque ?

Un éclat de rire franc et nerveux s'échappa de mes lèvres, ce qui me valut d'être dévisagée comme une cinglée par tous les étudiants à la triste mine et au regard sérieux qui passaient par là.

Le portable calé contre mon oreille, je marchai vers l'amphi de mon cours suivant.

— C'est exact ! Je t'ai organisé un entretien d'embauche : ils ont besoin d'un nouveau jongleur de coussins.

— Est-ce qu'ils proposent un plan 401(k)[1] ? Ils ont une politique de revalorisation salariale ?

— Crois-moi, tu peux t'asseoir sur ton 401(k), répondis-je en ricanant.

— Mince. Je vais devoir me contenter du spectacle. Tu veux venir avec moi ?

J'ai mal au visage. Pourquoi ai-je mal au visage ? C'est à cause de mon sourire ? Cela fait si longtemps que ça ne m'est pas arrivé.

— Carrément ! dis-je en piaillant.

— J'irai prendre des tickets dans l'après-midi. Le spectacle n'est qu'au mois de mars. Tu as un aperçu de ton agenda ?

— Oui, à part le dimanche, je serai soit en cours, soit au boulot.

— Un dimanche alors, ça doit pouvoir le faire.

Ça doit pouvoir le faire.

Plutôt sympa, Pyjama Man ; il fallait bien le reconnaître.

Une fois arrivée devant le bâtiment, je m'appuyai contre le mur en moellon et repris notre conversation d'une voix plus sérieuse :

— Au fait, merci de m'accompagner. Je te rembourse mon ticket la prochaine fois qu'on se voit.

— Tu vas chez Jason vendredi ?

Je souris devant l'empressement qu'il avait eu à me poser la question.

1. Plan d'épargne-retraite ayant cours aux États-Unis.

— Ouais. Et toi ?

— J'y serai sûrement.

— OK, dis-je, rayonnante.

— OK.

Un ange passa et il me fallut une petite minute pour me souvenir de l'endroit où je me trouvais.

Je poussai un soupir.

— Bon, il va falloir que j'y aille. Mon cours va commencer.

— Un cours de quoi ?

— Histoire de l'art égyptien.

— Marrant, j'ai l'impression de connaître ce cours. Il y a une fille dans mon entourage qui m'oblige à lui faire réviser ses fiches avant chaque putain de partiel. Maintenant, j'arrive à citer tous les pharaons de chaque dynastie.

— Tu ferais mieux de tenir ta langue, ou je t'oblige aussi à me faire réviser mon cours de statistiques.

Ken ricana.

— J'aimerais bien t'aider à réviser tes stats.

— Non, crois-moi. Les stats, c'est chiant. Et puis tu n'aimes rien, ajoutai-je avec ironie.

— Tant mieux : je suis *chiant* et *j'aime* les stats !

— C'est cela, oui. Menteur. Bon, faut que j'y aille.

— OK.

— OK.

Tu raccroches. Non, toi, tu raccroches.

— Bye, Brooke.

Je me mordis la lèvre pour réprimer un sourire idiot.

— Bye, Ken.

J'aurais peut-être mieux fait de rester au téléphone avec lui. À la fin de la journée, je quittai mon cours en n'ayant gribouillé que trois pauvres notes dans mon grand cahier, la mauvaise date du jour et le mot *VENDREDI* en trois dimensions au bas de la page.

Chapitre 5

Tandis que je faisais le tour du billard de Jason pour retirer les boules des filets, mon regard ne cessait de se porter nerveusement en direction de la porte d'entrée.

Arrête de faire ça, bordel.

Et s'il ne vient pas ?

On est vendredi ! Bien sûr qu'il va venir !

Oh, merde, et s'il vient ? Je fais quoi ? Je le prends dans mes bras ?

Quoi ? Mais non ! Tu sais bien que Ken a horreur de ça. Il n'a même pas laissé Allen le faire.

Mais nous, c'est différent… on sort ensemble, non ?

Calme ta joie. Ton premier rencard avec lui est dans plus d'un mois.

Malgré le son de la télé, celui de la chaîne hi-fi et le brouhaha des invités, le bruit de la sonnette attira mon attention. Tout en rassemblant les boules dans leur triangle, je levai les yeux vers l'entrée pour voir qui était le nouvel invité de Jason et poussai un long soupir exaspéré en constatant qu'il ne s'agissait encore que d'un de ses collègues en chino.

Avec un sourire forcé, je regardai Allen et désignai la table de billard.

— Tu casses ?

Derrière ses lunettes, ses gros yeux globuleux semblaient gonflés d'épuisement.

— Non, vas-y. Je dois appeler Amy vite fait.

Je me sentais mal pour ce pauvre garçon. Il avait l'air de vivre un sale moment.

Le billard se trouvant dans ce qui était censé être la salle à manger, on était à l'étroit et je dus faire des pieds et des mains pour ne pas percer un mur avec la queue – encore. Les boules s'éparpillèrent mais je n'en rentrai qu'une seule – un joli coup.

— Tu joues ?

Je fis volte-face et découvris Ken qui se tenait entre le salon et la salle à manger, un sourire narquois étiré sur son visage mal rasé. Il débarquait encore du boulot, sans doute. Les manches de sa chemise gris-bleu étaient retroussées au-dessus de ses coudes et sa cravate assortie était desserrée. Et son pantalon anthracite tombait un peu trop sur ses hanches pour que cela soit professionnellement acceptable. Ses fringues n'étaient ni trop sombres ni branchées, mais la nonchalance avec laquelle il arborait cette tenue était quand même des plus excitantes.

Je l'accueillis avec un sourire radieux :

— Salut !

— Salut, répondit Ken avec un demi-sourire et en croisant les bras.

OK. On oublie le câlin.

Il désigna la table avec un coup du menton.

— Tu joues au billard ?

— Pas très bien, dis-je en rigolant. Mais, oui, mes parents ont un billard chez eux.

— Une chance que tu joues contre Allen, alors.

De l'autre côté de la table, le meilleur ami de Ken faisait les cent pas, son portable collé contre son oreille et agitant nerveusement la queue de billard devant lui.

Ken s'invita dans la pièce et tourna le dos à Allen. Puis il s'adressa à moi sur le ton de la confidence :

— Amy a rompu avec lui la semaine dernière. Elle est allée vivre chez sa sœur en Arizona.

Ma main vint aussitôt recouvrir ma bouche et mon regard se porta vers Allen par-dessus l'épaule de Ken. Le pauvre.

— Oh, mon Dieu, murmurai-je. Cela faisait, quoi… cinq ans qu'ils étaient ensemble ?

Ken fit volte-face et héla son ami :

— Allen, c'est à toi, mec !

Surpris, Allen sursauta et répondit d'un hochement de tête. Le téléphone calé contre son épaule, il décocha le pire coup qu'on puisse s'imaginer et se remit à marcher de long en large.

— Comment va-t-il ? demandai-je en le regardant creuser une tranchée dans la moquette.

Ken haussa les épaules.

— J'en sais rien. Il a dit qu'il comptait aller en Arizona pour la récupérer.

Il marcha jusqu'à son pote et lui prit la queue de billard des mains. Allen n'y fit même pas attention. Avec un coup de menton en direction du billard, Ken lui indiqua que c'était mon tour de jouer.

Je demandai :

— Il va lui faire le coup de l'homme des cavernes ? La foutre sur son épaule et la ramener à la maison ?

Je m'alignai pour préparer mon coup suivant, priant les dieux de réussir à rentrer la boule. J'y parvins et je poussai un long soupir de soulagement. Puis je ratai lamentablement le coup suivant.

Ken se baissa au niveau de la table, un œil fermé.

— Je ne sais pas. Je lui ai dit que c'était une mauvaise idée.

Smack.

— Si elle ne veut plus de lui – *smack* – elle ne veut plus de lui.

Smack.

En l'espace d'une phrase, Ken avait rentré la boule rouge et la jaune rayée.

Frimeur.

Je m'alignai pour préparer mon coup suivant et demandai :

— Qu'est-ce qui te fait croire qu'elle ne veut plus de lui ?

— Elle a déménagé à l'autre bout du pays.

— Je peux utiliser ta boule pour…

— Non, m'interrompit Ken avec un sourire ironique.

— Non ?

Je fis la moue, mais Ken secoua la tête.

Connard.

J'essayai de faire rebondir la boule orange sur la paroi en évitant celle de Ken, mais j'avais mal évalué l'angle et je rentrai une de ses boules.

— Fait chier.

— Merci, ricana-t-il en passant du bleu sur sa queue de billard.

— Tu sais, elle s'est peut-être tirée parce qu'elle en avait marre d'attendre qu'il se décide à lui faire sa demande. Je sais que c'est ton pote et tout ça, mais… cinq ans et toujours pas de bague de fiançailles ? Sérieux, combien de temps est-ce qu'elle devait encore attendre ?

Sa queue prête à frapper, Ken leva un sourcil circonspect.

— Tu crois qu'elle le plaque parce qu'elle attendait une demande en mariage ?

Je vis le microprocesseur de son cerveau se mettre en marche et tenter d'analyser mes paroles.

— Ça n'a aucun sens, conclut-il.

Ken frappa sa boule avec trop de légèreté et elle s'arrêta à quelques millimètres du trou.

Je pointai son erreur d'un doigt triomphant.

— Ha !

Pour avoir le meilleur angle possible, je me rendis du côté de Ken, m'attendant à ce que ce dernier se décale, comme chaque fois que quelqu'un menaçait d'envahir sa bulle territoriale. Mais il n'en fit rien. Il tint ses positions, soutenant mon regard tandis que j'approchais.

Aussitôt le pied posé à l'intérieur de son champ de force invisible, je sentis les poils de mes bras se dresser sur ma peau. Être aussi près de lui, c'était comme être en présence d'un courant électrique. Peut-être que Ken était une espèce de robot ?

Je plantai ma queue dans le sol et fixai son visage taillé à la serpe.

— Laisse-moi te poser une question… Allen a-t-il mal agi ?

Ses sourcils châtains et anguleux se rejoignirent.

— Comment ça ?

— Il l'a trompée ? Frappée ? Est-ce qu'il a volé sa voiture pour la revendre et se payer de la drogue ?

— Non.

Je souris et me retournai vers Allen. Assis sur un tabouret, le meilleur ami de Ken avait la tête appuyée sur ses mains.

J'enveloppai le torse de Ken, taillé en V et sentant bon l'assouplissant, et je hélai son ami :

— Hé, Allen !

Le binoclard portant un maillot de l'équipe de football des Falcons d'Atlanta leva la tête vers moi. La détresse vieillissait son visage juvénile.

— Ta nana veut se marier !

Un sourire triste étira brièvement le coin de ses lèvres.

— Tu crois ça ?

— Euh oui, dis-je en acquiesçant. Ken pense que tu devrais aller la récupérer.

Allen se frotta les yeux derrière ses lunettes et nous regarda l'un après l'autre.

— J'y pensais.

— Si tu vas là-bas, pense à embarquer une bague.

Un sourire lui fendit le visage.

— Tu en es sûre ?

— Ouais, tu en es sûre ? répéta Ken d'une voix chargée de doutes. Et si elle lui dit non ?

Je lui décochai un sourire apte à rivaliser avec celui d'Allen.

— Les gars, vous y connaissez que dalle aux nanas. Vous avez du bol que je sois là.

Pendant cette conversation, il se produisit une chose que je n'avais pas anticipée. En perçant une brèche dans le champ de force de Ken, je pense l'avoir brisé. Nous passâmes le reste de la soirée à portée de bras l'un de l'autre. Je le touchai de temps en temps, histoire de tester ses limites, mais jamais il ne broncha. Au moment de la pause clope, je le pris par la cravate et l'entraînai avec moi sur le balcon. Il n'opposa aucune résistance. À chacune de ses remarques caustiques, je riais et lui adressais une petite tape sur le torse, autrement dit, tout le temps. Chaque fois que je me penchais à son oreille pour lui murmurer des potins sur certains invités de la fête, j'agrippais aussi son avant-bras veineux et musclé. Et il se laissait faire en souriant et en plongeant son regard dans le mien, se penchant lui aussi à mon oreille pour partager avec moi des secrets sur les invités que je ne connaissais pas.

Quand vint l'heure de partir, Ken ramassa sa bouteille de Gatorade vide – grâce à nos précédentes conversations, je savais qu'elle allait finir au recyclage dès qu'il arriverait chez lui –, puis il salua ses amis d'un hochement de tête et descendit avec moi les quatre étages de marches bétonnées menant au parking. Nos coudes se frôlèrent tout du long.

Mon cœur battait la chamade – et cela n'avait rien à voir avec la descente des marches. Ken Easton m'autorisait à le toucher. La bulle territoriale de ce type était de la taille d'une planète et, pourtant, il ne semblait pas le moins du monde gêné par mes intrusions. C'était une bonne chose, car j'aimais bien être dans sa bulle. On y était au calme, au chaud, même si on avait l'impression d'être au beau milieu d'un champ électrique.

Je n'aurais pas dû forcer ma chance, je le savais. Mais, lorsque nous arrivâmes à ma voiture, Ken demeura à une cinquantaine de centimètres de moi et me décocha un regard bien à lui – un regard affûté que j'interprétais comme une mise à l'épreuve. Et je me dis : « Et puis merde ! »

Je bondis et passai les bras autour de son cou.

Et avec des réflexes dignes d'un ninja, Ken m'attrapa au vol.

Abasourdie, j'écarquillai les yeux, les pieds à une quinzaine de centimètres du sol tandis que ses bras puissants m'enserraient la taille et que son visage – rendu rugueux par une légère barbe – se lova au creux de mon cou.

C'était peut-être la première fois de ma vie que j'avais l'impression d'être à ma place, alors que mes pieds ne touchaient même pas le sol.

Alors que l'idée de passer le reste de ma vie auprès de Ken Easton commençait à faire son chemin, ce dernier me reposa lentement à terre.

Il rajusta son manteau et fixa son regard sur le sol.

— Tu travailles demain, il me semble ?

— Ouais, répondis-je, en quête d'une pierre dans laquelle flanquer un coup de pied pour évacuer ma frustration. Et si tu passais déjeuner avec moi ? ajoutai-je aussitôt avec une expression chargée d'espoir.

Mais le visage de Ken ne reflétait pas le même enthousiasme. Tout en tirant ses clés de la poche de son manteau, il me décocha un regard prudent.

— Peut-être.

Puis, sans plus d'effusions ni la moindre explication, Ken tourna les talons et s'éloigna.

Chapitre 6

Jamal me détailla de la tête aux pieds.

— OK, il se passe clairement quelque chose.

Chaque mardi et jeudi, je tenais seule le rayon de fringues streetwear de chez Macy's, mais le samedi j'avais droit à la compagnie de mon collègue Jamal. Il mesurait environ une quinzaine de centimètres de plus que moi, mais il était tout en muscles et pesait au moins deux fois mon poids. J'arrivais toujours à deviner s'il avait croisé une jolie fille à la salle de muscu dans la matinée. Si une belle nana venait à passer sous son nez, Jamal faisait tellement le beau avec ses haltères qu'une fois au travail il n'avait même plus la force de soulever une pile de jeans au-dessus de sa tête.

— Qu'est-ce que tu veux dire ? demandai-je, faussement absorbée par les polos que je pliais pour la centième fois.

Jamal leva un de ses gros index.

— D'abord, tu es allée chez le coiffeur. Très joli, au passage.

— Merci, répliquai-je en refusant obstinément de le regarder.

Il leva son majeur.

— Ensuite, ça va faire, genre… une heure que tu plies et replies cette pile de Coogis[1], alors qu'ils n'ont même pas besoin d'être repliés.

— N'importe quoi. Ça fait, genre, cinq minutes.

— Oh, que non. Et, troisième chose, énuméra-t-il tandis qu'il levait encore un doigt. Chaque fois que je regarde dans ta direction, tu mates dans celle-là.

Par-dessus son épaule, son pouce désigna l'allée principale qui traversait le magasin et il reprit :

— Allez, c'est qui, ton rencard ?

— Tu parles sérieusement ?

— C'est Freddy, je parie. Freddy du rayon des parfums pour hommes ? C'est cool, il est bien, ce mec.

Je me tournai vers Jamal en essayant d'avoir l'air offensée. Mais ce fut un échec. Je m'exclamai :

— Bon Dieu, Jamal ! Je ne sors pas avec Freddy du rayon des parfums pour…

Soudain, mon visage s'illumina et Jamal, intrigué, jeta un œil par-dessus son épaule, en direction d'un gars portant un polo à col en V bleu marine et un pantalon de costume lâche en train de s'avancer dans notre direction. Puis, mon collègue se retourna vers moi.

— Oh, alors c'est *celui-là* dont tu guettais l'arrivée ! J'étais sûr que ça cachait quelque chose.

— Chuuut, tais-toi ! lui intimai-je en murmurant, mon regard fixé sur Ken.

Jamais je ne l'avais vu marcher. En tout cas, pas plus de quelques pas. Quand on se voyait, c'était dans l'appartement bondé de Jason, ou sur des parkings où

1. Marque de polos à motifs multicolores.

on marchait côte à côte. Mais observer Ken à distance était une tout autre expérience.

Il était beau, grand, tonique et gracieux, mais totalement dépourvu d'arrogance. Il se déplaçait comme s'il était certain que personne ne le regardait, ce qui n'aurait pas pu être plus éloigné de la vérité.

Jamal et moi ne le lâchions pas des yeux.

Lorsque le regard de Ken croisa le mien et que les commissures de ses lèvres finement ciselées se recourbèrent vers le haut, j'eus envie de pousser Jamal sur le côté, de m'élancer dans l'allée en bondissant et de me jeter à nouveau à son cou.

Bien sûr, je n'en fis rien. Non seulement parce que la direction voyait d'un très mauvais œil qu'on se jette sur les clients pendant le service, mais en plus, une fois à ma hauteur, Ken fourra les mains dans ses poches.

Pas de câlin.

Avec un sourire moqueur, Ken baissa les yeux vers ma poitrine.

— Non merci. Je crois que c'est un peu grand pour moi.

Je baissai le regard et constatai que je tenais par les épaules un polo pour homme taille XXL.

Les joues empourprées, je le balançai sur une table et fis les présentations :

— Ken, voici Jamal. Jamal, je te présente Ken.

— Ça roule, mec ? demanda mon collègue en lui présentant sa main.

Il y eut une lueur d'hésitation dans le regard de Ken avant qu'il accepte enfin de serrer la main de Jamal.

Avec un sourire crispé et une franche poignée de main, il répondit sèchement :

— Salut.

Nom de Dieu, même les poignées de main le mettent mal à l'aise ?

Je regagnai les caisses au galop pour récupérer mon manteau et mon sac. Tandis que je pointais, j'observai Ken et Jamal, qui discutaient. Je ne pouvais pas entendre ce qu'ils racontaient mais, lorsque je revins vers eux, Ken était hilare.

Je foudroyai Jamal du regard, l'avertissant par télépathie que, si jamais il me foutait la honte, je n'aurais aucune hésitation à lui flanquer un coup de pied dans les noix.

Dix minutes plus tard, Ken et moi étions assis dehors, sur mon banc préféré, buvant de généreux smoothies. J'allumai ma première clope de la journée.

Ken sirota son smoothie et demanda :

— Alors comme ça, tu détestes le froid mais tu passes tes pauses dehors en plein mois de février avec une boisson glacée ?

Du bout de ma cigarette, je désignai le soleil au-dessus de nos têtes.

— C'est pour ça que je sors. Il fait genre dix degrés de plus de ce côté-là du centre commercial. Mais on peut faire un tour, si tu préfères. C'est ce que je fais quand ça caille trop.

Avec un sourire, Ken secoua la tête.

— Je te charrie, c'est tout.

Tant mieux, car nous étions l'un en face de l'autre et mon pied touchait son tibia – le plus beau moment de toute ma journée.

Mes yeux se portèrent aussitôt sur son énorme gobelet en polystyrène.

— Comment tu trouves le mélange papaye-mangue ?

— Carrément dément.

— Fais-moi goûter, dis-je, coinçant la cigarette entre mes dents pour libérer ma main.

Ken me dévisagea et secoua la tête en sirotant à nouveau son breuvage.

— Non ? dis-je d'une voix fâchée. Mais pourquoi ?

— Tu n'as pas dit les mots magiques.

— Quels mots magiques ? *S'il te plaît* ?

La paille entre les dents, Ken acquiesça. Il était à la fois foutrement mignon et terriblement agaçant. J'eus du mal à me retenir de flanquer son gobelet par terre, puis de faire taire ses protestations en l'embrassant.

Avec un roulement exagéré des paupières, je pris mon plus bel accent d'orpheline anglaise :

— *S'il vous plaît*, monsieur Easton, auriez-vous l'immense bonté de m'accorder un peu de votre smoothie ?

Un sourire triomphant se dessina autour de sa paille. *Quel connard.*

Je lui arrachai son gobelet des mains et le remplaçai par le mien. Avec un regard assassin que j'espérais très impertinent, je tirai sur sa paille et mes yeux se révulsèrent aussitôt de plaisir.

— Putain de merde, qu'est-ce que c'est bon ! m'exclamai-je en prenant une nouvelle gorgée. Je le garde. Tu peux prendre le mien. Il est bien plus rempli, de toute façon. Vu le prix que ça coûte, tu ne peux pas nier que tu gagnes au change.

Avec un sourire, Ken trinqua avec moi.

— C'est bien parce que je gagne au change.

Je le regardai placer mon ancienne paille entre ses

dents. Il ne manifesta aucune forme de dégoût. Pas la moindre mysophobie à l'horizon.

Il n'aime pas qu'on le touche, mais ça ne le dérange pas d'échanger sa salive avec quelqu'un. Intéressant.

Pendant que nous discutions, je remarquai que je n'arrêtais pas de me tripoter les cheveux. J'étais agitée de tics nerveux. Mes mains et ma bouche ne tenaient jamais en place, toujours en train de fumer, de parler, de mâchouiller un bouchon de stylo, de gesticuler en tous sens, de rire de façon inappropriée, de tirer des fils sur mes fringues, de me ronger les ongles et d'entortiller mes cheveux. Mais tenter de faire la conversation à Kenneth Easton ne faisait qu'empirer les choses.

Je rigolai et plaquai mes mains sous mes fesses.

— Nom de Dieu, je vais finir chauve à force de me tirer les cheveux ! Je n'ai pas l'habitude de les avoir aussi longs et fins. D'habitude, je passe mon temps à les tripoter.

Ken m'observait d'un air amusé mais ne prononça pas un mot.

— Tu as vu ? repris-je en agitant ma chevelure bordeaux autour de ma tête. J'ai récemment été faire un tour chez le coiffeur.

— J'avais remarqué.

Rien d'autre. Pas de sourire, pas de petite remarque coquine. Juste « j'avais remarqué ».

Mon visage se décomposa.

— Tu n'aimes pas.

— C'est pas important que j'aime ou pas.

Ken avait une expression bien trop sérieuse. Il n'avait aucunement l'intention de me complimenter sur ma nouvelle coupe.

Mes joues engourdies par le froid commencèrent à s'échauffer.

— Pourquoi c'est pas important ? répliquai-je sèchement.

Ken posa son gobelet et me fixa intensément.

— Parce que tu es Brooke Bradley. La première fois qu'on s'est vus, tu avais le crâne rasé. Tu t'en fichais bien de ce que les autres pensaient de toi. Et tu devrais continuer comme ça. Est-ce que ça te plaît, *à toi* ?

Je clignai des paupières. Et reclignai des paupières.

— Euh… ouais. J'adore.

— Alors, c'est tout ce qui importe.

Ken s'adossa nonchalamment contre le dossier du banc et sirota à nouveau son gobelet à moitié plein. Le bruit de succion de sa paille apportait une légèreté bienvenue à la conversation.

Personne n'avait jamais refusé de me faire un compliment. Pendant les deux années de notre relation, Hans me disait tous les jours qu'il me trouvait belle. En tout cas, quand il prenait la peine de rentrer à la maison. Depuis ma naissance, mes parents m'avaient couverte de louanges. Avec mes amis, nous nous faisons sans arrêt des compliments. Toutefois, en refusant de me dire ce que j'avais envie d'entendre, Ken me donnait l'impression d'être encore plus spéciale que je l'imaginais.

Son portable se mit à vibrer et Ken déporta son poids sur le banc pour le piocher dans sa poche.

Il fronça les sourcils et décrocha :

— Yo, mec… Merde… J'en sais rien du tout.

Il se tourna vers moi et ajouta :

— Je suis avec Brooke, tu veux qu'elle vienne ?

Brooke. Personne ne m'appelait par mon prénom. Juste les professeurs le premier jour de classe pendant l'appel.

Ken obstrua le haut-parleur du bout des doigts et s'adressa à moi en murmurant :

— C'est Allen. Il va choisir des alliances. Il a besoin d'aide.

Mes yeux s'agrandirent.

— Des alliances ?

Ken n'avait pas même fini de hocher la tête que j'étais déjà debout. Je courais presque sur place d'impatience en attendant qu'il m'indique la direction à prendre.

Avec un coup de menton en direction de l'entrée du centre commercial, il murmura :

— Il est chez Bales Jewelers.

Moins de trente secondes plus tard, j'étais devant le magasin en train de faire une violente accolade à Allen. Puis je l'entraînai à l'intérieur pendant que Ken restait dehors à nous attendre.

— Que dis-tu de celle-ci ? demanda Allen en tapotant la vitrine que nous regardions.

Je souris.

— Elle est jolie… mais je crois qu'elle est en platine.

— Et alors ?

— Et alors, c'est infiniment plus cher que l'or blanc et c'est presque pareil.

De l'autre côté du comptoir, une vendeuse au cou enserré d'une pierre précieuse s'éclaircit la voix.

— En fait, le platine est bien plus robuste que l'or et son éclat blanc ne s'estompe jamais.

— L'or blanc perd de son éclat ? fit Allen en nous lançant à toutes les deux un regard paniqué. C'est pas une bonne chose ça… pas vrai ?

Le pauvre, il était complètement paumé. Je le rassurai :

— C'est rien. Si elle vire au jaune, tu la portes chez le bijoutier et il la polit.

Je levai la tête vers la vendeuse au sourire commercial et lus la plaque épinglée sur le devant de ses seins opulents complètement refaits.

— N'est-ce pas… Karen ?

Le sourire faux-cul de Karen s'accentua.

— Ouais, *m'dame.*

Dans le Sud, « m'dame » est synonyme de « garce ».

— Tu sais quelle pierre Amy pourrait apprécier, Allen ?

J'avais complètement changé de ton, comme si je m'adressais à un animal apeuré ou à un enfant en bas âge.

On aurait dit qu'il allait faire un malaise. Quant à Ken, qui s'était aventuré jusqu'à nous, il semblait sur le point d'aller faire la sieste.

— Euh… des carrés ? fit Allen. Elle aime les pierres en carré, je crois.

J'adressai un sourire aimable à Karen.

— Pourriez-vous s'il vous plaît nous montrer vos anneaux en or blanc et en taille princesse ?

Puis je me tournai vers Allen.

— Quel est ton budget ?

Ses yeux s'agrandirent encore davantage.

— Euh…

— Combien tu gagnes par mois ?

— La vache. Euh… Dans les deux mille dollars ? Je crois.

Avec un hochement de tête, je me retournai vers Karen.

— Pas plus cher que quatre mille dollars, *je vous prie.*

Pendant que Karen sortait les bagues d'un écrin pour les disposer sur un petit plateau de velours, Allen se tourna vers moi, ses sourcils dressés au-dessus de ses culs de bouteille.

— Comment tu sais tout ça ?

— Mon père était joaillier… Et vendeur de guitares, de voitures, de stéréos puis représentant de commerce. Grâce à son incapacité à conserver un emploi stable, j'ai appris un paquet de trucs inutiles.

Allen m'adressa un faible sourire.

— Si ça me permet de récupérer Amy, ce sera loin d'être inutile.

Je lui rendis un sourire radieux.

— Tu la récupéreras.

Ken s'était à nouveau éloigné. Je jetai un œil pardessus mon épaule. Il était en train d'examiner des montres hors de prix dans une vitrine. Quel beau gosse : les mains dans les poches, une mâchoire droite et volontaire, son polo à col en V bleu marine qui épousait les contours de ses épaules et de ses biceps… Si je ne l'avais pas déjà connu, j'aurais été en train de baver d'envie. Chez Jason, c'était juste un gars lambda. Mais à l'extérieur, là où je pouvais l'observer à distance, Ken était un homme à couper le souffle.

— Et voici, déclara Karen en déposant son petit plateau de velours sur le comptoir vitrine. Tous nos anneaux en or blanc, déjà ajustés et incrustés de diamants princesse, dans votre ordre de prix. Mais nous pouvons tout à fait remplacer le…

Je piochai l'un des anneaux et le glissai à mon annulaire gauche, ignorant complètement la suite de son discours. Je n'avais jamais rien vu de tel : un anneau en or blanc, incrusté de petits diamants carrés sur le devant, mais, contrairement à une bague de fiançailles classique, les griffes maintenaient la plus grosse pierre précieuse de sorte qu'elle soit au-dessus du bijou. Aussi clair que du cristal, la pierre à quatre côtés était intégralement visible et il y avait même un petit cercle argenté en dessous, comme s'il flottait.

Allen plissa les yeux et examina la bague sur mon annulaire.

— Elle te plaît ?

— Hinhin, marmonnai-je, complètement absorbée par la beauté du diamant.

— Fais-moi voir.

Allen se pencha pour avoir un meilleur aperçu, mais je reculai aussitôt la main et le toisai d'un air mauvais, tel Gollum gardant son précieux à l'abri.

— Pas celle-là ! Ce n'est… pas le style d'Amy. Loin de là. Elle va tellement la détester qu'elle va encore t'envoyer bouler, c'est sûr et certain.

— La vache. Bon, d'accord, marmonna Allen tandis que je lui désignais d'autres bagues tout aussi acceptables à disposition sur le plateau.

Au bout de dix minutes, et après nous avoir soigneusement consultées avec Karen, Allen jeta son dévolu sur deux bagues : une belle alliance en or blanc avec un superbe design en filigrane et une bague de fiançailles assortie.

Au moment de payer, Karen essaya de fourguer à Allen une offre de crédit et Ken surgit comme par magie pour la cuisiner à propos des taux d'intérêt.

Après qu'elle lui eut répondu, Ken arracha la demande de crédit des mains de son ami, comme si le document était à deux doigts de s'autodétruire. De toute évidence, « 21 % » n'était pas une réponse acceptable.

Puis Ken sortit sa Mastercard de son portefeuille et la tendit à la vendeuse.

Allen lui demanda ce qu'il fichait au juste et Ken lui répondit :

— Épargne-toi deux mille dollars d'intérêts. Tu me rembourseras quand tu pourras.

Un geste adorable – à sa manière.

En sortant du magasin avec son petit sac noir dans les mains, Allen me fit un gros câlin. Il se tourna vers Ken pour lui en faire un aussi, mais il se ravisa et baissa les bras avec un sourire penaud.

— Merci, mon pote.

Puis son regard passa entre nous deux et il ajouta :

— Bon, je t'attends à la voiture.

De retour chez Macy's, je planais sur un petit nuage. Bien sûr, j'étais ravie pour Allen, mais c'était surtout d'être pendue au bras de Ken qui m'électrisait.

Tout cela n'avait aucun sens. Ken n'était même pas mon type de mec. Il ne m'avait jamais draguée. Et il avait autant d'empathie qu'un concombre. Mais le courant qui émanait de lui était enivrant et je n'arrivais pas à m'en lasser. Bien sûr, je savais que le champ électrique qui l'entourait avait pour but de maintenir les intrus à distance, mais j'avais toujours été du genre à défier les lois. J'étais celle qui ouvrait ses cadeaux avant Noël malgré l'interdiction des parents, celle qui pressait le gros bouton rouge avec marqué « ne pas appuyer » et, une fois de retour à mon rayon, je fus celle qui enlaça Kenneth Easton, un homme qui refusait les câlins.

J'ignore si c'était le fait que nous soyons en public ou si j'avais tout simplement imaginé le lien qui s'était tissé entre nous la veille au soir, mais pour je ne sais quelle raison Ken était aussi raide que les cols amidonnés des chemises qu'on vendait à l'autre bout du rayon.

D'une voix grave et séduisante, je murmurai à son oreille :

— Merci d'être venu.

Ken se redressa et mes mains tombèrent de son cou.

— Ouais, répondit-il.

Ce rejet me fit l'effet d'une gifle cuisante et, malgré la gêne qui m'empourprait la nuque et les joues, je me forçai à sourire.

Ken fourra ses mains dans ses poches.

— Euh, je… je termine à 18 heures demain… Si ça te dit qu'on aille manger un morceau…

Pardon ?

Sans comprendre, j'acquiesçai tout de même en fronçant les sourcils.

— Ouais. D'accord. Comme je ne bosse pas le dimanche…

— Oui, je sais, me coupa-t-il.

Je souris.

— C'est vrai, ouais.

— Ouais, répéta-t-il.

Je le regardai s'en aller et, lorsqu'il disparut au coin des parfums pour hommes, je m'autorisai enfin à souffler un long soupir exagéré et mélancolique.

— OK, il a l'air cool mais, sérieusement, il faut *vraiment* que tu bosses tes câlins. C'était pas du tout subtil, là.

Je pivotai sur mes talons et fusillai mon collègue du regard. Jamal me dévisagea en secouant lentement la tête.

— La ferme, Jamal. Personne ne t'a demandé ton avis.

Chapitre 7

Le lendemain, j'arrivai sur le parking du Showtime Movie Theater, prête à débuter ce rencard avec Ken de la même manière que tous les autres – avec une petite pique et zéro contact physique.

Une fois la Mustang garée, je jetai un œil à mon reflet dans le rétroviseur et, afin de ne pas me bercer d'illusions sur l'issue de ce dîner, je m'adressai à moi-même un petit discours d'encouragement :

Écoute bien, ma grande. C'est pas la mer à boire. Tu vas entrer là-dedans. Ken va te vanner parce que tu as cinq minutes de retard, puis vous vous rendrez dans un silence gêné jusqu'à un genre de fast-food où il te demandera expressément de prendre un menu, parce qu'il a un coupon « deux pour le prix d'un ». Ce ne sera pas un rencard romantique. Si ça se trouve, ce ne sera même pas marrant. Mais ce sera probablement toujours mieux que de rester chez toi à filtrer tes appels. Ou pas.

Satisfaite de ma coiffure et du maquillage que j'avais passé l'après-midi à faire, je m'emparai de mon sac, sortis de voiture et claquai la portière.

Pas la mer à boire, me répétai-je en traversant le parking, les mains fourrées dans les poches de ma veste d'aviateur. *Juste une petite bouffe avec un pote, un plat acheté, un plat gratuit.*

Je posai le pied sur le trottoir et longeai la devanture du multiplex.

Il va peut-être même me demander de conduire, histoire d'économiser l'essence.

Je saisis la poignée gelée de la lourde porte en verre et il me fallut exercer toute la pression de mes quarante-cinq kilos pour parvenir à l'ouvrir.

À la seconde où je mis le pied à l'intérieur, un air chaud me frappa le visage. Des buvettes flanquaient le grand vestibule de chaque côté. Et, au beau milieu de ce dernier, en train de s'adresser aux ados boutonneux qui travaillaient là, se trouvait l'alter ego de Ken, tout de noir vêtu : Mark McKen.

Il était aussi époustouflant que lors de la soirée du Super Bowl – une coiffure ébouriffée et sexy, des cheveux châtain clair, les mains nonchalamment fourrées dans les poches de son pantalon, ses biceps saillants sous les manches relevées de sa chemise, et toujours cette foutue cravate fine.

Il s'adressait à ses adolescents avec un sérieux intense mais, dès qu'il m'aperçut, ses sourcils acérés et les commissures de ses lèvres se dressèrent en même temps. Il fit fuir ses subordonnés avec quelques mots et marcha à ma rencontre pendant que je luttais de toutes mes forces pour ne pas baver d'envie.

— Salut, dit-il avec un sourire.

— Salut, répondis-je en souriant également.

— Tu es prête à y aller ?

Avec une lenteur exagérée, je fis trois hochements de tête.

— Hinhin.

Ken me tint la porte comme si elle ne pesait rien et je ressortis en titubant.

Pas de petite pique.

Pas de remarque déplacée sur mon retard.

Et toujours pas de câlin non plus.

Deux sur trois, c'est déjà pas mal.

Je suivis Ken jusqu'à sa voiture, une petite Eclipse décapotable marron, garée juste en face du cinéma sur une place réservée.

— Alors, qu'est-ce que tu as envie de faire ?

J'eus envie de la jouer détendue, accessible, comme toutes les filles cool que je connaissais, ou alors timide et réservée, comme les plus jolies, mais ce n'était tout simplement pas ma nature. J'étais impétueuse, fille unique, pourrie-gâtée, sans filtres et, quand une occasion d'arriver à mes fins se présentait, je la saisissais. Chaque… fois.

— J'adore la bouffe italienne !

— Vraiment ? dit Ken en m'observant au-dessus du toit de sa voiture. C'est ma nourriture favorite !

À ma grande surprise, au lieu d'un fast-food, Ken allait m'emmener dans un restaurant italien familial, dans lequel ni lui ni moi n'étions jamais allés. De plus, contrairement à ce que je croyais, le trajet se déroula sans que j'éprouve de sentiment de malaise. Ce fut… agréable. Marrant, même. Je profitai de ce que Ken conduisait – juste à cinq kilomètres-heure au-dessus de la vitesse autorisée – pour éplucher sa collection de CD, poussant un petit cri de joie chaque fois que je voyais un des singles de sa collection. Il y avait de tout : punk, pop punk, ska punk, ska tout court, power pop, pop-rock, grunge, rock classique, rock alternatif et même de l'emo rock, des fois que. Nos goûts musicaux étaient tellement similaires ; je crois que si j'avais échangé mon étui à CD avec le sien, il ne se serait rendu compte de rien, et inversement.

Surprise, je poussai une exclamation et couvris ma bouche avec la main :

— J'y crois pas !

— Quoi ? demanda Ken avec un regard amusé.

Je le dévisageai avec de grands yeux étonnés. Il s'impatienta :

— Quoi à la fin ?

— Quoi ? Mais voilà quoi ! m'exclamai-je en lui présentant la dernière page du lourd étui noir contenant sa collection. Tu as *Marvin the Album*, de Frente !

— Obligé, rigola-t-il. Ils ont fait une reprise géniale…

— *Bizarre Love Triangle*, je sais ! Elle est géniale !

— Je ne me rappelle même plus comment je l'ai découverte. Peut-être sur MTV, à l'époque où…

— Où ils passaient encore des clips, l'interrompis-je en caquetant. Maintenant, ils ne diffusent plus que des conneries, *Real World, Road Rules*…

— Et cette merde de *Cribs*, ajouta-t-il.

— *Cribs* ! C'est tellement de la merde !

La piste suivante du CD que nous écoutions débuta et mon ricanement se mua en hoquet de surprise en reconnaissant un morceau de Weezer que j'adorais : *El Scorcho*.

— Oh, mon Dieu ! J'adore ce morceau ! Avec Juliet, c'est notre chanson !

Amusé par mon enthousiasme, Ken sourit et monta

délicatement le volume de son autoradio d'un cran sur la droite. Je pensais que personne d'autre que moi n'avait dans sa collection *Pinkerton*, le second album du groupe. *El Scorcho* était une musique un peu bête, une demi-ballade presque parlée dont le refrain ressemblait à un hymne de bar.

Ma voix accompagna celle de Rivers Cuomo[1] :

— *Goddamn, you half-Japanese girls !*

— *Do it to me every time*, reprit Ken avec un petit regard en coin.

Qu'est-ce que…

Médusée, je me tournai vers lui avec un rictus et j'entonnai la suite du couplet – une histoire à propos d'une rouquine.

Et Ken surenchérit calmement avec la quatrième strophe, chantant *bien plus juste* que moi. Sa moue sérieuse s'étira légèrement vers le haut, mais quand le refrain arriva nous chantâmes en chœur et il sourit de toutes ses dents sans jamais cesser de me regarder du coin de l'œil.

Bordel de Dieu ! Ken, l'ennemi du fun, est en train de s'éclater pour de vrai !

Une fois la chanson terminée, je m'exclamai :

— Mec, tu devrais trop venir avec moi au karaoké !

C'était une plutôt bonne idée. J'aimais chanter. Et Ken *savait* chanter.

— On pourra faire un duo ! repris-je.

Ken entra sur le parking de Gusto's Trattoria et son visage se décomposa.

— Je ne vais pas dans les karaokés.

---

1. Chanteur et guitariste du groupe Weezer.

— Oh, mais pourquoi ? Tu chantes si bien !

Ken se referma comme une huître juste sous mon nez. Il pâlit à vue d'œil et, au moment de se garer et de couper le contact, il parut très nerveux.

J'insistai :

— Mais c'est marrant, les karaokés !

Ken tira sèchement sur le frein à main. Je suggérai :

— Et si tu as honte de chanter tu pourrais faire un rap. C'est ce que je fais, moi. Personne au monde ne mérite de m'entendre chanter dans un micro.

Sans un mot, Ken ouvrit sa portière. Je l'imitai, bondis hors du véhicule et trottinai après lui pour ne pas me laisser distancer.

— La vache, t'as *vraiment* pas envie d'aller au karaoké, toi !

— Non, répliqua-t-il sèchement.

Il me tint la porte du restaurant et je le dévisageai comme s'il lui était poussé une seconde tête. Son expression s'adoucit légèrement devant l'intensité de mon regard.

— Je n'aime pas être le centre de l'attention, m'expliqua-t-il pendant que je passais devant lui.

Sérieux ? Qui n'aime pas être le centre de l'attention ? Moi, c'est ce que je préfère !

Nous fûmes accueillis par une hôtesse, une petite brune qui nous regarda l'un après l'autre :

— Bonsoir et bienvenue chez Gusto's. Une table pour deux ?

Je restai immobile en attendant que Ken fasse ce truc typique de mec en parlant pour nous deux, mais il garda le silence. Lorsque je levai les yeux sur lui, il fit un petit coup de menton en direction de l'hôtesse, m'indiquant de lui répondre.

— Euh, oui ?

Je n'avais pas l'intention de poser une question. Je me tournai donc vers la serveuse et précisai :

— Pour deux, s'il vous plaît.

La salle de Gusto's était obscure, dégoulinant d'un charme typique du Vieux Continent. On aurait dit que chaque planche qui avait servi à bâtir le restaurant avait été trempée dans du beurre persillé avant la construction.

Manger ne faisait pas partie de mes habitudes – en fait, à moins d'être sur le point de tomber d'inanition, je m'en abstenais catégoriquement – mais la bouffe italienne ! C'était mon point faible.

J'eus l'eau à la bouche et les mains moites d'appréhension à cause de ce qui allait suivre. Des dommages que j'allais causer. Et de la culpabilité qui allait me ronger après coup.

J'observai notre serveur disposer sur notre table une assiette de petits pains à l'ail saupoudrés de parmesan.

Je murmurai :

— C'est mon nouveau restaurant préféré !

Avec plus de classe que je n'en posséderais jamais, Ken confirma d'un hochement de tête, arrachant un bout d'un de ces petits morceaux de paradis avant de le mettre dans sa bouche.

Résistant à l'envie d'avaler tout rond mon petit pain, je le grignotai sur le côté, comme on croque dans une pomme, et je sentis aussitôt une explosion de dopamine me parcourir. Mes yeux se révulsèrent tandis que je m'abandonnais au plus coupable de mes plaisirs : les sucres lents.

Je fus lancée dès la première bouchée. J'eus envie de m'empiffrer, de dévorer mon pain, puis celui de Ken, et toutes les petites boules de péché brun doré du restaurant. Mais il fallait que j'aie l'air normale. Que je sourie, respire et fasse tranquillement la conversation avec mon rencard, qui était un type calme et réservé.

Je déposai le petit rocher moelleux et croustillant sur mon assiette et choisis minutieusement mes mots pour ne pas blesser Ken :

— Alors… Comment se fait-il qu'un garçon aussi… timide que toi soit le patron d'un cinéma ? Dans un boulot pareil, on est forcément *le centre de l'attention*.

— Pas tellement, dit-il avec détachement, sirotant son verre d'eau. Je passe le plus clair de mes journées dans mon bureau à faire de la paperasse. S'il y a un souci avec un client, j'ai des assistants pour les gérer.

— C'est sympa, dis-je en riant.

Impassible, Ken haussa une épaule et la laissa retomber.

— C'est un boulot, quoi. Mais je peux voir toutes les dernières nouveautés à l'œil, donc c'est assez cool.

Je mordis à nouveau dans mon petit pain, comme une grosse morfale.

— Ce serait quoi, le job de tes rêves ? demandai-je.

— Je ne sais pas, répondit-il du tac au tac. Regarder des films à longueur de journée, mais *sans* être obligé de bosser !

— Attends, mec. Tu es en train de me dire que ta seule ambition dans la vie, c'est de mater des films ?

— Ouais, répondit-il, sans une once de sarcasme.

— D'accord, alors disons que le cinéma est mort et que tu es obligé d'avoir un travail. Qu'est-ce que ce serait ?

Le regard que Ken m'adressa me donna l'impression qu'il luttait de toutes ses forces pour ne pas lever les yeux au ciel. Puis il poussa un soupir.

— J'en sais rien. De la programmation budgétaire, peut-être bien. Ou de la comptabilité.

— Oh, la vache ! gloussai-je. Oui, tu devrais te lancer là-dedans, je t'engagerais aussi sec… si j'avais le blé pour ça !

Cette remarque me donna droit à un demi-sourire de sa part.

— Et toi ? demanda-t-il en me lançant un regard par-dessus son verre d'eau. La psycho, c'est ton job de rêve ?

— Je suppose que oui. Je veux dire, j'adore la psycho mais j'aime aussi l'art et écrire des poèmes. Je crois que j'ai choisi de faire le job qui me plairait et paierait les factures, conclus-je avec un haussement d'épaules. Peut-être que dans ma prochaine vie je serai réincarnée en photographe pour le *National Geographic*. Sérieux, être payée pour voyager et prendre des photos, ce serait pas le pied ?

— Je ne crois pas que la réincarnation fonctionne comme ça, fit Ken d'une voix taquine.

— Tu ne crois pas en la réincarnation tout court, répliquai-je en balançant ma tête d'un côté et de l'autre comme font les enfants quand ils vous narguent.

Avec un sourire, Ken inclina vers moi le bord de son verre, comme le salaud narquois et athlétique qu'il était.

— Tout à fait !

Pendant que nous discutions avec légèreté de la possibilité d'une vie après la mort, le serveur revint pour prendre notre commande. Je portai mon choix sur les aubergines au parmesan. Ken commanda un poulet au parmesan. C'était la métaphore parfaite : nous avions des goûts similaires en surface, mais en réalité nous étions issus de deux espèces complètement opposées.

Après ce qui s'avéra être le meilleur repas de ma vie, le serveur mit nos restes dans un *doggy bag* et glissa sous le nez de Ken un petit plateau d'argent avec l'addition. Pendant qu'il la détaillait minutieusement, je ricanai dans mon coin, me demandant s'il allait me proposer de faire moitié-moitié, ou si l'embarras lui ferait exploser la tête d'abord. Ken tendit sa Mastercard au serveur et, dès qu'il fut parti, je plongeai la main dans mon sac et j'en sortis une poignée de billets de vingt dollars.

Ken releva aussitôt la tête, les sourcils soudés l'un à l'autre.

— Voilà pour mon ticket de cirque, ma part du dîner et la moitié du pourboire, dis-je. Sauf si tu as un coupon « un repas acheté, un repas offert » ?

Ken entrouvrit les lèvres, ses épaules se relaxèrent et ses yeux bleus étincelèrent comme deux feux follets.

— Aucun coupon, dit Ken en souriant et en ramenant l'argent vers lui. Mais le poulet au parmesan était le plat du jour. Je l'ai vu sur le menu à l'entrée.

Je ris et secouai la tête. Ken était peut-être un gros radin mais, si on considérait que mon ex avait claqué l'argent du loyer pour se payer plus de coke que ne pouvait en contenir un paquet de sucre candi

– ainsi que les services d'une strip-teaseuse du nom de Kandi –, un adulte doté d'une carte de crédit solvable grimpa soudainement en haut de la liste de mes aphrodisiaques favoris.

Ken ajouta :

— En plus, ce mois-ci, si je paye au restaurant avec ma Mastercard, on me rembourse deux fois l'addition.

Hilare, je lui flanquai un coup de pied sous la table.

— Oh, mon Dieu ! Je vais commencer à croire que c'est *toi* qui me dois du fric, maintenant !

Le serveur rapporta la carte de crédit et Ken me décocha un petit sourire narquois.

— Et si je t'invitais à dîner demain soir ? proposa-t-il en signant le reçu sans même un regard au serveur. J'ai un bon pour une salade gratuite chez Ruby Tuesday.

Mon hilarité redoubla.

— Connard, si c'est gratuit, c'est pas une invitation !

Je lui balançai ma serviette de table à la tronche et il l'intercepta souplement. Son rictus s'intensifia.

— Et si je devenais le *proprio* du bar à salades ?

Avec un hochement de tête, je me levai et lui tendis la main.

— OK, marché conclu.

Pendant un instant, il fixa prudemment ma main du regard, comme il l'avait fait la veille avec Jamal.

Merde, j'oubliais qu'il n'aime pas les…

En se redressant, Ken accepta ma main et m'aida à m'extraire du box. Tandis qu'il me levait de la banquette, je fus délicatement attirée dans sa bulle et une chaleur chargée d'un bourdonnement électrique m'enveloppa. L'atmosphère changea autour de nous. D'abord légère, elle devint sérieuse au moment où Ken me serrait une seule fois la main, avec une lenteur délibérée.

Il la laissa retomber en soupirant :

— Marché conclu.

Chapitre 8

En me raccompagnant en voiture jusqu'au cinéma, Ken ne chanta pas avec moi et il ne semblait m'écouter qu'à moitié, ce qui était hautement inhabituel de sa part. Au début, cela m'importait peu car je pouvais profiter de ce qu'il était perdu dans ses pensées pour le mater discrètement depuis le siège passager. Son profil était superbe. Saisissant. À l'instar de ses cheveux rebiquant vers le haut, le bout de son nez subtilement incurvé formait une parallèle avec un menton à fossette et des pommettes à se pâmer. Mais quand il se gara près de ma voiture sur le parking du cinéma, n'ayant échangé que cinq mots avec moi, je commençai à m'inquiéter.

De base, Ken n'était pas un bavard, mais il y avait clairement quelque chose qui clochait.

Il enclencha ses feux de stationnement et tourna son visage vers moi. Il m'était difficile de distinguer son expression dans l'obscurité mais c'était de toute façon inutile : Ken était quelqu'un d'indéchiffrable.

Sans faire le moindre mouvement pour sortir de voiture, je lui demandai :

— À quoi tu penses ?

Ken soutint mon regard, retenant son souffle pendant que j'attendais qu'il prononce sa sentence. Il avait changé d'avis pour le lendemain soir. Ken n'avait plus envie qu'on aille manger une salade chez Ruby Tuesday. Il venait subitement de se souvenir que son coupon gratuit avait expiré et il cherchait un moyen de me l'annoncer en douceur.

Enfin, son torse se gonfla tandis qu'il se forçait de nouveau à inspirer de l'air dans ses poumons. Avec une expression aussi dure qu'une statue de pierre, il demanda :

— Ça te dirait de voir ma maison ?

Si j'ai envie de voir sa maison ? En voilà, une foutue question ! Que veut-il dire ? Entrer pour y passer la soirée, ou juste passer devant en voiture pour y jeter un coup d'œil vite fait ?

— Tu veux que je vienne chez toi ? demandai-je d'une voix un petit peu trop déconcertée.

— Si tu en as envie.

— Genre là, tout de suite ?

Ken acquiesça lentement.

Impossible de décrypter ses intentions. Peut-être que m'inviter chez lui le rendait tout simplement nerveux, à moins qu'il ne veuille me démembrer avant de me bouffer le cerveau. L'un ou l'autre, l'ambiance était tendue.

Euh… oh, et puis pourquoi pas ! Il est beau gosse.

Je haussai les épaules et me forçai à sourire.

— D'accord.

Ken suggéra que je le suive avec ma voiture, de manière à pouvoir partir si je changeais d'avis. Il devait me croire nerveuse à l'idée d'être seule avec lui dans sa grande baraque et je pense que son intention était de me rassurer, mais sa proposition me fit m'interroger : était-il prudent de se retrouver seule dans sa grande baraque avec lui ? Je veux dire, c'est dans tous les manuels du parfait petit tueur en série : attirer sa victime dans un endroit isolé sous couvert de sécurité.

Ken a tout *d'un tueur en série*, songeai-je en suivant son Eclipse décapotable jusqu'en banlieue.

Souviens-toi de Christian Bale dans American Psycho[1]. *Lui aussi est beau gosse, méticuleux, calme… sportif… et il porte des cravates ! Oh, mon Dieu, il va me débiter à la hache !*

Chuuut, calme-toi… Peut-être que non. Tu exploreras la maison. Si tu trouves un poncho transparent, un masque exfoliant et une cabine de bronzage, alors tu pourras commencer à flipper.

J'appelai Juliet et je lui laissai un message pour l'informer de ma destination, juste au cas où.

Nous conduisîmes le long d'innombrables petites routes tortueuses et bordées d'arbres, dépassant des pâturages et des écoles primaires, jusqu'à ce que Ken tourne en direction d'un adorable lotissement du nom de Pinewood Lake. J'ignore dans quel genre d'endroit je m'imaginais qu'il pouvait vivre, mais certainement pas dans un de ces quartiers résidentiels avec piscines et courts de tennis privés.

Après avoir dépassé un petit cabanon, Ken tourna à droite et dépassa une dizaine de petites maisons fami-

---

1. Film de Mary Harron, réalisé en 2000 et adapté du roman de Bret Easton Ellis (NdT).

liales typiques, avec des Toyota Camry garées dans les allées et des tricycles laissés à l'abandon sur la pelouse.

Définitivement pas un quartier de célibataires.

Tandis que nous remontions lentement la rue, mon regard fut attiré au bout du chemin par une grande maison blanche à deux étages, perchée au sommet d'une petite colline et illuminée par un lampadaire. Comparé aux autres maisons du quartier, on aurait dit que celle-ci brillait dans le noir. Chaque fenêtre était barricadée par des volets noirs et ornée d'une petite jardinière fleurie. Un porche couvert courait tout le long du premier étage, se terminant sur le côté par un kiosque octogonal. Et, alors que je m'attendais à ce que nous la dépassions, les feux arrière de la voiture de Ken se mirent à briller.

Hein ?

Quoi ?

Ken alla garer son Eclipse dans le grand garage à deux places de la maison et je m'engageai à sa suite dans l'allée, essayant de comprendre ce qui se passait.

Ken habite ici ? Mais comment ? Même les parents n'ont pas une aussi belle baraque !

C'est donc ça ! Quelle conne : il vit encore chez ses parents !

Pas grave. Moi aussi, je vis chez mes parents.

Flûte ! Est-ce qu'il va me les présenter ?

Mais non, espèce de bouffonne ! Regarde autour de toi. Est-ce que tu vois d'autres voitures ?

Je n'en vis aucune. Mi-ravie, mi-terrifiée à l'idée de me trouver seule avec Ken, je sautai hors de ma Mustang – en palpant inconsciemment la bombe au poivre accrochée à mon porte-clés – et bondis à sa rencontre. Derrière sa voiture, Ken m'attendait, baigné par la lumière provenant de l'ouvre-porte du garage au-dessus de sa tête.

— La vache ! m'exclamai-je. Tu habites vraiment ici ? C'est tellement beau ! Et ce kiosque, putain ! C'est trop mignon ! ajoutai-je avec un grand geste de la main vers la gauche de la maison, réalisant que je tenais entre mes doigts une cigarette encore allumée.

Les lèvres de Ken se recourbèrent légèrement.

— Merci. J'ai installé une balancelle l'été dernier. Tu veux la voir ?

Ken me dépassa et marcha en direction du trottoir menant jusqu'au perron.

Incrédule, je me tournai et le regardai s'éloigner en clignant des yeux. Puis je me ruai dans son sillage pour le rattraper.

Nous gravîmes les marches blanches menant à un perron, nous passâmes devant deux chaises à bascule et entrâmes dans le petit kiosque sous lequel tanguait doucement une balancelle. Le tout d'un blanc immaculé.

Dès que je la vis, je poussai un petit couinement extatique. Je savais que dans environ cinq minutes, à cause de la brise du mois de février, j'allais commencer à claquer des dents, mais hors de questions de partir d'ici sans m'être assise sur cette foutue balancelle ! Je remontai la fermeture de ma veste jusqu'au menton et me hissai d'un bond sur la banquette suspendue, laissant juste assez de place pour que Ken vienne s'asseoir à côté de moi.

Évidemment, il n'en fit rien. Il resta debout, adossé

à la rambarde, à une distance d'un bon mètre, bien à l'abri dans sa petite bulle.

Fait chier !

Je m'apprêtai à agiter les jambes pour commencer à donner de l'élan à la balancelle lorsque Ken leva l'une des siennes et poussa légèrement la banquette du bout du pied. Surprise, je me balançai loin de lui et donnai un coup d'élan vers l'arrière, mes genoux frôlant la surface du champ magnétique qui l'entourait. Tandis que j'avançais et reculais, Ken soutint mon regard, toujours muet comme une carpe. Je pouvais voir ses méninges s'activer en scrutant son regard sombre.

Pour la seconde fois en une nuit, la future psychologue qui était en moi, frustrée de ne pas arriver à déchiffrer son expression, lui posa la question de tout à l'heure :

— Et là, à quoi est-ce que tu penses ?

Au goût de ma cervelle ?

Que tu me trouves jolie ?

Merde. J'ai de la sauce marinara sur le menton ou quoi ?

— Je me demandais quel poids la balancelle pouvait supporter, répondit Ken.

J'eus un rire nasal et un sourire fendit mon visage engourdi par le froid.

— Tu es vraiment en train de faire du calcul mental ?

Un rictus étira la commissure de ses lèvres.

— Toujours.

— T'inquiète pas, dis-je en dissimulant mon sentiment de panique. Si ça casse, on ira porter plainte contre Gusto's. Avec leurs petits pains à l'ail, j'ai dû prendre au moins cinq kilos !

Tandis que mes pensées s'emballaient à cause de mon poids et de la manière dont j'allais éviter de prendre le moindre kilo le lendemain, il m'apparut que l'inquiétude de Ken pour la fragilité de sa balancelle n'avait rien à voir avec le fait que j'étais une grosse vache : il s'y était toujours balancé tout seul.

Cette pensée me réchauffa de l'intérieur.

Et, lorsque Ken s'assit près de moi, je me sentis réchauffée de l'extérieur.

Contrairement aux miennes, ses jambes étaient assez longues pour atteindre le sol, mais il ne nous donna pas d'élan. Il nous laissa planer, comme ces silences qui ne semblaient pas le déranger le moins du monde.

Ken se satisfaisait d'être immobile.

Ce qui, bien sûr, n'était pas mon cas.

Une fois ma Camel Light consumée, je sautai de la balancelle, je tendis la main par-dessus la rambarde du kiosque et j'écrasai le mégot dans le sol, sous un rosier.

Sautillant presque sur place, je fis volte-face vers Ken.

— Alors… Tu me fais visiter ?

Ken hocha la tête et me guida jusqu'à la porte d'entrée. Contrairement au reste de la maison et aux volets, cette dernière n'était ni blanche ni noire.

— J'aime bien ta porte rouge, gazouillai-je tandis qu'il introduisait la clé dans la serrure. Qu'est-ce que ça symbolise ? Est-ce que les portes rouges ne sont pas censées protéger des mauvais esprits, ou un truc du genre ?

Ken ouvrit la porte en ricanant.

— Je me suis posé la même question, alors j'ai fait quelques recherches.

Il me tint la porte et ajouta :

— En Écosse, ça signifie que l'hypothèque est payée.

Avec un gloussement, je posai le pied à l'intérieur, me demandant qui pouvait lui avoir payé son hypothèque, et Ken ouvrit la lumière.

L'intérieur était d'un blanc immaculé. Raffiné. Et dépourvu de la moindre touche personnelle ou de photographies.

Oh, mon Dieu ! Il m'a eue ! Ce n'est même pas une résidence privée : c'est une maison-témoin ! C'est sûrement là qu'il amène ses victimes !

La porte d'entrée s'ouvrait sur un salon chichement décoré dont les murs étaient peints d'une agréable nuance vert cendré. Sur la droite de cet espace se trouvaient des escaliers menant au deuxième étage. Une imposante cheminée de pierre occupait la majeure partie du mur de gauche. Et sur le mur du fond, de part et d'autre d'un luxueux canapé en daim couleur caramel, se trouvaient deux grandes entrées – l'une menant à la cuisine et l'autre à la salle à manger.

Les luminaires étaient en acier. La table basse en bois. Et au-dessus du canapé se trouvait une collection éclectique de peintures à l'eau et de croquis à l'encre, représentant principalement la tour Eiffel.

Qui habite ici, sans déconner ?

Mon regard embrassa le salon et je me mis à bégayer :

— C'est… J'aime bien la couleur des murs.

— Merci, répondit Ken en refermant la porte, me

faisant sursauter. J'ai tout peint moi-même, mais mon père m'a aidé pour les moulures.

J'en étais sûre !

J'ouvris mon blouson et m'avançai vers le mur du fond pour admirer les toiles de la tour Eiffel.

— Oh, et est-ce que ton père habite ici ?

— Non, mais ma sœur, oui. Elle me loue la grande chambre.

Donc, une femme vit ici. Ça explique la déco parisienne.

Je focalisai mon attention sur une très belle toile représentant la cathédrale Notre-Dame après une averse. La pluie donnait aux trottoirs des airs de miroirs.

— C'est cool, dis-je. Ta sœur t'a aidé pour la décoration ?

— Non. Elle n'a emménagé qu'il y a quelques semaines.

— Ah oui ? fis-je en me tournant vers Ken, bouche bée, ma veste à moitié retirée. Alors, tu as acheté cette maison, et tu l'as peinte et décorée… toi-même ? Elle est si…

Proprette. Parfaite. Vide.

— Jolie, conclus-je.

Ken sourit timidement. Son manteau dans une main, il me tendit l'autre pour me prendre mon blouson. Je m'en débarrassai d'un coup d'épaule et le lui confiai.

— D'où viennent ces tableaux ? demandai-je tandis qu'il rangeait nos manteaux dans une penderie située sous l'escalier.

— Je les ai achetés à Paris, répondit-il en plaçant mon blouson sur un cintre en bois. Dans les rues, on trouve parfois des artistes assis sur les trottoirs, ils peignent des monuments à longueur de journée. Leur travail est épatant.

Il ferma la porte de la penderie et se tourna vers moi en souriant avant d'ajouter :

— Et ça coûte pas cher !

Je soutins son regard et je fus frappée par une étrange impression de déjà-vu. À ceci près qu'au lieu d'avoir la sensation de regarder vers le passé, c'était vers l'avenir que j'étais tournée. Ken n'avait pas décoré cette maison pour lui : il l'avait décorée pour *moi*. Cela n'avait aucun sens, mais je le ressentis. Je le savais. En voyant cette maison, mon âme s'était dit : *c'est chez moi* ; en voyant les peintures, mon cœur s'était dit : *c'est chez moi*. Et, en contemplant cet homme intelligent, introverti, charmant, grassement payé, responsable et vierge de tout tatouage, mes yeux avaient vu se dessiner un énorme point d'interrogation au-dessus de sa tête. *À moi ?*

Ken n'était pas du tout mon type, mais peut-être qu'il était temps pour moi de revoir mes standards à la hausse.

Le grondement d'une voiture en train de rentrer au garage me tira de ma transe.

— C'est ta sœur ? demandai-je, tout à coup mal à l'aise de me trouver au milieu du salon, les bras ballants devant le canapé.

— C'est peu probable, dit-il en passant devant moi. La plupart du temps, elle dort chez son copain.

Peu probable ? Mais putain, qui c'est alors ?

Ken s'installa sur le canapé et alluma la télé avec sa zappette pile au moment où une porte claquait dans la cuisine. La seconde d'après, une fille asiatique de petite taille pénétra dans le salon. Elle avait l'air d'avoir mon âge, peut-être même plus jeune, et elle ne mesurait pas plus d'un mètre cinquante. Lorsqu'elle remarqua que Ken avait de la compagnie, elle détourna timidement le regard et se rua dans l'escalier.

Je me tournai vers Ken en affichant l'expression universelle qui disait : « C'est quoi ce délire ? »

Ravi de me voir aussi décontenancée, Ken esquissa un rictus et s'expliqua :

— C'est Robin. Elle bosse au cinéma et elle a besoin d'un endroit où dormir, alors je lui loue une des autres chambres.

— Combien y a-t-il de chambres ici, exactement ? demandai-je d'une voix bizarrement contrariée.

— Quatre.

— Dois-je m'attendre à voir débouler d'autres locataires ?

Le rictus de Ken s'accentua.

— Pas encore, mais si tu connais des gens qui cherchent à louer, fais-le-moi savoir.

Je levai les yeux au ciel et le rejoignis sur le canapé, changeant aussitôt de sujet pour m'empêcher de réclamer la place de troisième colocataire :

— Tu as quel âge ?

— Vingt-trois ans, répondit-il sans quitter des yeux le programme. Tiens, ils ont enfin mis *Mickey les yeux bleus* sur HBO. Tu l'as vu ?

Je secouai la tête, à la fois pour répondre à sa question, mais aussi parce que j'étais médusée qu'on puisse être si *mûr* à seulement vingt-trois ans.

— Sérieux ? s'étonna-t-il en sélectionnant le film

avant de reposer la télécommande sur la table basse. Il est génial, ce film. J'adore Hugh Grant, c'est mon acteur favori.

Je pouffai par le nez. Ken me jeta un regard torve.

— Quoi ?

— Hugh Grant n'est l'acteur favori de personne.

Ken éclata de rire et se tourna vers moi, dissimulant son sourire avec encore moins d'habileté que d'habitude.

— C'est ce que je pensais aussi. Puis, un jour, j'ai réalisé que j'avais adoré tous les films où je l'avais vu. Même *Escrocs, mais pas trop*[1], alors que je déteste Woody Allen. Du coup, j'ai pensé : « Putain de merde, je crois que Hugh Grant est mon acteur favori. »

Son sourire était contagieux. Je pris une voix taquine :

— Tu veux dire que tu aimes *Le Journal de Bridget Jones*[2] ?

— Ouais.

— *Quatre mariages et un enterrement* ?

Ken confirma d'un hochement la tête.

— Même *Coup de foudre à Notting Hill*[3] ?

— Tu plaisantes, j'espère ? C'est le meilleur de tous ! On se le regarde après ? Enfin je veux dire… avec…

Ken s'éclaircit la voix et scanna son salon avant de reprendre :

— Si tu as envie, bien sûr.

Je souris, ravie de découvrir cet aspect aussi mignon

1. Film de Woody Allen, sorti en 2000.
2. Film de Sharon McGuire, sorti en 2001.
3. Film de Roger Michell (1999), avec Julia Roberts.

qu'insoupçonnable de la personnalité de Ken Easton. Prête à tout pour chasser sa soudaine détresse et charmée par son penchant pour les comédies romantiques anglaises, je me penchai en avant et déposai un baiser chaste sur sa bouche finement ciselée. Je n'avais pas réfléchi. J'avais agi… à l'instinct.

Et je le regrettai aussitôt.

À l'instant même où nos lèvres se frôlèrent, Ken se figea. Dans mes poumons, l'oxygène s'immobilisa également et j'attendis qu'il daigne faire quelque chose, frappée de malaise.

Un Mississippi, deux Mississippi…

Mais Ken ne fit rien. Il demeura planté là, assis, suspendu dans l'instant, les yeux grands ouverts et respirant à peine à travers ses lèvres légèrement pincées tout contre les miennes.

Je le libérai de cet embarras en rompant notre baiser avec un bruit sec, comme pour signifier que ce n'était qu'un innocent bisou, sans grand intérêt.

C'est quoi le problème, putain ? Il reste planté là sans rien faire ! S'il n'avait pas l'intention qu'on s'emballe, pourquoi m'avoir invitée chez lui ?

Alors que je tripotais nerveusement un des fils de mon jean déchiré en cherchant une excuse super crédible pour foutre le camp sans tarder, Ken éteignit la lampe près du canapé et lança le film. Ce fut alors que, grâce à mon regard baissé, je remarquai un geste discret, mais clairement identifiable. Profitant de la relative pénombre, Ken venait de tirer sur l'entrejambe de son pantalon.

Je réprimai un sourire en me mordant l'intérieur de la joue.

Allez… Peut-être que je vais rester un peu.

Je m'éveillai plusieurs heures plus tard, couchée à l'horizontale sur son canapé en daim. Je clignai plusieurs fois des yeux face à l'écran de télé encore allumé, tâchant de reprendre mes esprits, et réalisai que j'étais tout habillée et à moitié vautrée sur Ken. Ma tête était posée sur l'accoudoir et Julia Roberts se tenait debout dans une librairie.

Quelle putain de honte. Je devais m'être endormie sur lui, pourtant le contact ne semblait pas l'avoir dérangé. D'ailleurs, pendant que je pivotais et me tortillais pour trouver une position plus confortable, je sentis son érection enfler et s'allonger contre mon flanc d'une manière qui ne trompait pas. Mes hormones reprirent subitement vie, prêtes à se plonger dans l'action qui suivait immanquablement une telle manifestation de désir, mais à mon grand étonnement Ken ne se pressa pas contre moi. Au lieu de venir me peloter, il bougea ses mains pour me faire de la place.

En gardant ainsi un contrôle absolu de son corps, Ken me donnait *toute latitude* pour agir à ma guise.

Un privilège auquel personne n'avait eu droit jusqu'à ce jour.

Selon mon expérience, les garçons sont de sales opportunistes. Même les gentils. Donnez-leur une partie de vous et ils vous prennent votre virginité.

Mais, comme je l'avais réalisé cette nuit-là, Ken n'était pas un vrai garçon. Même pas un homme. C'était une sous-espèce d'homme, très rare, dont j'ignorais qu'elle pouvait encore exister, et plus communément appelée *gentleman*.

Et, depuis tout ce temps, j'en avais un spécimen caché juste sous mon nez.

Alors que Julia Roberts faisait face à Hugh Grant, des larmes plein les yeux et un sourire forcé sur son merveilleux visage, Ken récita d'une voix calme et de mémoire la réplique suivante :

— Je suis aussi une fille, qui se trouve devant un garçon, et qui lui demande de l'aimer.

Je ricanai et me redressai en position assise. Ken quitta momentanément l'écran des yeux pour croiser mon regard amusé. Ses paupières étaient lourdes, ses traits détendus et la commissure de ses lèvres était recourbée vers le haut.

— C'est la scène que je préfère, dit-il en hochant la tête vers l'écran.

Avec un sourire probablement aussi large que celui de Julia Roberts, je secouai la tête. Ken était si drôle. Charmant, aussi. En plus, il m'avait laissée le toucher pendant… je ne sais combien de temps.

Je scannai le salon à la recherche d'une horloge.

— Quelle heure est-il ? demandai-je.

Ken déporta son poids et tira son portable de sa poche avant de consulter les chiffres verts illuminant l'écran.

— 00 h 58.

— Merde !

Je bondis trop vite du canapé, ce qui me flanqua le tournis, et me précipitai vers la penderie d'un pas peu assuré.

— J'ai cours demain, repris-je. Il faut que j'y aille.

Ken hocha la tête d'un air endormi, puis il m'accompagna dans sa cuisine aux murs d'un blanc immaculé, où nous passâmes devant une adorable petite table de petit déj' avant de sortir, et nous nous retrouvâmes devant la porte du garage. Au moment de dépasser son Eclipse et la petite Honda Civic de Robin, je remarquai que Ken ne portait pas de chaussures. Il avait dû les retirer pendant que je dormais. J'ignore encore pourquoi, mais le voir en chaussettes me rendit heureuse.

À hauteur de ma voiture, Ken marqua une halte et se tourna vers moi. Il arborait à nouveau son expression apathique, ce masque derrière lequel il dissimulait ses sentiments. Nos respirations se matérialisaient dans l'air frais du soir. Elles entrèrent en collision et un tourbillon vaporeux se forma entre nous.

Je décidai d'atermoyer, afin de tenter de déchiffrer ses pensées avant mon départ :

— Alors… On se fait un karaoké demain soir ?

Un sourire vint rompre la gravité de son expression.

— Désolé, dit-il en haussant les épaules. J'ai rencard au bar à salades.

Je rigolai.

— Ah oui, c'est vrai. On se voit là-bas.

Son sourire s'estompa.

— On se voit là-bas.

Arrête de le regarder comme ça, bouffonne ! Embrasse-le !

Non ! J'ai envie qu'il m'embrasse le premier !

Et moi de devenir la nouvelle chanteuse de No Doubt[1]*, mais, putain, c'est pas près d'arriver ! Lance-toi !*

— On se retrouvera… au cinéma ?

1. Groupe de rock alternatif fondé en Californie en 1994. Leur titre le plus connu est *Don't Speak*.

C'est ça, parfait. Fais traîner les choses ! Ce sera moins bizarre.

— Ouais, répondit Ken, dont la cravate dénouée pendait autour du cou. Je finis à 18 heures.

Il se frictionna les mains pour les réchauffer et les fourra dans ses poches.

Super, il a les mains dans les poches, maintenant ! Ça, c'est un signe qui ne trompe pas : pas de câlin.

N'importe quoi, il a juste froid !

Raison de plus pour l'embrasser fissa pour qu'il puisse rentrer se mettre au chaud, espèce de grosse morue égoïste !

Il n'a même pas essayé d'entamer les préliminaires ou de me convaincre de rester passer la nuit chez lui. Et si je ne l'intéressais pas ?

Très bien, alors ne l'embrasse pas.

C'est pas aussi simple !

— Ça va le faire, dis-je. On se voit demain !

Comme dans un film au ralenti, je tendis la main vers la poignée de ma portière, scrutant son visage en quête d'un peu d'affection et analysant son langage corporel pour y déceler une invitation que j'aurais pu louper. Mais le moment que nous avions vécu sur le canapé s'était évanoui depuis longtemps. Ken était redevenu un glaçon, à l'intérieur comme à l'extérieur.

Avec un hochement de tête digne d'un commercial, mon crush endimanché pivota sur ses talons et rejoignit la maison en passant par le garage.

Sérieux ? Même pas de câlin ? Putain de merde !

Alors que j'étais sur le point de claquer la portière avec une violence telle que j'allais réveiller les voisins, Ken me héla depuis le palier de la cuisine :

— Hé, Brooke…

— Oui ? répondis-je de derrière le volant, une note d'espoir si aiguë dans la voix que les décibels auraient dû faire aboyer tous les chiens du quartier.

— Préviens-moi quand tu es arrivée chez toi, d'accord ?

— D'accord.

Avec un soupir, je tirai la portière, qui se referma avec un léger clic.

Chapitre 9

— Tu te rappelles cet épisode de *Sex and the City* ? demandai-je à Juliet en exhalant la fumée de ma cigarette, dont je tapotai la cendre à l'aveuglette au-dessus d'un bol débordant de mégots. Si ça se trouve, je ne l'intéressais pas, tout simplement.

De l'autre côté du bar, Juliet plissa ses yeux cerclés de noir et me dévisagea en fronçant ses sourcils finement dessinés. En dehors du khôl noir, cette fille n'avait rien dans sa trousse à maquillage. Si elle n'avait pas souffert de trichotillomanie – le besoin compulsif et inexplicable de s'arracher les cils et les sourcils –, elle ne se serait probablement jamais maquillée.

Elle s'en battait les reins, de mes histoires. Si vous étiez devenue mère aussi jeune qu'elle, vous non plus vous n'en auriez rien eu à carrer. Même si elle avait fini enceinte d'un dealer à l'âge de quinze ans, Juliet était tout de même parvenue à décrocher son bac et à être acceptée en cours de commerce à l'UGA. Évidemment, elle se serait bien mieux adaptée à l'université d'État de Géorgie, où les étudiants fumaient comme des pompiers, s'habillaient en noir et étaient des végans convaincus, mais je ne lui en voulais pas d'être allée ailleurs. Les mecs de l'UGA étaient bien plus canons et les bars bien plus cools, surtout le Fuzzy's Bar & Grill, où elle bossait en tant que barmaid.

Cet endroit était un vrai trou à rats, sans aucun autre thème notable que « tout ce qui est en bois vient mourir en ces lieux ». Tout le lambris n'était que boiserie, le sol était composé des planches les plus dures qu'on puisse imaginer et chaque table, chaise et surface était faite d'une matière marron et pleine d'échardes.

Et, bordel, il y en avait, de gros blaireaux pour me faire du rentre-dedans !

Au Blue Pabst Ribbon, les pichets à dix dollars attiraient tous les travailleurs du coin, des types couverts de tatouages qui n'en avaient rien à foutre des étudiants. On n'y venait que pour picoler pas cher. Les clients réguliers du Fuzzy's adoraient Juliet, ce qui était hilarant vu qu'elle se comportait comme une garce avec tout le monde. Et, quand sa meilleure amie aux cheveux violets buvait gratis sur le compte de la maison alors qu'elle n'était pas en âge de boire, personne n'osait moufter.

En gros, c'était le paradis dissimulé sous le couvercle d'un vieux cercueil.

Juliet m'offrit un verre de Coca généreusement dosé en Jack Daniel's et m'arracha ma cigarette des mains pour tirer une taffe.

— T'as raison, dit-elle pendant que je sirotais ma première gorgée. Tu l'intéresses pas, point-barre.

Avec un rire moqueur, je lui repris ma clope :

— J'étais sûre que tu allais dire ça.

— Hé, je ne crois que ce que je vois, répliqua-t-elle

avec un haussement d'épaules, ignorant totalement les regards de remontrances de ses patrons. Ça fait, quoi, cinq fois que tu vas chez lui ? Et il ne t'a toujours pas proposé de monter dans sa chambre ? C'est bizarre, quand même.

Je levai vivement les mains au ciel.

— C'est bizarre, hein ? Si on n'avait pas déjà pris nos billets pour ce foutu Cirque du Soleil, je l'aurais zappé depuis longtemps. Je vais encore devoir me farcir ce malaise pendant trois semaines !

À la table derrière moi, un client se racla bruyamment la gorge, provoquant chez Juliet un lever de sourcils.

Elle lança un regard assassin par-dessus mon épaule en direction d'un groupe de fans de hockey tapageurs rassemblés autour de la télé à l'autre bout du bar.

— Je suis à vous tout de suite, *monsieur* ! hurla-t-elle pour couvrir le boucan. Tête de nœud, ajouta-t-elle à voix basse.

— Rappelle-moi pourquoi tu as droit à de plus gros pourboires que moi ? dit une voix masculine au-dessus de moi.

Je levai la tête et vis un homme au sourire chargé en mégawatts juste à côté de Juliet. Ses cheveux châtains étaient coiffés en une espèce de crête à la mode. Il portait une veste grise par-dessus une chemise blanche, mais les tatouages qui dépassaient de son col et de ses manches réduisaient à néant le caractère formel de sa tenue.

Et multipliaient son charme par dix.

— C'est simple, Zach : j'ai un truc qui s'appelle des nichons, répliqua Juliet.

Bien qu'il s'adressât à elle, le beau gosse me décocha un sourire radieux.

— Oh, c'est donc ça ! Moi qui pensais que c'était à cause de ta brillante personnalité !

Je ricanai et Juliet leva les yeux au ciel.

— B, je te présente Zach, notre nouveau barman. Il se croit marrant.

Le dénommé Zach m'adressa un clin d'œil :

— Ta copine aussi me trouve marrant.

Juliet se tourna pour lui faire face. Je n'avais jamais compris comment elle arrivait à rester insensible aux canons pareils.

— Elle en est à son deuxième whisky-Coca, répliqua-t-elle. À ce stade, tout est marrant pour elle.

Zach plongea son regard dans le mien et je haussai les épaules :

— C'est pas faux.

Juliet passa sous le nez de son collègue et partit engueuler d'autres clients, prétextant de ne pas être affectée par le charisme et la virilité qui émanaient de Zach.

Ce dernier s'accouda au bar et se pencha vers moi.

— Elle est toujours aussi sympa ? demanda-t-il.

Je gloussai. Un gloussement, putain. Carrément.

— Mec, je ne vais pas te mentir : c'est une vraie garce. Elle m'a carrément poussée au milieu de la route une fois.

— Hé, oh, je t'ai tout de suite ramenée sur le trottoir ! me lança-t-elle depuis une table de motards à trois mètres du bar. Fais pas ta fiotte !

Mes yeux se révulsèrent et je me tournai vers le nouveau barman.

— On vit une relation toxique.

Zach rigola.

— Il paraît que t'es coutumière de la chose, ces derniers temps.

Je pris une gorgée de mon verre afin de dissimuler ma honte.

— Tu en as entendu parler ?

Zach adressa un hochement de tête à l'un des fans de hockey, qui brandissait deux doigts en l'air. Il prit deux pintes poussiéreuses sur une étagère au-dessus de sa tête et se retourna vers la tireuse pour les remplir.

— Je sais que c'est pas mes oignons, mais j'ai une théorie, me dit-il en m'observant par-dessus son épaule. Si tu as envie de l'entendre…

— Une théorie sur le mec que je fréquente ?

Zach déposa une pinte remplie et commença à remplir la seconde.

— Non, sur les mecs en général.

— Balance, mon pote. Toute aide est la bienvenue.

Tout en me décochant un rictus, Zach alla servir leurs consommations aux clients et reprit place derrière le bar pour me faire face.

— Prête ? Je te préviens : je vais grave ramener ma science.

Avec un grand sourire, j'acquiesçai avec enthousiasme.

Après avoir jeté un œil de chaque côté du bar, Zach se pencha vers moi pour me parler sur le ton de la confidence :

— Une bite… c'est comme un golden retriever.

Frappée d'incrédulité, je me renfrognai.

— C'est *ça* ta théorie ?

— Ouais, répondit Zach en croisant fièrement les bras. Réfléchis : les mecs remuent la queue quand ils voient un truc dont ils ont envie. Ils communiquent comme des merdes. Et s'ils t'aiment bien, ils te suivent partout jusqu'à ce que tu acceptes de jouer avec eux.

Je partis d'un rire nasal qui provoqua des picotements dans mes narines.

— Et en quoi c'est censé m'aider ?

— Maintenant que tu sais comment fonctionne une bite, t'as plus qu'à observer. Si un mec te kiffe, il cherchera des prétextes pour te fréquenter.

— Au cas où j'accepterais de faire des papouilles à son *golden* ?

— Tout à fait, répondit-il avec un sourire radieux qui creusa sur sa joue une fossette que je n'avais pas remarquée jusque-là. Si tu n'es pas dispo, pas de papouilles, pas vrai ? Alors il voudra te garder le plus près de lui possible.

À ce moment-là, il ne m'échappa pas que l'homme le plus près de moi – très près –, c'était Zach.

Tandis qu'une sensation de chaleur m'envahissait les joues et la nuque, je baissai les yeux sur le bar, portant mon attention sur ses doigts épais et virils qui étaient entrelacés entre nous. Je discernai deux mots tatoués sur ses phalanges : « work » et « play »[1].

Je déglutis et m'obligeai à lever la tête vers ses yeux d'une couleur ambrée, comme du whisky.

— Et donc… supposons que le mec en question cherche toujours des prétextes pour être avec moi,

1. « Travailler » et « s'amuser ».

mais qu'une fois qu'on est sur son canapé il préfère mater des films jusqu'à ce que je m'endorme ?

— Oh, c'est simple, ricana Zach. Il est gay.

J'éclatai de rire et je frappai le bar tout effrité avec les deux mains.

— Oh, mon Dieu ! Un gay ! Pourquoi n'y ai-je pas pensé ? Pendant tout ce temps, j'ai cru que c'était un tueur en série !

— Hé, bouffonne ! aboya Juliet en contournant le bar. C'est pas parce que t'es gay que tu peux pas être un tueur en série.

Chapitre 10

Une fois, je m'étais bourré la gueule à l'une des sauteries organisées chez Jason – pour changer – et j'avais demandé à Ken, qui à l'époque n'était encore que Pyjama Man, pourquoi il ne célébrait ni les fêtes ni son anniversaire. La conversation avait donné quelque chose comme ça :

— Je ne vois pas en vertu de quoi il faudrait acheter aveuglément des cadeaux au nom d'une date sur un calendrier. Je n'y crois pas. C'est comme la Saint-Valentin. Qui a décrété qu'on devrait tous acheter des boîtes de chocolats en forme de cœur chaque 14 février ? Hallmark a inventé cette saloperie de toutes pièces. Les entreprises nous lobotomisent.

Je levai les yeux au ciel.

— Et qu'en pense ta copine ?

— J'en ai jamais eu, répondit Ken avec un haussement d'épaules.

Je levai l'index, prête à énumérer.

— Donc, je récapitule : tu ne bois pas, tu ne fumes pas, tu ne joues à aucun jeu d'argent et tu ne crois ni aux fêtes ni aux religions et, de toute évidence, à l'en-

gagement non plus. Je m'attends même à ce que tu ne manges pas de chocolat.

Il me décocha un regard en coin.

— Eh bien, justement…

— Oh, mon Dieu, c'est pas vrai ! Mais tu es l'ennemi absolu du fun, toi ! Et le café ?

— Non plus.

— Le sexe ?

Au son de ma propre question, j'ouvris des yeux grands comme des soucoupes. Au moment où j'allais lui présenter mes excuses, Ken se tourna vers moi, arborant un sourire qui m'informa qu'il n'était nullement offensé.

— Je suis fan.

— Un fan de sexe, voyez-vous cela, fis-je en arquant un sourcil et en lui rendant son rictus.

Je levai ma canette à moitié vide pour porter un toast.

— Je bois aux deux seules choses que nous ayons en commun : au sexe et aux grossièretés !

Avec un sourire, Ken leva son Gatorade.

— Santé.

Mon gobelet en plastique heurta sa bouteille en verre avec un bruit frustrant.

Le 14 février, pendant que je roulais en direction de Gusto's, où Ken et moi nous étions donné rendez-vous, je rejouais cette ancienne conversation en boucle dans ma tête. Je tâchais de ne pas nourrir de faux espoirs. Je me rappelais à moi-même que nous ne traînions ensemble que depuis quelques semaines et qu'à l'exception d'un bisou gênant sur son canapé – *un seul* – il n'y avait rien eu entre nous. Je rembobinai ses mots comme une bande audio, ce moment où il m'avait avoué texto ne célébrer aucune fête, ne pas croire en l'engagement et ne pas manger de chocolat. Je m'étais assurée de ne faire aucun plan sur la comète.

Du moins le croyais-je.

Le dîner se passa bien. La nourriture était délicieuse. Comme d'habitude, je fis bombance et m'en voulus à mort aussitôt après. Bien que Ken n'ait pas fait de remarques sur la Saint-Valentin, il paya tout de même l'addition, ce qui n'était sûrement pas pour lui plaire.

Tout se passa comme prévu – jusqu'au moment où je lui offris son cadeau.

M'étant souvenue de son aversion pour Hallmark, j'avais confectionné la carte moi-même. Sur le devant, j'avais dessiné un nœud celtique – mon gribouillage fétiche – et, en y regardant de plus près, on pouvait discerner les lettre K, E et N sous les motifs tortueux du dessin. Je ne me souviens plus de ce que j'avais écrit à l'intérieur, sûrement un petit mot plein de sarcasme. Puis je l'avais glissé dans une enveloppe et scotché sur l'emballage de son cadeau – un album des All-American Rejects[1]. L'idée n'était pas de jeter l'argent par les fenêtres, juste de lui offrir une petite babiole, et, comme nous avions chanté *Swing, swing* ensemble dans sa voiture la semaine passée, je pensais avoir choisi pour lui le cadeau idéal.

Un cadeau…

Je lui avais fait un putain de cadeau…

Et il refusa de l'ouvrir.

1. Groupe de rock américain fondé en 1999.

— Tu n'aurais pas dû, dit-il en fixant mon offrande, une note de remontrance dans la voix.

Je poussai à nouveau le paquet dans sa direction.

— Et pourquoi ça ? rétorquai-je.

Parce que tu ne me vois pas sous cet angle ? Parce que je suis le genre de fille avec qui c'est cool de traîner mais pas assez pour briser ta règle sur la Saint-Valentin ? Pourquoi tu ne m'invites pas dans ta chambre ? Parce que tu es un tueur en série et que tu ne veux pas que je laisse des empreintes partout ?

— Parce que si j'avais eu envie d'un truc je me le serais payé tout seul.

— C'est faux.

— Alors peut-être que je n'ai envie de rien.

— Ça, tu en voudras.

Ken me regarda bouder avec l'expression épuisée des parents dont l'enfant fait un caprice. Il semblait dire : « Est-on obligés de faire ça maintenant ? » et « T'as fini ? ».

Mais j'étais loin d'avoir fini. J'étais Brooke Bradley, putain. Une enfant unique, pourrie-gâtée, à qui les parents avaient malencontreusement appris que « non » n'était qu'un mot signifiant qu'il allait falloir frapper plus fort que ça pour être une emmerdeuse finie. Peut-être que Ken n'avait envie de rien, mais moi si, et pas qu'un peu !

— Écoute-moi bien, grognai-je une fois notre serveur parti avec la carte de crédit. Soit tu l'ouvres, soit c'est moi qui l'ouvre, mais une chose est sûre : on ne bougera pas d'ici tant que mon putain de cadeau ne sera pas déballé.

Résigné, Ken poussa un soupir las et ses épaules s'affaissèrent, mais il ne fit toujours aucun mouvement. Je sifflai entre mes dents :

— Très bien.

Arrachant l'enveloppe du paquet avec une violence exagérée, je déchirai le rabat et en retirai la carte. Les yeux grands ouverts, je papillonnai des paupières et poussai une exclamation de surprise.

— Oooh, mazette, mais regardez-moi ça ! gémis-je avec mon meilleur accent de belle du Sud. N'est-ce pas la plus belle chose que tu aies vue de ta vie ?

Poussant une exclamation exagérée, j'apposai ma paume sur ma poitrine.

— Et on dirait même qu'il y a ton nom dessus !

Je claquai violemment la carte à l'endroit où se trouvait précédemment son assiette.

— Et c'est pas fini ! ajoutai-je en déchirant le papier-cadeau argenté et en lui présentant le boîtier. Les All-American Rejects ! J'adore ce groupe ! Tu as tellement de chance, Ken !

Je balançai le CD près de la carte et, renonçant à mon personnage, je m'adossai à nouveau contre la banquette. Du napalm dans les veines, je le fusillai du regard, imaginant mille et une façons de lui faire du mal en me servant uniquement des couverts disponibles sur la table.

Insensible à mon petit numéro, Ken demanda :

— On y va, maintenant ?

Avec une expression sévère et impassible, je m'emparai de mon sac à main et du cadeau de Ken.

— Super idée.

En plus d'être une fête créée de toutes pièces par les

fabriques de cartes de vœux américaines, le 14 février était aussi la date anniversaire de Jason. À cette occasion, il organisait une fête chez lui et nous avions promis d'y passer.

Sur le parking enténébré, tandis que je marchais d'un pas lourd vers ma Mustang, j'entendis la voix de Ken dans mon dos :

— Tu vas toujours chez Jason ?

Je devinai une note de remords dans sa voix. À moins qu'il ne fût nerveux à cause de mon coup de sang digne d'une psychopathe.

— Ouais, répondis-je au moment où Ken déverrouillait sa portière en appuyant sur le bouton-poussoir.

Quelques emplacements plus loin, les phares de l'Eclipse clignotèrent, et sans même prendre le temps d'y penser je tapai un sprint jusqu'à sa voiture. J'ouvris la portière côté passager, je balançai carte et CD à l'intérieur et je refermai d'un grand coup sec. Puis je fis volte-face et rejoignis ma Mustang d'un pas décidé en défiant Ken du regard tout du long.

C'est à toi, maintenant. Étouffe-toi avec, enfoiré.

Ken me dévisagea, une expression d'ennui profond sur son beau visage.

À bord de ma voiture, je démarrai en trombe et je fus sur la route avant même que Ken n'ait pu ne serait-ce que mettre le contact. Même si je conduisais à quinze kilomètres-heure au-dessus de la vitesse autorisée, le trajet vers Atlanta me sembla durer une éternité. Pour m'occuper l'esprit, je ressassai chaque aspect de l'infernale soirée de Saint-Valentin que je venais de vivre et commençai à psychanalyser toute notre relation. Au cours du trajet, j'en arrivai à deux conclusions :

La première : Ken était un connard rigide, têtu et coincé.

Et la seconde : j'avais vu juste. Je ne l'intéressais pas.

Je me garai sur le parking devant l'immeuble de Jason puis, sans attendre l'arrivée de Ken, j'empruntai l'escalier de ciment et je grimpai les quatre étages. Vu son allure de tortue, j'avais probablement dix bonnes minutes d'avance sur lui.

Au quinzième coup contre la porte, Jason vint m'ouvrir. Il puait la gnôle et arborait un sourire qui s'étirait d'une oreille à l'autre.

— Quoi d'neuf, poussinette ? demanda-t-il d'une voix toute pâteuse.

Je levai les bras, prête à les passer autour de son cou.

— Bon anniver… Aaaaah ! criai-je au moment où Jason me soulevait dans ses bras pour me faire tourner.

Après avoir fermé la porte d'un coup de pied, manquant de me faire tomber au passage, Jason se tourna et me porta jusqu'au salon, où se trouvaient plusieurs groupes d'invités – plus nombreux que d'habitude – qui buvaient des coups et discutaient d'une voix forte pour couvrir la musique dance que la stéréo crachait à plein volume.

— Hé, les connards, regardez un peu qui j'ai trouvé ! lança Jason en ne s'adressant à personne en particulier.

Il me reposa par terre et se rendit au canapé en titubant, cueillant au passage un verre de scotch à moitié plein sur la table basse. Il atterrit sur le canapé et le liquide couleur de caramel voltigea hors de son verre.

Je plongeai sur la place libre à ses côtés et j'étreignis à deux mains son verre à liqueur pour qu'il n'en verse pas davantage sur sa chemise.

— Mollo, le héros du jour ! Tu devrais lever un peu le pied. Tu n'as même pas encore soufflé tes bougies.

Je lui adressai un sourire qu'il ne me rendit pas. Il essaya de fixer mon visage mais son regard se perdit par-dessus mon épaule.

— Qu'est-ce qu'on s'en fout ! marmonna-t-il. Tout le monde s'en fout de moi…

— Dis pas de conneries, dis-je en plaçant une main rassurante sur son épaule. Regarde tous ces gens qui sont venus à ta fête. Tout le monde s'amuse ! Qu'est-ce qui ne va pas ?

Je n'avais jamais entendu Jason dire quoi que ce soit de négatif. Il n'exprimait jamais vraiment ce qu'il avait sur le cœur. Il n'avait pas l'alcool triste. D'ordinaire, il était pompette, puis il devenait ivre et finissait complètement déchiré.

En fait, à bien y penser, je ne l'avais jamais vu sobre.

Jason porta son verre à ses lèvres et se cogna le menton.

Bon Dieu de merde, il est raide.

Je lui pris son verre – dont le maigre contenu valait plus cher que mon salaire – et le déposai sur un des sous-bocks de la table basse.

Je scannai les convives à la recherche d'un invité assez sobre pour m'aider, mais une seule personne n'était pas ivre : Ken.

Il se tenait dans la cuisine et discutait avec Allen. Mais son regard, limpide et neutre, était rivé sur moi.

Devant mon air désespéré, Ken traversa le salon pour nous rejoindre, croisa mes yeux chargés de supplique et posa la main sur l'épaule de Jason.

— Hé, mec. Tu te sens bien ?

La tête de Jason bascula vers l'avant. Un filet de bave pendait de sa bouche entrouverte.

Ken me regarda, son masque de nonchalance fissuré par une authentique inquiétude.

— Merde. On va l'allonger. Sur le côté, au cas où il gerberait.

J'observai Ken placer le corps inerte et triste de Jason sur le flanc.

— OK, dis-je en me levant avant de m'élancer vers la salle de bains. Je vais chercher la poubelle !

Je reviens quelques secondes après, armée d'une corbeille en plastique blanc.

Contrairement à son cadeau de Saint-Valentin, Ken l'accepta sans hésiter et la plaça par terre, à côté de la tête de Jason.

Je scannai à nouveau la foule d'invités, cherchant parmi leurs visages une expression d'inquiétude quant à l'état de notre ami le jour de son anniversaire, mais personne ne nous regardait. Tout le monde picolait, riait, dansait et criait comme si de rien n'était. Personne n'avait remarqué que le mec pour lequel nous étions tous réunis s'était déjà soûlé à mort.

Peut-être que Jason avait raison.

Je ne pouvais tout de même pas rester plantée là et le regarder dormir, mais je me voyais mal faire la fête pendant que mon pote faisait, ou pas, un coma éthylique.

Mais je pouvais toujours sortir fumer une clope. Ça ne faisait de mal à personne.

Je tendis la main vers mon sac et réalisai que j'avais oublié mon paquet sur le siège de ma bagnole.

— Hé, je passe vite fait à ma voiture !

Je détestais me sentir obligée de signaler à Ken où j'allais, tout comme je détestais qu'il se sente obligé de m'accompagner. On n'était pas en couple – il avait été on ne peut plus clair à ce sujet pendant le dîner. Pourtant il me suivit, s'emparant en chemin de son manteau en laine, posé sur le dossier d'une chaise dans l'entrée.

Nous descendîmes les escaliers en silence. Menant la marche, je contournai l'immeuble et fus fâchée de découvrir que Ken avait garé son Eclipse juste à côté de ma Mustang. Il se tint entre nos deux voitures pendant que j'ouvrais la portière côté passager pour récupérer mes précieux bébés.

— Putain, ça caille ! me plaignis-je en piochant une Camel Light dans le paquet.

Ken leva un sourcil.

— T'as qu'à arrêter de fumer.

Il avait les bras croisés et les épaules remontées jusqu'aux oreilles.

Lui aussi avait froid, je le savais ; il était juste trop borné pour l'admettre.

Je coinçai une clope entre mes lèvres et levai les yeux au ciel avant de l'allumer. Une fumée chaude et toxique envahit mes poumons et je commençai à me détendre. Avec une longue et délicieuse expiration, je servis à Ken ma réponse type, celle que je sortais à tous ceux qui me suggéraient de renoncer à mon vice préféré – mes médecins, mes parents, mes employeurs et tous les autres adultes responsables qui avaient croisé mon chemin.

— J'arrêterai quand je serai enceinte.

Son autre sourcil rejoignit le premier sur le haut de son front.

— Quand tu seras enceinte ? répéta-t-il.

Pète un coup, trou du cul.

— Ouais. Genre dans une dizaine d'années, répliquai-je.

Son visage fut parcouru d'une vague de soulagement.

Beurk, quelle horreur. Pas de toi ! Comme si j'avais la moindre envie de mettre ta pitoyable engeance au monde !

Ken demanda :

— Combien tu dépenses de fric par mois en cigarettes ?

Je tirai une nouvelle bouffée de tabac. Si seulement il pouvait retourner à l'intérieur et me laisser peinarde avec ma mauvaise habitude.

— T'es sérieux, là ?

Un éclair intéressé illumina les traits de son visage perpétuellement neutre.

— Oui.

Je fis un rapide calcul mental et grinçai des dents.

— La vache… Environ cent dollars, je dirais.

— Eh bé, fit-il en secouant la tête. Si tu investissais chaque mois cette somme sur un fonds de marché global, sur le long terme, avec les intérêts, tu te ferais…

Il marqua une pause et ses yeux bifurquèrent sur le haut et sur la droite pendant qu'il faisait le calcul.

— Au moment de prendre ta retraite, tu serais à environ un million de dollars, conclut-il.

Je toussai en expirant la fumée.

— Arrête ton char ! Comment tu sais ça ?

Ken haussa les épaules.

— Les placements, c'est un peu mon hobby.

— Les placements ? Ton hobby ? Sérieux, t'as pas compris à quoi ça servait, d'avoir des hobbies, toi.

Un des très rares sourires de Ken fit son apparition, adoucissant son visage d'américain type, avec son air sérieux et sa mâchoire carrée. Il entrouvrit la bouche, prêt à dégainer une réplique bien sentie, mais je n'eus jamais à l'entendre. Un quart de seconde après, la silhouette de Ken s'affala vers l'avant et il s'écroula sur moi.

Avec un petit cri de surprise, je lâchai ma cigarette au moment où ma hanche heurtait le rétroviseur.

— C'est quoi ce bordel ? hurlai-je, la voix étouffée par le torse de Ken qui m'écrasait contre la vitre.

Étirant ma nuque, je vis que Ken maintenait ses bras au-dessus de sa tête, comme s'il venait d'intercepter une passe au football. Sauf qu'au lieu d'un ballon ovale en cuir marron, il tenait entre les mains un *mocassin* en cuir marron.

Je suivis son regard vers le haut de l'immeuble, de plus en plus haut, jusqu'à découvrir d'où était parti le projectile.

Jason, le héros du jour, était perché sur la rambarde de son appartement situé au quatrième étage. Il était assis, les pieds dans le vide, et sa tête tanguait vers l'avant. Il lui manquait une chaussure.

— Mon Dieu, Ken…

— Ne bouge pas, mec ! lança-t-il avec sa main en porte-voix. On monte !

Jason répondit quelque chose d'inintelligible, mais nous étions déjà en chemin. Nous montâmes les escaliers deux par deux jusqu'au quatrième étage et fîmes brusquement irruption dans l'appartement 441. Les convives dansaient sur la musique techno qui pulsait dans les baffles de la sono, complètement indifférents à ce qu'il se passait. Ken et moi fendîmes cette foule d'abrutis que Jason appelait ses amis et arrivâmes sur le balcon.

En refermant les portes derrière nous, je poussai un soupir de soulagement. Nous n'étions pas arrivés trop tard. Toujours assis sur l'étroite rambarde en bois, Jason fixait le parking en contrebas. Mais cela ne durerait pas. La gravité menaçait sous ses talons. On aurait presque pu la voir se matérialiser. Il aurait suffi d'un faux mouvement et elle nous l'aurait enlevé pour toujours.

Pendant que je me tenais sur le balcon, luttant pour reprendre mon souffle et me remuant les méninges pour trouver les mots qu'il fallait, Ken s'avança vers Jason sur la pointe des pieds.

Ce dernier agita ses bras dans notre direction :

— Barrez-vous !

Ken se figea et leva les mains.

— Jason, criai-je. Ne bouge pas comme ça ! Tu vas tomber !

Il baissa la main et fixa à nouveau l'asphalte sous ses pieds.

— Je vais pas tomber, rétorqua-t-il d'une voix pâteuse.

— Mon cœur, je ne sais pas ce qu'il t'arrive ou si t'es en plein bad trip, mais ça ne te ressemble pas du tout. Tu veux bien descendre de là, s'il te plaît ?

Jason tourna sèchement la tête vers moi, son regard vitreux incapable de trouver le mien dans le noir.

— Si, ça m'ressemble. Carrément que ça m'ressemble. Mais t'en as rien à foutre. Tu sais que dalle…

Ken était presque dans son dos. Jason se tourna pour le pointer du doigt, ce qui fit osciller son corps une fraction de seconde. Mon cœur s'arrêta tout net.

— Tu vas le voir, *lui*, dit-il avant de se tourner et de fixer à nouveau le parking en contrebas. Pas m… m… moi. Personne vient me voir, m… m…

Jason commença à claquer des dents et ses mots devinrent inintelligibles. Puis il se mit à trembler de tout son corps.

Fais quelque chose, BB !

— Bien sûr que si, Jason, dis-je, l'esprit embrouillé pendant que mon ami oscillait sur la corde raide, entre la vie et la mort. Je viens souvent te voir. Tu es un de mes meilleurs amis. C'est pour toi que j'ai emménagé dans cette résidence, l'an dernier. Tout le monde t'aime. Moi aussi, je t'ai…

La suite alla très vite, même si j'eus l'impression d'assister à la projection d'un film au ralenti. Je n'avais pas fini ma phrase que Jason pivotait sur lui-même, prêt à répliquer. La force de sa rotation le désarçonna et je vis la colère s'évanouir de son visage, remplacée par une authentique terreur alors qu'il réalisait avec un temps de retard ce qu'il venait de faire.

Et qu'il ne pourrait jamais défaire.

D'instinct, je m'élançai en avant, mon esprit refusant d'admettre que j'étais bien trop loin pour le sauver.

Mais ce n'était pas le cas de Ken.

À un moment Jason me regardait, renfermant ses mains sur du vide, ses yeux marron chargés de terreur me suppliant de lui venir en aide, et l'instant d'après Ken l'attrapait par le bras et le tirait par-dessus la rambarde avec une violence telle qu'ils perdirent tous deux l'équilibre et s'affalèrent lourdement sur le béton. Frappée d'horreur, je regardai Jason s'agiter dans tous les sens pour échapper à Ken, mais ce dernier tint bon jusqu'à ce que son corps se relâche et que son visage se renfrogne sur une expression vaincue.

À la seconde où il cessa de lutter, je fondis sur Jason et le couvris de paroles apaisantes, caressant ses bras, ses épaules et son visage.

Son menton se renfrogna et il se mit en position fœtale, enfouissant son visage contre mes genoux. Il frissonna sur le sol gelé et ses sanglots étouffés me brisèrent le cœur.

Tout en caressant ses cheveux châtains et en prenant garde à couvrir le son de mes propres pleurs, je levai les yeux sur Ken. Assis par terre, il s'était adossé au mur du fond, le plus loin possible de nous. Une de ses jambes était étirée devant lui. L'autre était ramenée contre son torse. Je n'avais jamais vu ses yeux aussi écarquillés. Et ils me fixaient dans le noir.

Je le dévisageai avec émerveillement.

Ken, l'homme qui ne croyait pas aux cadeaux, venait de m'en faire un. Il m'avait rendu mon ami.

Parce qu'il était resté sobre, il s'était montré vigilant. Parce que c'était un gentleman exaspérant, il m'avait accompagnée dehors. Parce qu'il était d'un calme olympien, il avait su gérer cette crise. Et, comme c'était aussi un athlète, il avait eu la rapidité, les capacités physiques et les réflexes nécessaires pour maîtriser un homme adulte à lui tout seul et lui sauver la vie. Tout ce que j'avais considéré comme des tue-l'amour, tous ces traits qui m'avaient fait lever les yeux au ciel m'apparurent soudain comme des atouts. C'était grâce à eux que Jason avait la tête posée sur mes genoux, alors qu'elle aurait pu finir éclatée sur le trottoir.

J'observai Ken, qui avait les yeux posés sur nous – mal à l'aise en présence de tant d'émotions, il ne savait plus quoi faire maintenant que le temps de l'action était passé – et je fus submergée de gratitude. Pour lui. Pour l'homme. Pour tout ce qui faisait de lui une personne différente des autres. Tout le monde faisait la fête au salon, mais pas Ken. Il s'en fichait de s'amuser. Il n'avait d'yeux que pour les conneries importantes : l'art, la musique ou son crédit.

Et ses amis, bien entendu.

— Tu vas bien ? demandai-je.

— Ouais, répondit-il aussitôt d'une voix glaciale, son visage à nouveau aussi dur que de la pierre.

Je baissai les yeux sur Jason, dont la mâchoire pendante tombait sur mes genoux.

— Je crois qu'il est dans les vapes.

Ken se leva et s'approcha de nous.

— Je vais le mettre à l'intérieur, dit-il d'une voix pleine d'assurance.

Il se pencha jusqu'à se trouver nez à nez avec moi, glissa ses bras sous les aisselles de Jason et, lorsqu'il le mit debout, je remarquai une tache humide et large au niveau de sa braguette.

Nom de Dieu, Jason s'est pissé dessus !

Je courus à l'autre bout du balcon jusqu'aux grandes portes-fenêtres. Je tournai les poignées et poussai un soupir de soulagement en les ouvrant. Ken porta Jason dans sa grande chambre à peine décorée et l'allongea délicatement de côté sur son lit, inconscient. Il souleva ses jambes sur le matelas et retira son unique chaussure. Une fois qu'il fut entre ses draps de satin noir, une poubelle posée à côté du lit, nous sortîmes dans le couloir sur la pointe des pieds.

Dès que la porte se ferma sur un cliquetis, je lançai :

— Tu lui as sauvé la vie.

Ken haussa les épaules avec une expression sévère.

— Je ne l'avais jamais vu dans un état pareil.

Il ne se vanta pas de son acte héroïque. En fait, il n'en fit même pas mention. Je l'ajoutai à la liste de toutes les bonnes choses que j'avais appris à apprécier cette nuit-là à propos de Ken Easton.

— Pareil, dis-je, mon pouls calquant son rythme sur celui de la techno qui pulsait toujours dans le salon. On devrait peut-être rester ici, jusqu'à ce qu'il dessoûle.

Alors que nous nous tenions à un pas l'un de l'autre dans le couloir enténébré, une ombre voila son visage.

— D'accord, répétai-je en levant les yeux sur lui,

enveloppée par le bourdonnement chaleureux de sa bulle protectrice. Bon, on fait quoi maintenant ?

J'ignorai le sens exact de ma question. « On fait quoi pour cette nuit ? » « On fait quoi pour Jason ? » « On fait quoi pour ce truc qu'il y a entre nous et qui semble ne mener nulle part ? »

Cela n'avait pas d'importance : Ken répondrait la même chose aux trois questions.

Il leva mollement l'épaule et répondit :

— Comme tu veux.

Comme je veux ?

Et si je veux t'embrasser ?

Si j'ai envie d'aller chez toi, de te faire l'amour et de passer la nuit avec toi avant d'aller faire le tour des musées d'art français le lendemain ?

Si j'ai envie de plus ?

Il n'y avait qu'un moyen de le savoir. Me dressant sur la pointe des pieds, je me penchai lentement en avant, ne dissimulant en rien mes intentions. Je m'attendais à embrasser la façade de marbre inflexible à laquelle je me heurtais chaque fois que j'approchais Ken et me tenais prête à essuyer un nouveau revers émotionnel qu'entraîne l'affection non réciproque. Mais je ne m'étais pas attendue *une seconde* au flot d'adrénaline qui me parcourut les veines au moment où Ken me rendit mon baiser.

Agrippant les revers de son manteau en laine, je plaquai Ken contre la porte de la chambre de Jason. Je me pressai contre son torse tandis que la musique électro faisait trembler la fine paroi des murs autour de nous, mais les mains de Ken me frôlèrent à peine le flanc. Je suçai sa lèvre et lui roulai un patin mais ses baisers restaient en surface. J'avais désespérément besoin qu'il me remonte le moral, qu'il me fasse tout oublier : la peur que j'avais éprouvée pour Jason, ma rupture avec Hans, mes altercations avec Knight et, merde, jusqu'à mon propre nom, mais il ne se montrait absolument pas coopératif. Ce mec était exaspérant.

Ce fut alors que je le mordis.

Ce n'était pas prémédité. C'était tout simplement arrivé. Mais, à la seconde où mes dents s'enfoncèrent dans sa lèvre charnue, Ken poussa un gémissement et pressa mes hanches contre son intense érection. *Mmm.*

Mon pouls monta en flèche. Je tirai avec force sur l'étoffe lisse de son manteau, enroulant sa cravate soyeuse autour de mes jointures. Et, lorsque mes dents s'emparèrent de sa langue, sa queue se raidit contre mon bas-ventre.

Alors que j'étais sur le point d'arracher les boutons de sa chemise en oxford, le bruit d'une personne en train de vomir de l'autre côté de la porte nous ramena au moment présent.

Jason.

Fait chier.

Chapitre 11

Le temps que je m'occupe de Jason et que Ken se charge de nettoyer le bordel que ses prétendus amis avaient laissé dans l'appartement, le vendredi avait cédé la place au samedi.

Or, le samedi, je travaillais le matin.

Avant de monter en voiture, maudissant les rayons rose et orangé du soleil qui striaient le ciel, j'embrassai Ken sur la bouche. Il me rendit mon baiser et ouvrit la portière pour moi.

— Fais gaffe au volant, dit-il.

Je débarquai chez Macy's avec dix minutes de retard, portant le même maquillage que la veille, et je passai ma pause déjeuner à roupiller dans la remise sur un tas de jeans. J'aurais dû me faire porter pâle et rentrer me coucher, mais j'avais beau être au bout de ma vie, mon lit ne m'attirait pas plus que ça.

C'était dans celui d'un autre que j'avais envie de m'allonger.

Celui d'un bel homme mystérieux, doux et sarcastique.

Un homme dont les baisers avaient le goût de boisson énergisante.

Un gentleman dont les manières disaient non, alors que son corps entier criait oui.

Après le travail, je fis un crochet par la maison et préparai un sac. Puis je me rendis aussitôt chez Kenneth Easton, et cette fois je m'octroyai l'autorisation de monter à l'étage sans lui demander son avis.

Étendue à ses côtés sur son lit queen size – tous deux bien calés contre ses oreillers, nos corps raides comme des statues baignés par la lumière émanant du menu des chaînes de son écran – je songeai à la chose suivante : *C'était une bonne idée de merde !*

Nous avions beau être seuls dans la maison, le tote bag GSU posé par terre constituait un individu à part entière. Mes affaires étaient aussi discrètes qu'un éléphant dans un couloir. Le message n'aurait pas pu être plus clair même si, à la place, j'avais ramené un travelo en tenue de majorette chantant la tyrolienne en se balançant sur une boule à facettes, avec dans son dos un énorme néon : « BB A ENVIE DE TOI ! »

Regarde-moi ça comme il est tendu. Ça fait au moins trois fois qu'il fait le tour des chaînes. Il n'a même pas décroché un mot.

Il bondit au bas du lit, traversa la chambre jusqu'à une commode dont il ouvrit le tiroir du haut et commença à farfouiller dedans comme au rayon promotion d'un vidéoclub.

Il demanda :

— Tu as déjà vu *Dix bonnes raisons de te larguer* ?

T'as vu ? Non seulement il est hyper mal à l'aise, mais en plus le premier film qu'il te propose parle de bonnes raisons de te larguer.

— Non, répondis-je. Il est bien ?

Tu veux pas qu'on se tripote, plutôt ?

— Il est génial !

Qu'est-ce qui te bloque ?

— Hugh Grant est dedans, je parie.

Juste à côté de l'écran, Ken inséra une VHS dans un magnétoscope posé sur la commode et se tourna vers moi :

— Même pas ! C'est dire si c'est un bon film !

Ken rejoignit le lit en prenant tout son temps. Il portait encore la chemise blanche et le pantalon de costume dans lesquels il avait bossé. Dénouée, sa cravate anthracite pendait mollement autour de son col.

Putain, il n'a même pas retiré sa cravate ! Sérieux BB, rentre chez toi. Tu es crevée. Ramasse ton sac à main, ton tote bag à la con et barre-toi. Sois réaliste : ce mec ne te tronchera pas. Il n'en a pas envie.

Tandis qu'il reprenait sa place attitrée sur le lit, je lui adressai un sourire plein d'espoir.

— Elle est jolie, ta chambre.

C'était la vérité.

Comme il louait la plus grande chambre à sa sœur, Ken logeait dans une petite pièce juste au-dessus du garage. À cause de l'inclinaison du toit, les murs et le plafond formaient toutes sortes d'angles tarabiscotés et une fenêtre en demi-cercle occupait la majeure partie du mur juste derrière le lit.

— Merci, fit Ken. Quand j'ai emménagé, c'était un grenier. Je l'ai fait retaper. À la revente, la maison aura plus de valeur.

— Je me disais bien, dis-je en pouffant par le nez.

— En plus, ça permet d'avoir plus de locataires.

Exaspérée, je levai les yeux au ciel.

— Si je dors ici, tu comptes me faire payer la nuit ?

Oh, bon Dieu, qu'est-ce qui m'a pris de dire un truc pareil ?

— Non, répondit Ken avec un rictus. La première nuit est gratuite.

Une explosion d'euphorie parcourut mes veines et l'espoir naquit dans mon ventre tandis que je me décalais vers son flanc droit et m'immisçais sous son bras d'un coup de nez. Il m'autorisa à poser mon visage contre sa chemise sentant bon l'assouplissant et nous fixâmes l'écran en faisant semblant de nous intéresser au film.

Il me laisse passer la nuit ici !

Il me laisse le toucher !

Il est vraiment trop habillé !

Comme Ken ne semblait aucunement disposé à remédier à ce détail fâcheux, j'inspirai à fond, je fis une prière silencieuse et je tirai sur le nœud de sa cravate. Le cœur battant la chamade, je le fis coulisser jusqu'à ce qu'il soit défait. Je levai les yeux vers Ken, m'attendant à ce qu'il soit en train de fixer l'écran avec une expression stoïque, ou bien qu'il reste complètement insensible à mes avances, mais ce n'était pas le cas. Son regard bleu et prudent était fixé sur moi.

Son attitude m'interpella. La chaleur de son regard, son rictus, l'angle prononcé de ses sourcils… Ce n'était pas l'expression d'un homme n'ayant pas envie de faire l'amour.

Mais celle d'un homme qui voulait que je poursuive.

Enhardie par son défi silencieux, je remontai la main le long de son torse et commençai à défaire le bouton blanc au creux de son cou. Au moment où j'ouvrais son col, sa pomme d'Adam se souleva contre mes doigts. Ses poumons se gonflèrent tandis que je m'attaquai aux deux boutons suivants. Ses solides abdominaux se contractèrent sous ma paume lorsque je défis les quatrième et cinquième boutons. Et, lorsque j'ouvris le bas de sa chemise en même temps que je sortais son maillot de corps blanc de son ceinturon, son expression décontractée fut trahie par le renflement sous la boucle de sa ceinture.

Ken se débarrassa de sa chemise et ôta son maillot de corps, révélant des abdos saillants et des pectoraux couverts d'une fine toison de poils bien ordonnés. Après avoir balancé par terre la partie supérieure de sa tenue, Ken se redressa contre les oreillers, torse nu et les sens en alerte.

Je n'arrivais pas à le cerner, mais son expression malicieuse et l'érection proéminente qui saillait sous sa braguette suggéraient que cela lui convenait très bien ainsi.

Il s'attend à ce que je fasse tout le boulot ou quoi ? Il est flemmard à ce point ?

Pourtant, c'est pas le genre à lambiner. Mate-moi un peu ces abdos !

À moins qu'il veuille juste tirer son coup avant de me foutre à la porte ?

Quel salaud, je devrais le gifler !

Non, ne le gifle pas !

Peut-être qu'il aime qu'on le frappe ? Après tout, il me laisse bien le traîner par la cravate comme un toutou.

Pas de gifle !

Alors quoi ? Je ne vais pas le foutre à poil, quand même ! Je suis encore tout habillée !

Alors, peut-être que tu devrais te mettre toute nue la première.

Rho là là.

Au lieu de le gifler ou de lui faire un strip-tease, je me penchai vers lui et le punis d'un baiser chargé de violence. Comme la veille, Ken se laissa passivement faire et, comme la nuit précédente, mon impatience prit le dessus. Je mordis sa lèvre à pleines dents et sentis le sourire de cet enfoiré s'étirer contre ma bouche. Je l'empoignai par les cheveux et un ricanement rauque vrombit dans sa gorge. Et, lorsque j'enfourchai son bassin, à cheval sur son sexe turgescent, Ken posa délicatement les mains sur mon jean au niveau des cuisses.

Je poussai un grognement :

— Pourquoi tu ne me touches pas ? demandai-je enfin, le visage rougi par le désir et la honte.

Avec un timbre rauque contrastant complètement avec son comportement passif, Ken répondit aussitôt :

— Je ne veux pas te mettre la pression…

— Ken, commençai-je en me reculant juste assez pour voir son expression condescendante. Si je suis venue avec un sac d'affaires, ce n'est pas juste pour *dormir*.

Il plissa les yeux.

— Je sais. Mais d'abord, tu as peut-être envie qu'on fasse une bataille de polochons.

Avec un éclat de rire franc, je cueillis sa mâchoire dans ma main droite, pressai ses joues jusqu'à ce que sa moue de petit malin forme un cœur et lui assenai un baiser sec et exaspéré. En réponse, Ken agrippa mes fesses à deux mains, me poussant à reprendre les préliminaires.

Il faisait exprès de m'agacer. C'était la seule explication possible. Plus je m'énervais et me montrais agressive, plus il souriait et participait.

Je te l'avais dit : cet enfoiré a envie d'une bonne gifle !

Ta gueule, pas question de faire ça !

À chaque action que j'entreprenais, Ken réagissait de la façon opposée. Quand j'agrippai sa boucle de ceinture et ouvris vivement sa braguette, il m'enleva adroitement mon jean ; lorsque j'arrachai mon tee-shirt comme une lutteuse professionnelle, il passa les mains dans mon dos et dégrafa habilement mon soutien-gorge ; au moment de cueillir son membre dans ma main par-dessus le tissu de son boxer, il massa tendrement ma poitrine menue aux tétons percés.

Il ne faisait pas que me laisser le dominer : il m'y *obligeait*.

Et personne ne peut me forcer à faire quoi que ce soit !

Dès que nous fûmes entièrement nus, j'agrippai Ken par les épaules et nous fis basculer de manière qu'il me domine. Quel délice de sentir le poids de son corps athlétique – les battements de son cœur, la chaude moiteur de sa peau. Enfin, il était là où je le désirais : entre mes jambes.

Enfonçant mes talons dans le matelas, je cambrai mon bassin pour que le bout de son sexe proéminent soit positionné juste devant l'antre de mon corps vibrant d'impatience, puis je l'embrassai avec fougue.

Voilà, enfoiré ! Je suis consentante ! Prends-moi !

Mais Ken n'en fit rien. Il prolongea mon agonie en faisant faire à son membre des mouvements de va-etvient contre mon clitoris percé et mouillé. À chaque passage, il ne faisait qu'effleurer mon intimité, encore et encore, me poussant à me cambrer avec espoir, uniquement pour que mon désir soit déçu.

Déroutée, agacée et pantoise d'envie, je lui lançai un regard furieux et scrutai son visage en quête d'une explication.

Il a peur qu'on baise sans capote ?

Est-ce que je lui précise que je suis clean et que je prends la pilule ?

C'est une tarte dans sa gueule qu'il veut ? Parce qu'à force il va l'avoir !

Mais Ken n'avait pas l'air d'un type inquiet : juste d'un sale con prétentieux. Il avait gagné et il le savait. Jamais je n'aurais cru un jour rencontrer quelqu'un de plus têtu que moi. Pourtant il était là, sous mon nez, tout nimbé de gloire, beau à croquer et hyper bien gaulé.

Capitulant face à son implacable volonté et à mes hormones en ébullition, je portai la main vers son membre imprégné de mes sucs et commençai à le masturber. Son sexe était dur, au garde-à-vous et tellement agréable à toucher ! Je guidai en moi sa glorieuse virilité, centimètre par centimètre, et j'acceptai ma défaite.

J'ignore si c'était le fait que son sexe semblait avoir été taillé pour combler mes désirs, qu'il s'en était servi pour m'allumer à mort ou bien que nous étions tous les deux sobres – une grande première pour moi – mais, à la seconde où nous fûmes connectés l'un à l'autre, je sentis naître entre nous une nouvelle forme d'euphorie surpuissante. En l'espace d'un mouvement, nous étions passés d'une joute de béliers à une étreinte d'amants.

Je priai pour qu'il ressente la même allégresse.

Tandis que nous commencions à nous mouvoir, il devint vite clair que Ken ressentait bien quelque chose – *ou pas.* Son corps était encore plus crispé que d'habitude, ses mouvements étaient lents, prudents, et nos poitrines étaient séparées par un espace aussi vaste qu'un océan. J'ignorais d'où venait son blocage, mais les inhibitions de Ken commençaient à me faire péter les plombs. J'avais perdu ma virginité attachée à un lit ; toutes mes zones érogènes étaient percées depuis mes seize ans ; j'avais été couverte de miel, aspergée de tequila et on m'avait badigeonnée de mon propre sang.

Et j'en avais adoré chaque seconde.

Dans la psyché de Ken, une bête était tapie ; il suffisait juste de l'aider à en sortir.

Me fiant à mon instinct, je me redressai et j'enfonçai mes dents dans le muscle contracté juste entre sa nuque et son épaule. Il ne glapit pas, ne broncha pas et ne me menaça pas non plus avec un crucifix. Ken fondit de plaisir, ses tendons aussi mous que du mastic entre mes dents.

Intéressant.

Après cela, je mordis son lobe d'oreille et faillis le percer avec mes incisives. En retour, Ken fit une clé avec mes jambes autour de son bassin, me pénétrant jusqu'à la garde.

Oui !

J'emmêlai mes doigts dans sa chevelure et tirai dessus. L'ardeur de Ken redoubla.

Plus je lui faisais mal, plus son infernale discipline

s'évanouissait. Et, lorsque mes ongles s'enfoncèrent dans la peau de ses omoplates, la cadence de Ken se brisa et il me besogna sans retenue. Sa bouche écrasa la mienne. Ses mains étaient partout : sur mes hanches, mes fesses, mes seins…

Enfin, j'obtins l'extase tant désirée.

J'étais prise dans la folie du moment, avide d'encore *plus* de plaisir, et mes ongles, toujours plantés comme des serres dans la partie supérieure de son dos, descendirent en griffant le long de sa colonne vertébrale. Ce fut brutal, barbare, et je crois même l'avoir fait saigner… Mais Ken y prit un intense plaisir.

Tandis que je réduisais son dos en lambeaux, Ken enfouit son visage au creux de mon cou, enveloppa mon torse dans ses bras et jouit avec une telle intensité que je vis des étoiles danser devant mes yeux.

Putain de merde !

Haletante, je l'enserrai en retour. Physiquement, je simulai l'orgasme. Mais émotionnellement ! Ce fut une véritable jouissance.

Ken, ce modèle de discipline, venait de jouir en moi. Il m'avait fait confiance, il m'avait serrée contre lui, m'avait révélé le coquin qui était en lui. Mais, plus que tout, il m'avait enfin cédé l'unique chose qu'il tenait pour précieuse : son sens du contrôle. Et aussi un peu de son ADN. J'allais probablement en garder des traces à vie sous les ongles.

Avec son sexe désenflé et son dos lardé comme une dinde de compétition, Ken était un homme nouveau.

Nous passâmes les heures qui suivirent dans les bras l'un de l'autre, parlant, nous chatouillant et nous taquinant et, lorsque je le chevauchai pour entamer le deuxième round, je n'eus pas seulement un vrai orgasme : j'eus une épiphanie.

La révélation étant que j'étais mal barrée.

Chapitre 12

Cette nuit-là, je fis un rêve. J'étais dans un village du XVIIe siècle, dans une paroisse reculée, et on me jugeait pour sorcellerie. On m'avait attachée à un poteau sur la place du village et, tout autour de moi, une foule de vieux Blancs brandissaient des torches en me hurlant que j'étais la maîtresse de Satan.

— Hérétique ! criaient-ils en agitant leurs poings. Païenne !

Je n'eus jamais l'occasion de découvrir ce qu'on me reprochait. Quelques secondes avant mon réveil, ils se rassemblèrent autour de moi en psalmodiant et tendirent leurs torches vers un petit tas de paille friable juste sous mes pieds.

Avec un hoquet, je m'éveillai en sursaut et me redressai. J'attrapai mes orteils à travers l'étoffe boursouflée de la couette de Ken. Elle était chaude et mon esprit à demi conscient s'imagina que le lit était réellement en feu. En lançant des regards paniqués autour de moi, je compris que je n'allais pas mourir. Ce n'était que le soleil qui réchauffait la couette, filtrant directement par la fenêtre en arc de cercle sur le mur derrière nous.

Recroquevillé de son côté du lit à l'abri du soleil,

Ken ne semblait nullement accablé par la chaleur, contrairement à moi, qui avais l'impression d'être une fourmi sous une loupe. Il me tournait le dos, un oreiller entre les bras. Et nous étions séparés d'au moins soixante centimètres.

Tu parles d'un câlin nocturne !

Je consultai le réveil sur la table de nuit. Il était 8 h 30 passées. Encore sous le choc d'avoir frôlé la mort en rêve, je me blottis contre Ken en épousant son corps chaud et déposai un baiser sur son omoplate.

— Ken… murmurai-je.

— Mmm…

— Il faudrait vraiment mettre des rideaux à cette fenêtre.

Ken secoua obstinément la tête et enserra davantage son oreiller de rechange :

— Gnion…

— Pourquoi ? demandai-je à voix basse.

— Faudrait les faire sur mesure, grommela-t-il. Ça coûte la peau du cul.

Même s'il ne pouvait pas me voir, je fis tout de même la moue. Si je devais passer régulièrement la nuit ici, il allait falloir que je fasse preuve d'un peu de créativité. Et si je mettais un drap dessus ? Ou du papier journal ? Ken adorerait ça. C'est ce que font les tueurs en série.

Je murmurai un peu plus fort :

— Hé, Ken, ça te dit qu'on aille au musée aujourd'hui ? Il y a une expo temporaire sur Paris…

Avec un grognement, Ken se redressa, le dos toujours tourné. Je portai aussitôt la main à ma bouche et mon cœur chuta droit dans mon estomac : le soleil matinal illuminait les cicatrices rouges des lacérations que je lui avais infligées la nuit passée.

Il bâilla et se frictionna le visage.

— Je peux pas. Je bosse.

— Oh, mon Dieu, Ken, ton dos ! couinai-je tout contre ma paume. Je suis tellement désolée !

Ken haussa les épaules d'un air endormi, révélant de nouvelles zébrures qui altéraient la beauté de ses fesses rebondies.

Seigneur, je ne suis qu'un monstre !

Ken se retourna et me regarda pour la première fois de la matinée. Il avait les paupières lourdes et le visage serein.

— C'est rien, dit-il.

— Tu as mal ? demandai-je en grimaçant.

Ken me dévisagea comme s'il n'avait jamais rien entendu d'aussi stupide. Il inclina très légèrement la tête sur le côté et haussa un peu les sourcils.

— Tu ne pourras jamais me faire de mal, affirma-t-il.

Comme si c'était l'évidence même. Comme si j'étais censée le savoir. Puis il se leva, traîna son corps sublime, élancé et athlétique à l'autre bout de la chambre et sortit.

Tu ne pourras jamais me faire de mal.

Je fixai du regard la porte ouverte et chassai la désinvolture de cet instant en clignant des paupières.

Tu ne pourras jamais me faire de mal.

Ces mots résonnèrent à mes oreilles tandis que de l'autre côté de la porte me parvenait le bruit du jet de la douche.

TU ne pourras jamais… ME faire de mal.

Je savais bien qu'il parlait de son seuil de tolérance à la douleur, qu'il ne s'agissait pas d'une attaque à mon encontre, et pourtant je ne le ressentis pas ainsi.

Cette phrase m'avait fait l'effet d'une gifle en plein visage.

Ce matin-là, j'accordai à Ken beaucoup d'espace. J'attendis qu'il ait fini sa douche pour aller me brosser les dents. Puis je pris tout le temps du monde pour me préparer, ajoutant une couche supplémentaire d'eye-liner sur mes yeux et n'arrivant pas à me décider s'il valait mieux coiffer mes cheveux violets derrière une oreille ou bien les rabattre entièrement sur le devant de mon visage comme le cousin Machin dans *La Famille Addams*.

Finalement, je penchai pour la première solution et m'armai d'une lourde dose de courage. Après avoir enfilé mon plus beau jean déchiré et un tee-shirt noir des Ramones, je retins mon souffle, relevai fièrement la tête et descendis au rez-de-chaussée en me pavanant. À l'époque j'étais encore persuadée d'être une princesse punk et badass.

J'emmerde Ken Easton. Pour qui il se prend, ce gars ? C'est juste un beau mec, hyper futé et hyper gaulé, avec une belle baraque. Pff. Qui s'intéresse à ce type ! Il n'a même pas de tatouages. Pas question de me prendre la tête pour un mec qui n'a pas au moins un bras intégralement tatoué. Et trois piercings.

— Bonjour, dis-je avec bonne humeur en arrivant dans la cuisine.

Assis à sa table baignée par le soleil, Ken mangeait des céréales. Il avait encore les cheveux mouillés. On pouvait sentir le parfum de son savon à l'autre bout de la pièce. Et la chemise bleu ciel qu'il portait faisait ressortir ses yeux comme deux lagons des tropiques.

Des yeux rivés sur l'écran de télé du salon où un présentateur en costume trois-pièces énonçait les prévisions du marché.

Je jetai un regard désapprobateur vers la boîte de céréales posée sur la table.

— Des céréales Crunch à la cannelle, soulignai-je. Et moi qui te croyais du genre à t'envoyer une douzaine d'œufs crus chaque matin.

Ken leva vers moi son regard bleu et me décocha un rictus suffisant.

— C'est le petit déj' des champions. Tu en veux ?

Mon estomac gargouilla. *C'est non !* Malgré ce que je m'étais infligé chez Gusto's le soir de la Saint-Valentin, j'étais parvenue avec succès à rattraper les dégâts le lendemain en jeûnant toute la journée. Mais j'en étais à deux jours sans manger, ce qui était un peu abuser – même pour moi.

Tandis que je regardai fixement la boîte en carton bourrée de calories inutiles, j'eus l'eau à la bouche et mes mains se mirent à trembler. Cette simple question de trois mots avait déclenché le début d'un combat qui m'était familier : la bataille opposant mon besoin fondamental de survie à mon envie irrationnelle de ressembler à Kate Moss. La fringale s'agrippa fermement aux parois de mon estomac. Mais ce n'était pas ce que je voulais ressentir. J'aimais souffrir et tester mes limites, voir combien de temps je pouvais tenir avant que la douleur ne devienne insurmontable.

Après tout, peut-être que Ken et moi n'étions pas si différents ?

— Non merci, répondis-je après avoir ravalé ma salive.

Ken plissa les yeux et m'observa d'un air interrogateur.

— Pas branchée petit déj' ?

— Non, confirmai-je en le défiant obstinément du regard.

Avec un haussement d'épaules, Ken se leva et marcha vers l'évier.

Il ne m'avait pas touchée de toute la matinée. Sans rire, c'était à peine s'il m'avait adressé la parole.

Pendant que Ken rangeait bol et cuillère dans le lave-vaisselle, je restai plantée au milieu de la cuisine, mal à l'aise et ne me sentant pas la bienvenue chez lui. Il ouvrit un tiroir et en sortit plusieurs objets qu'il fourra dans ses poches – clés de voiture, portefeuille, stylo Bic et ce qui ressemblait à un paquet de chewing-gums. Puis il marqua une pause et sortit un autre objet. Il se tourna vers moi, son expression chargée de sérieux. Impassible. Désincarné. Hermétique à la moindre émotion. Je ne le sentais pas. Ça devait être le regard qu'il réservait à ses employés quand ils faisaient une connerie.

— Il faut que j'y aille, déclara-t-il en posant le dernier objet sur le comptoir de la cuisine. Ferme en sortant, d'accord ?

Ken retira sa main… révélant une simple clé en argent.

Ma mâchoire tomba. Je le dévisageai. Et, d'une voix haut perchée, mon cerveau hurla un mot d'une seule syllabe qui ressemblait à peu près à ça : cléééééééé !!!

Je hochai vigoureusement la tête.

— OK !

Puis je me jetai sur lui.

Une fois Ken parti pour le boulot, du rouge à lèvres partout sur la tronche, je sortis en fermant la porte derrière moi et, lorsque je me retournai, je fus au pays d'Oz. Le soleil réchauffait ma peau blanche. Les oiseaux chantaient en chœur. Dans le jardin, juste sous le poirier, un parterre de jonquilles commençait à fleurir. J'étais enfin libérée de l'emprise de l'hiver, cette saloperie de saison.

En décembre, ma relation avec Hans s'était effondrée, emportant dans son sillage quelques proches amis et mes premiers pas d'adulte indépendante. En janvier, j'étais retournée dans le cocon familial pour y devenir un fantôme répétant inlassablement les mêmes actions – plier des vêtements, rédiger des dissertations et bûcher de la psycho. Et, alors que je rentrais à la maison en ce mois de février, avec une toute nouvelle clé accrochée à mon trousseau à côté de mon spray au poivre, je ressentis une chose que je n'avais plus sentie depuis très, très longtemps.

L'espoir.

*

Une fois à la maison, je tentai de rentrer en marchant sur des œufs, mais en vain : je fus grillée.

— Brooke Bradley, viens donc t'asseoir ici !

Maman se tenait debout dans la cuisine, une main sur la hanche et l'autre désignant un tabouret, une de ses très rares manifestations d'autorité. Ses longs cheveux roux étaient coiffés en chignon sur le haut de son crâne et elle arborait son habituelle tenue du dimanche composée d'un pantalon de yoga et d'un tee-shirt teint à la main.

La tête haute, je remontai le parquet du couloir d'un pas penaud.

Assise à la place qu'on m'avait assignée, je déposai sac à main et tote bag sur notre ersatz d'îlot de cuisine.

— Ces virées dont tu rentres à pas d'heure doivent cesser, annonça-t-elle. Je sais que tu es une adulte à présent, mais je n'arrive pas à trouver le sommeil quand tu ne rentres pas. Je m'inquiète tant pour toi que j'en fais des insomnies.

Elle commença à faire les cent pas sur le linoléum en balançant ses bras dans tous les sens :

— Si tu dois encore habiter ici, il va falloir qu'on… je ne sais… qu'on réinstaure un genre de couvre-feu.

Alors que je pensais qu'elle en avait fini, maman poursuivit :

— Et tu dois manger ! Regarde-toi, on dirait une… habitante du Biafra !

J'eus un rire nasal. C'était plus fort que moi : elle était si mignonne quand elle se mettait en colère.

Paumes vers l'avant, je réprimai mon hilarité et pris la parole.

— Maman, écoute, commençai-je, regardant des deux côtés afin de m'assurer que papa n'était pas à portée de voix. Je m'endors sans arrêt sur le canapé de Ken, c'est pour ça que je rentre tard.

— Bon, si tu as sommeil, tu fais bien de rester là-bas. Avec tous les flics et les poivrots qu'il y a sur les routes, c'est imprudent de conduire la nuit.

— C'est justement ce que j'ai fait la nuit dernière.

— Bon… d'accord.

— OK.

— Très bien.

Je me tins prête à entendre un nouveau sermon sur les capotes, mais ma maman se contenta de pousser un long soupir de soulagement et se laissa tomber sur le tabouret d'en face.

Puis elle appuya son menton moucheté sur sa main, façonnée par des années de dessin et de sculpture, et me décocha un sourire.

— Alors… Ce Ken, c'est bien celui qui t'a aidée à réviser tes cours d'histoire de l'art ? Comment est-il ?

Je ris.

— Il est… Je n'en sais rien. C'est pas mon type de mec. Loin de là.

— Tant mieux, répliqua maman avec un sourire, ses paupières alourdies par la fatigue. Il est nul, ton type de mec.

Nous éclatâmes de rire, provoquant l'ire de mon père au salon.

— Baissez d'un ton, les gueuses !

Notre hilarité l'empêchait probablement de suivre toutes les atrocités débitées par CNN.

Tout en réprimant ses ricanements du plat de la main, maman se leva et récupéra sa tasse de café sur le comptoir près de l'évier.

— Tu sais, dis-je en me levant à mon tour. Si tu t'inquiètes, tu n'as qu'à me passer un coup de fil.

Maman prit une longue gorgée de café.

— Mais je l'ai fait.

Je piochai mon portable dans mon sac à main et

constatai que je n'avais pas un, mais trois appels en absence.

— Merde, désolée. J'ai dû laisser mon sac au rez-de-chaussée toute la nuit.

Maman me décocha un regard que j'avais déjà vu des milliers de fois. Il disait : si ce n'était pas interdit par la loi, je te flanquerais une gifle dont tu te souviendrais.

Avec une grimace contrite, je battis furtivement en retraite, pivotai sur mes talons et me ruai en haut des escaliers jusqu'à ma chambre de gosse. Pendant que je vivais avec Hans, maman l'avait entièrement redécorée. Elle avait retiré tous mes posters, toutes mes toiles et avait peint les murs avec un bleu pastel particulièrement déprimant. Mais ce qui était encore plus déprimant, c'était le manque d'espace. Cette piaule était une vraie boîte à chaussures. On n'aurait pas pu garer une Volkswagen là-dedans et pourtant j'étais parvenue à y caser toutes mes affaires, plus toutes les merdes fauchées à Hans au moment de la rupture. Des pots et des casseroles pendaient au plafond, comme des cristaux solaires. De sous mon lit dépassaient des rideaux de douche, des rideaux de fenêtre et même des volets. Il y avait des fourchettes, des couteaux et des cuillères dans mon meuble à sous-vêtements. Et sur mon étagère la télécommande de l'écran plat d'Hans trônait tel un trophée.

Si vivre avec Hans avait été un enfer, retourner chez mes parents était comme habiter au purgatoire.

En m'allumant une cigarette, je me laissai mollement tomber sur le plumard défait, j'appuyai mon crâne contre la tête de lit et je consultai mes messages vocaux :

Reçu samedi 15 février à 23 h 50 : Bééébéééé, c'est ta mère à l'appareil. Je voulais juste savoir quand tu comptais rentrer. Rappelle-moi. Bisous. Je t'aime.

Reçu dimanche 16 février, à 2 h 06 : Ouais, je vais te laisser un putain de message. (La voix de Knight, claire et rocailleuse à la fois, surgit du téléphone comme un coup en traître. M'étouffant avec le tabac, je fus prise d'une quinte de toux. Ces simples mots me flanquèrent une crise de tachycardie.) *Mon message, c'est que t'es qu'une sale petite trouillarde de pute pas foutue de répondre au…* (Ses insultes furent interrompues par un bruit sourd mêlant cris, injures et tintement de bouteilles vides.) *J'étais en train de me* barrer, *sale pédé !* (Sa voix était distante, comme s'il s'adressait à quelqu'un.) *Ose me toucher, enculé ! Pose tes sales pattes sur moi et tu vas voir la danse que je vais te mettre !*

Il y eut un bruit de rixe, de grognements et de lourd fracas. Puis l'appel prit fin.

Stupéfaite, je restai allongée en silence, essayant de convaincre mon système nerveux que je ne risquais rien, lorsque le message suivant débuta :

Reçu dimanche 16 février, à 7 h 42 : BB, c'est encore ta mère. Tu es restée dehors toute la nuit et tu n'as même pas rappelé. Je suis malade d'inquiétude, il faut rentrer maintenant. D'accord ? Salut.

Je baissai lentement le portable sur mes genoux, clignant des yeux dans le vide en essayant d'assimiler les émotions qui se débattaient à l'intérieur de moi. Mon adoration pour maman fit place à la peur de Knight, qui elle-même laissa place à l'indignation qu'il m'inspirait, qui se mua en remords quant à la façon dont j'avais traité maman. Puis, comme par magie, une nouvelle émotion s'invita, comme une petite bulle de savon remontant à la surface : une joie féminine et frivole.

Je composai un numéro à neuf chiffres que je connaissais par cœur, puis je retins mon souffle, bondissant sur place en attendant que ma meilleure amie daigne décrocher.

— Yo, B.

— Oh, mon Dieu, Juliet ! Devine quoi ?

— Balance.

— Ken n'est ni homo ni un tueur en série : il est juste maso !

Je voyais d'ici les paupières de Juliet se révulser.

— Maso ?

J'acquiesçai vigoureusement.

— Hinhin.

— Donc, tu te la joues SM avec Pyjama Man ?

— Hinhin. Et *en plus* il m'a donné un double de sa clé ! couinai-je.

— Eh bé, il m'a l'air tout à fait sain, ton gars, et c'est pas du tout précipité…

— Oh, la ferme, dis-je en ricanant. T'es trop une garce !

— Pitié, dis-moi au moins qu'il t'appelle Maîtresse B ?

— Oh, nom de Dieu, pourquoi je te raconte ma vie, déjà ?

— Maîtresse B, Reine des Ténèbres… Tu devrais te teindre les cheveux en noir.

— Je te déteste.

— Et te payer des pince-tétons.

— Hé, c'est pas moi, la maso !

— Ils ne sont pas pour toi.

— Je raccroche !

— Salut, Reine des Ténèbres ! Bonne flagellation !

Chapitre 13

Mars 2001

La tête comme une girouette sous le grand chapiteau, je suivis Ken, qui me tirait par le bras à travers la boutique officielle du Cirque du Soleil. De l'extérieur, la grande tente striée de bandes bleu royal et jaune canari semblait aussi vaste qu'un pâté de maisons mais, une fois à l'intérieur, on se trouvait au pays des merveilles, cernés de couleurs, de sons, de délicieuses odeurs et de produits dérivés. Dire que nous n'étions même pas encore assis !

Mais Ken opposait un refus à tout ce devant quoi je m'émerveillais :

— Oh, ils ont du vin ! Dis, Ken, tu me payes un verre de vin ?

— À ce prix-là, tu pourrais t'offrir une bouteille !

— Hé, la dame a un programme ! Il m'en faut un !

— Quinze dollars le programme ? Et puis quoi encore ?

— Oh, mon Dieu, tu as vu les tee-shirts ?

— Non.

— Et les débardeurs !

— Tu ne le porteras jamais.

— Il y a même des mugs !

— Tu ne bois même pas de café !

Au moment d'arriver à nos sièges, je boudais comme une enfant capricieuse. Les lumières se tamisèrent et je croisai obstinément les bras en gardant une mine renfrognée. Hans m'aurait acheté tout ce que je voulais, lui… enfin, jusqu'à ce que sa carte de crédit soit refusée, évidemment. Mais Ken ? Il ne fallait pas y compter. Non, monsieur devait rester responsable, et tout et tout.

Une bande-son de bruits de nature, de cris d'animaux, de percussions tribales et d'airs d'opéra s'éleva sous le chapiteau jusqu'à son paroxysme et des acrobates dispersés dans la foule, portant des costumes de fantastiques reptiles préhistoriques, rampèrent vers la piste. Bec en avant, une femme à l'allure de ptérodactyle descendit notre allée, s'arrêtant à ma hauteur en brandissant ses griffes et en me coassant dessus. Depuis la charpente, un homme avec des ailes d'ange immaculées chuta en pivotant sur lui-même, tandis que de grandes bandes argentées se déroulaient autour de son corps presque nu.

Et moi, je tirais la tronche.

Il y avait des contorsionnistes.

Des jongleurs.

Des acrobates qui faisaient des cabrioles et formaient des pyramides humaines, juste sous mon nez.

Et moi, je boudais !

Je boudai même si longtemps et avec un tel entêtement que je ne remarquai même pas que Ken avait quitté son siège, jusqu'à ce qu'un gobelet en plastique rempli d'un doux nectar doré apparaisse en périphérie de mon regard. Je tournai la tête et découvris un homme bien habillé assis près de moi, l'air stoïque, les paupières lourdes et ne laissant paraître aucune émotion. Dans une main, il tenait un verre de chardonnay et dans l'autre un sachet contenant un objet rectangulaire.

Un sourire éhonté fendit mon visage et je tendis impatiemment les mains vers mes petits cadeaux. Avec un réflexe digne d'un acrobate, Ken éloigna le verre au tout dernier moment et le garda hors de ma portée.

— Et qu'est-ce qu'on dit ? demanda-t-il amusé, avec une note de condescendance dans sa voix de velours.

Je levai les yeux au ciel, mais je ne pus retenir un bref sourire.

— Meeeerci, Keeeen, répondis-je en faisant traîner les mots.

Satisfait de ma servilité, Ken me tendit le vin et le programme. Tandis que je les lui prenais, nos doigts se frôlèrent, envoyant une décharge électrique le long de mon bras qui fit palpiter tout mon corps. Des images de son superbe corps nu en train de me surplomber apparurent devant mes yeux, comme des flashs. Notre première fois remontait à deux semaines. Deux semaines ponctuées de cours, d'études, de travail et d'incompatibilités d'emploi du temps. Pourtant, Ken était parvenu à s'arranger pour me voir tous les jours. Quand il travaillait de nuit, il passait me voir à ma pause déjeuner. Si j'avais cours, nous nous retrouvions sur le chemin du retour pour dîner ensemble. Et, les soirs où nous étions tous les deux libres, il m'invitait à dormir chez lui, sachant enfin pertinemment que je ne venais pas pour des batailles de polochons.

Si je ne l'avais pas aussi bien cerné, j'aurais dit que Ken et moi sortions ensemble.

Mais Ken n'était pas du genre à s'engager.

Tout en fixant sa main vide, je commençai à saliver. Si les câlins le mettaient mal à l'aise, je le voyais mal accepter que je lui prenne la main. Mais j'avais encore envie d'une décharge. J'en avais besoin. Rien qu'une petite secousse pour tenir jusqu'au soir, moment où je pourrais lui arracher sa cravate et l'attacher au lit.

Pour me donner du courage, je vidai cul sec mon verre de chardonnay et jetai un coup d'œil vers la main de Ken, qui reposait élégamment sur son genou. J'étais sur le point de m'en emparer, de nouer mes doigts aux siens et de réclamer mon dû, mais je renonçai au dernier moment et me contentai de crocheter nos petits doigts.

Bordel, qu'est-ce que tu fous ?

J'en sais rien, la ferme !

C'est trop bizarre.

Ouais, merci, je suis au courant !

Je voulus lui présenter mes excuses, histoire de mourir de honte en paix, lorsque Ken retourna doucement sa main et me présenta sa paume ouverte.

Médusée, je fixai sa main du regard, mon épiderme piqué par des milliers de petites flèches en forme de cœur. Je plaçai ma paume rougie contre la sienne et me mordis la lèvre, poussant un couinement silencieux au moment où Ken entrelaçait mes doigts perclus de froid avec les siens, chauds comme la braise.

Je passai le reste du spectacle sur un petit nuage,

feuilletant le programme en papier glacé, sirotant le verre de vin âcre que Ken me rapportait chaque fois que je finissais le précédent et ignorant superbement nos mains jointes.

Une fois le spectacle terminé, je réalisai que le sol n'était pas très stable. Il tanguait et roulait sous mes pieds tandis que j'essayais de sortir du chapiteau sans me vautrer. Nous avions dîné avant le spectacle, mais je n'avais commandé qu'une salade, dont j'étais parvenue à repousser les plus grosses feuilles sur le bord de mon assiette pour faire croire à Ken que j'avais mangé. Mon estomac ne contenait qu'un peu de verdure hors de prix, arrosée de plusieurs verres de piquette. En bref, j'étais complètement cuite.

Je pris appui sur Ken et murmurai :

— Ken… Tu m'as soûlée.

— De rien, répliqua-t-il avec un petit regard en coin tandis qu'il m'aidait à contourner un couple en train de se prendre en photo devant le chapiteau.

Je sortis aussitôt de mon sac à main un petit appareil photo.

— Oh, Ken, viens ! On se prend en photo tous les deux !

Je fourrai l'appareil dans les mains du charmant petit couple, passai mon bras autour de la taille de Ken et dis « ouistiti ». Même après la photo, je n'avais aucune envie de le lâcher, alors je laissai mon bras où il se trouvait et titubai en direction du parking souterrain, blottie à l'intérieur de la chape protectrice de Ken. Qu'est-ce qu'on s'y sentait bien !

Avec un hoquet, je déclarai :

— Tu sais qu'être tout contre toi, c'est comme être dans un sèche-linge ?

— Un sèche-linge, carrément ? Attention à la marche, m'avertit-il en pointant le bord du trottoir.

— Ouais, ouais, ricanai-je tandis que nous traversions la rue. T'es si chaud et si paisible, puis tu sens bon l'assouplissant et t'es genre tout électrique, tu vois ?

— Tu veux dire de l'électricité statique ? 'ttention à la marche, répéta-t-il en en me tirant sur le trottoir.

Agrippée à son biceps à travers l'étoffe de son manteau, j'acquiesçai en me laissant entraîner sur le trottoir.

— Hinhin, c'est ça. T'es statique ! T'es tellement statique que j'arrive pas à deviner ce que tu penses. Ça fait BZZZZZ, tellement BZZZZZ que j'ai les cheveux et les poils des bras qui se dressent.

Il baissa sur moi un regard moqueur.

— Je crois que tu as surtout froid. Il y a deux marches devant toi.

Nous descendîmes au parking et nous rendîmes au fond, là où l'Eclipse de Ken était garée.

— Non, non, non, répliquai-je en secouant la tête avec un peu trop d'enthousiasme. T'es électrique, j'te dis !

Soudain, la chanson *Electric Boogie*[1] me vint à l'esprit. Je ricanai et commençai à chanter :

— *You can feel it. You're electric ! Boogie woogie woogie !*

Ken partit d'un rire caverneux, dont l'écho se réver-

1. Chanson de Marcia Griffiths (1983).

béra sur les murs de béton et me réchauffa les os. Il déverrouilla sa voiture avec le bouton-poussoir.

— Ce n'est même pas comme ça que ça se chante, déclara-t-il en m'ouvrant la portière, s'assurant que j'atterrisse bien sur le siège sans m'éclater le coccyx par terre. Tu dors à la maison, ce soir ?

— Hinhin, répondis-je, un sourire étiré jusqu'aux oreilles.

— Tant mieux. Parce qu'il est hors de question que tu prennes le volant dans cet état.

Il fit le tour du véhicule et je pris une mine renfrognée.

— Suis pas bourrée à ce point !

Ken mit le contact et passa en marche arrière en tâchant de réprimer une expression amusée.

Avec un rire moqueur, je pointai sa putain de belle gueule du doigt.

— Hé, dis, je l'ai vu, ton petit sourire ! Avoue, tu m'as soûlée exprès pour faire des trucs cochons avec moi tout à l'heure, hein ?

Être parvenue à faire éclater de rire Kenneth Easton reste encore à ce jour l'un des plus grands exploits de toute ma vie.

Un rouge adorable aux joues, Ken ricana, me décocha un sourire Colgate et secoua la tête en sortant du parking.

Je fis la moue.

— Alors… Pas de trucs cochons, ce soir ?

Sans jamais cesser de sourire, Ken évita de me regarder.

— Je t'aime bien quand t'es bourrée.

Je t'aime bien.

Ces trois mots flottèrent dans mon oreille, tourbillonnèrent autour de mon cerveau et se répandirent dans mon cœur comme une explosion de confettis.

Moi aussi, je t'aime bien.

— Dis donc, si tu m'aimes bien quand je suis bourrée, tu devrais picoler avec moi, un de ces quatre ! Ce serait marrant !

Le sourire de Ken s'évanouit. Il garda le silence pendant une minute, son visage sérieux illuminé par les feux arrière de la voiture devant nous. Je regardai sa pomme d'Adam monter et descendre, jusqu'à ce qu'il s'exprime enfin :

— Tu n'aimerais pas me voir bourré.

— Pourquoi ça ?

Ken s'engagea sur l'autoroute et évita mon regard. Sans aucune gêne, je matai la perfection de son profil en me demandant ce que je pourrais bien ne pas aimer chez cet homme. Il reprit :

— Quand je bois, je… je deviens violent.

— Sérieux ? explosai-je en me penchant vers lui. Mais tu es tellement…

Tellement gentil que c'en est agaçant ? Affreusement terre à terre ?

— Calme, conclus-je.

Il me lança un regard chargé d'un avertissement :

— Aujourd'hui, oui, mais quand j'étais au lycée…

Il s'interrompit et chassa un souvenir désagréable avant de reprendre :

— Chez mes parents, je me planquais dans le garage pour picoler tout seul. Puis je sortais en douce et je foutais la merde. J'étais très déprimé et destructeur. Quand les flics m'ont arrêté, j'ai compris à quel point je partais en vrille.

— Tu as été arrêté ?

— Ouais. Et si j'avais continué à boire j'aurais fait des petits séjours réguliers en cabane.

Pendant qu'il parlait, je remarquai que des lumières bleues avaient rejoint les lueurs rouges projetées sur son visage. Regardant par le pare-brise, je découvris l'origine de cette nouvelle luminescence : un contrôle routier. Les flics avaient barré la route.

— Putain de merde, Ken ! Je pue l'alcool ! On fait quoi s'ils le remarquent ? J'ai pas l'âge de boire !

Visiblement pas plus inquiet que cela, Ken haussa les épaules.

— Je ne sais pas. Fais semblant de dormir ?

Un plan en béton ! Je fermai les yeux et reposai mon crâne sur l'appuie-tête. J'avais beau être pompette, il ne m'échappa pas que, si Ken n'avait pas été là, ce serait *moi* qu'on contrôlerait.

Il faudrait que je l'emmène partout avec moi !

— Bonsoir, monsieur. Carte grise et permis de conduire, s'il vous plaît.

J'entendis Ken déporter son poids sur son siège tandis qu'un faisceau de lumière aveuglante m'éclairait le visage.

— C'est votre copine ?

— Oui, m'sieur l'agent.

— Quel est son nom ?

— Brooke Bradley.

— D'où venez-vous, comme ça ?

Le flic posa encore une dizaine de questions du même acabit avant de nous laisser partir, mais je n'en compris aucune. J'étais bien trop occupée à garder les poings serrés et à me mordre l'intérieur de la joue pour m'empêcher de chantonner et de danser sous l'effet de la joie.

Oui, m'sieur.

Il a dit « oui m'sieur » !

Il n'a même pas hésité !

« C'est votre copine ? »

« Oui m'sieur. »

Entrouvrant très discrètement les paupières, je vis les flics faire signe à Ken de circuler et, une fois le barrage franchi, je me redressai dans mon siège et mon visage se fendit d'un grand sourire pompette.

— Toujours réveillée ? demanda Ken ?

Je ricanai.

— Hinhin.

— Qu'est-ce qu'il y a de si drôle ?

— J'ai juste entendu une intéressante nouvelle en ce qui concerne notre relation.

— Ah, vraiment ? fit Ken, la voix vacillante sur la fin de sa phrase. Une bonne nouvelle ?

Pour une fois, c'était lui qui se tortillait. Satisfaite, je hochai la tête.

— Une très bonne nouvelle.

Chapitre 14

En m'éveillant le lendemain, j'eus l'impression d'être un animal écrasé. Tandis que je reprenais peu à peu mes esprits, je numérotai mes abattis.

Pieds ? Dieu les rôtit avec sa loupe.

Estomac ? Un vrai chaudron à reflux.

Tête ? On dirait qu'on s'en est servi comme d'une grosse caisse.

Haleine ? Étrangement fraîche.

En remontant les genoux jusque sous mon menton pour échapper à la chaleur du soleil, je roulai sur le flanc et tendis le bras vers Ken. Des souvenirs embrumés commencèrent à faire surface : Ken qui m'aidait à entrer chez lui, qui me maintenait les cheveux pendant que je vomissais, qui piochait ma brosse à dents dans mon sac et qui me retirait mes bottes pendant que je me cachais le visage en l'implorant : « Me regarde pas, je suis affreuse. »

Ma fierté ? Au trente-sixième dessous.

Au lieu d'un homme, mes mains trouvèrent un matelas. J'ouvris les yeux. Ken n'était plus là et, sur la table de nuit, le réveil indiquait 11 h 11.

Les dimanches, Ken commençait le travail à 11 heures.

Fait chier !

Je bondis hors du lit et me pris les pieds dans une poubelle en métal placée près du lit à mon intention, renversant au passage sur la moquette le contenu d'un verre d'eau ainsi que deux petits cachets orange, jusque-là posés sur la table de nuit.

Merde, merde, fait chier !

Je fonçai à travers la chambre qui tanguait sous mes pieds, me cognai l'épaule dans l'embrasure de la porte, descendis l'escalier en poussant tous les jurons que je connaissais et, après la dernière marche, je m'arrêtai tout net.

Ken était encore là.

Assis à sa table.

Il discutait avec une jolie blonde.

La dernière fois que j'étais tombée sur une visiteuse impromptue dans ma maison, les choses avaient *très mal* fini. Sauf que, ce coup-ci, je n'étais pas chez moi et cette nana n'était pas au lit avec mon mec, flottant dans un tee-shirt trois fois trop grand pour elle.

Là, c'était moi qui portais le tee-shirt.

Avec rien en dessous.

Interrompus dans leur conversation, ils se retournèrent vers l'intruse maigrichonne aux cheveux violets, encore en pleine gueule de bois. Je tirai le bas du tee-shirt sur mes jambes et leur adressai un sourire gêné.

Debout derrière le comptoir, la mystérieuse jeune femme me décocha un sourire que j'aurais reconnu entre mille : c'était exactement le même sourire que le type d'à côté, le genre qu'il faut mériter.

— Tu dois être Brooke ?

Brooke.

Je fis quelques pas dans la cuisine en essuyant mes paumes moites sur le tee-shirt de son frère.

— Salut, oui, c'est bien moi. Appelle-moi BB !

Je fusillai Ken du regard. *Ça vaut aussi pour toi !*

— Tu es sûrement Chelsea, repris-je en lui tendant la main. C'est chouette de faire ta connaissance. Je commençais à croire que Ken t'avait inventée !

Chelsea accepta ma main en riant doucement.

— Je sais, je ferais peut-être mieux d'arrêter de payer le loyer, hein ? dit-elle par-dessus son épaule à l'intention de Ken, qui lui adressa un regard chargé de venin. Je ne vis pour ainsi dire plus ici, mon mec vient d'être affecté en Floride, à la base aérienne militaire d'Eglin. Du coup, je passe l'essentiel de mon temps là-bas. Il vient d'acheter une maison et il est complètement nul en déco.

Comme son frère, elle s'exprimait d'une voix sèche et monocorde, mais la chaleur qui manquait à son inflexion était compensée par un sourire radieux qu'elle peinait à contenir.

— C'est génial, lançai-je avec bonne humeur. Si jamais tu as besoin d'aide, préviens-moi. Je n'ai pas été à la plage depuis une éternité !

Chelsea adressa un regard entendu à Ken, qui s'éclaircit la voix en évitant soigneusement de croiser mon regard.

— Ouais, tu pourrais… Je me disais qu'on pourrait y aller pour les vacances de printemps, déclara-t-il en posant enfin les yeux sur moi. Chelsea nous invite à venir chez eux.

Je regardai alternativement les deux Easton.

— C'est vrai ? Tu m'emmènes à la plage ?

Sentant probablement que j'étais sur le point de sauter au cou de son frère, Chelsea récupéra son sac à main sur le comptoir.

— Il faut que je file. Ravie de t'avoir rencontrée, BB.

— Moi aussi, Chelsea et merciiii ! dis-je avec un sourire radieux, me tournant aussitôt vers Ken dès qu'elle eut refermé la porte du garage dans son dos. Tu m'emmènes à la plage ? répétai-je, le tee-shirt des Sublime devenu soudainement beaucoup trop chaud à porter.

— Si tu en as envie.

Je m'approchai de lui à pas de loup et pris une voix taquine.

— Tu n'es pas encore au travail à cette heure-ci ? demandai-je avec un nouveau pas de prédateur.

Ken recula sa chaise.

— J'ai pris ma journée.

— Et pourquoi tu as pris ta journée ?

— Parce que ma copine a envie d'aller au musée et, comme elle a trop picolé hier soir, elle ne peut pas y aller toute seule.

Il leva sur moi un sourire malicieux et je posai les mains sur ses épaules. Il portait un pantalon de costume, une chemise bleu marine et n'avait pas de cravate.

Elle me manquait, sa cravate. J'aurais pu m'en servir de laisse pour l'entraîner à l'étage.

Les jambes nues, je le chevauchai en rigolant :

— Elle a l'air douée, ta copine !

— Elle est sympa, dit-il tandis que ses paumes effleuraient délicatement ma cuisse rougissante avant de s'aventurer sur mes fesses, qu'il pressa doucement. Et apparemment elle aime les trucs cochons, alors je vais la garder encore un peu.

Avec un ricanement nasal, je mis une petite tape sur le visage de Ken, puis j'entendis un petit couinement s'élever dans mon dos :

— Oups, désolée !

La porte du garage claqua et je me figeai. Bouche bée, je baissai les yeux sur Ken.

— Est-ce que… c'était Robin ?

Les traits renfrognés, Ken confirma d'un hochement de tête. Un rire déplacé m'échappa et je me couvris la bouche avec la main pour atténuer ma crise.

— Oh, Seigneur ! Ken ! tu es son patron !

— Et son proprio aussi.

— *Et* son proprio ! ricanai-je. Désolée de rire, c'est pas drôle !

Ken me regarda en souriant. D'ordinaire si froid, son regard me réchauffa les joues.

— C'est quand même un peu drôle.

— C'est bidonnant ! explosai-je. Elle doit sûrement se dire que je t'ai giflé !

Son sourire disparut.

— Et si tu me giflais vraiment ? Histoire qu'elle ne se fasse pas de fausses idées.

Je lui adressai un sourire et secouai la tête.

— Je ne vais pas te frapper, voyons ! Ce serait abuser !

Les épaules de Ken s'affaissèrent sous le coup de la déception.

— Oh, Seigneur, tu veux vraiment que je te frappe, on dirait, soupirai-je en scrutant la cuisine. Est-ce que je peux au moins utiliser une spatule en bois ou un truc du genre ? Je ne me sens pas trop de te mettre un revers à main nue.

Le sourire de Ken revint au galop.

— Utilise tout ce que tu veux.

— T'es vraiment pas bien dans ta tête, gloussai-je en me penchant sur lui pour déposer mes lèvres entrouvertes sur sa bouche incurvée.

Ken me rendit mon baiser, enroulant sa langue autour de la mienne. Il suça tendrement ma lèvre inférieure et la libéra avec un petit bruit sec.

— C'est toi qui veux me taper avec une spatule en bois, souligna-t-il.

— Hé, ho, gare à ce que tu dis ou j'utilise une spatule en plastique !

Ken leva un de ses sourcils anguleux.

— Que de la gueule !

— OK, enfoiré, tu l'auras voulu !

Je quittai ses hanches, faisant semblant de ne remarquer ni la délicieuse protubérance de sa braguette ni la tache humide et brillante que j'y avais laissée. Me rendant à la commode, j'ouvris le tiroir à ustensiles… et le retirai complètement du meuble. Armée du tiroir rempli de cuillères, de spatules, de fouets et de raclettes en caoutchouc, je fis volte-face et, sans un regard pour Ken, je marchai tout droit jusqu'aux escaliers. Pas besoin de me retourner : je savais que Ken était sur mes talons.

Je pouvais sentir son souffle sur ma nuque.

De retour dans sa chambre, je déposai le tiroir au

pied du lit, faisant rebondir les ustensiles avec un bruit métallique. Pivotant sur mes talons, je mis les mains sur mes hanches et posai un regard chargé de vice sur l'homme qui me faisait face. Maîtresse B était prête à remplir son devoir.

— Toi, dis-je en me mordant l'intérieur des joues pour ne pas sortir du personnage. À poil.

Ken eut un rictus amusé, mais il s'exécuta sans broncher. Je l'observai tandis qu'il défaisait sa chemise, un bouton après l'autre, avant d'ôter son débardeur, son pantalon et son boxer, qu'il disposa sur le sol avec soin, sans les froisser.

Me sentant soudain très bête dans son tee-shirt des Sublime, je me débarrassai à mon tour de mon unique vêtement qui rejoignit les siens sur le sol. À la vue de son corps d'éphèbe et de sa queue glorieusement dressée, mes tétons percés devinrent aussi durs que du diamant.

Sa posture était décontractée. Il ne roulait pas des mécaniques en bombant le torse, tel l'adonis qu'il était. Ken avait l'air d'un homme s'étant volontairement dépouillé de son ego. Un homme ouvert, vulnérable et prêt à souffrir.

Physiquement, seulement.

D'un point de vue émotionnel, Ken était plus prudent que d'habitude. Il avait les traits tendus. Une expression renfermée sur le visage. Il semblait m'observer depuis une lointaine distance, terré dans un bunker imprenable.

Na-na-nèreuh, tu peux pas m'attraper ! Son cœur me narguait depuis sa forteresse impénétrable, m'adressant un pied de nez derrière une paroi de verre blindé.

OK, petit enfoiré, lui rétorqua le mien avec un doigt d'honneur. *Défi accepté !*

— Voici ce que nous allons faire, annonçai-je de ma plus belle voix de dominatrice. Sélectionne l'instrument, et je choisirai où je te frapperai.

Un éclair d'excitation parcourut son regard.

Faisant un pas de côté, je balayai le contenu du tiroir en bois d'un geste théâtral de la main, comme la potiche de *La Roue de la fortune*.

Ken s'approcha en m'observant. Au moment où il s'arrêtait près de moi, je sentis la fragrance de son savon au sapin qui émanait de sa chaude musculature. Dieu, ce qu'il sentait bon ! Il se pencha vers le tiroir et en tira un maillet à viande en métal qui avait la forme d'un club contondant hérissé de petits piquants.

— Tu plaisantes, j'espère ?

Le masque de son expression se fendit d'un sourire.

— Range ça tout de suite, repris-je. Pas question qu'on m'accuse de meurtre !

Avec un haussement d'épaules, Ken remit le maillet à sa place et opta pour une spatule en plastique noir. Je l'acceptai avec hésitation.

— Avec des rainures en plus ? T'es un *vrai malade* !

Ken fit un rictus et je désignai le mur avec l'ustensile.

— Face au mur, ordure !

Ken inclina la tête et leva un sourcil.

— Oh, je te jure ! S'il te plaît, rectifiai-je. En position, *s'il te plaît*.

Satisfait de ma politesse, Ken se plaça docilement face au mur.

— Les mains devant toi ! aboyai-je en désignant

la paroi avec l'instrument de torture que Ken s'était choisi. *S'il te plaît.*

Ken plaça ses doigts devant lui, inconscient de ce qui allait lui…

SLAP !

J'abattis la spatule de toutes mes forces contre l'intérieur de sa cuisse, laissant dans son sillage trois stries blanches cerclées de peau rougissante.

Ken ricana doucement par le nez.

SLAP !

Ce coup-ci, je frappai pile entre ses deux omoplates larges et douces.

Ce petit salaud sourcilla à peine.

Et *SLAP*, la fesse gauche !

Ken inclina sa tête de gauche à droite, s'étirant la nuque avec nonchalance.

Sans perdre le rythme, je saisis la spatule à deux mains comme une putain de batte de base-ball.

CRAC ! En plein sur les côtes.

Ken se courba en deux – de douleur, espérais-je – mais je réalisai bien vite qu'il se tenait le flanc en riant.

C'est quoi son délire ? Ça le chatouille ou quoi ?

Je laissai tomber la spatule et tendis les doigts vers ses côtes, le chatouillant sans pitié.

Ken poussa un cri et assena des gifles sur mes mains.

— Ah, stop, arrête, arrête !

— On dirait qu'on est chatouilleux, roucoulai-je en évitant ses tapes et en revenant à l'assaut.

— Mais putain ! lança-t-il entre deux hoquets, arrête, je te dis !

— Je croyais que t'étais un dur. Tu supportes pas les petites chatouilles ?

— Raaaah !

Avec un grognement, Ken se tourna vers moi et m'immobilisa les bras le long du corps. Ses yeux bleus étincelants étaient illuminés par une lueur que je n'avais encore jamais vue chez lui. On aurait dit… de l'excitation.

— Arrête, putain, haleta-t-il, son sourire étiré d'une oreille à l'autre, maintenant encore mes bras.

Je soutins son regard en ricanant.

— OK.

— Sûre ?

— Si tu admets que j'ai gagné.

— T'as gagné.

Je pris une voix moqueuse.

— Tu vois ? C'est pas si compliqué !

J'inversai nos places et me retrouvai dos au mur. Toujours limitée dans mes mouvements, je passai ma jambe autour du bassin de Ken, le poussant à me punir d'une autre façon.

En cet après-midi de dimanche, tandis que Ken me baisait contre le mur de sa chambre, dont la porte était restée grande ouverte, trois mots virevoltèrent dans mon esprit : *je t'aime.*

Je laissai retomber ma tête contre le placo du mur et répliquai mentalement :

C'est trop tôt.

Vraiment beaucoup trop tôt.

PARTIE 2

Chapitre 15

Avril 2001

Les parents d'Amy étaient si heureux que leur fille soit revenue à la maison qu'ils organisèrent une grande fête en l'honneur de ses fiançailles. Elle eut lieu dans un vieux manoir, situé sur un terrain de plusieurs hectares ponctués de petits jardins, de sentiers et de fontaines, avec en son centre une mare où poussaient des fleurs de lys. La maison restait la plupart du temps inhabitée.

Sauf quand on y organisait d'extravagantes fêtes de fiançailles.

Assis sur le rebord d'une fontaine, Amy et Allen portaient des tenues assorties et posaient pour un photographe en tenant de petits écriteaux couverts de mièvreries.

— Putain, ce qu'ils sont mignons, soupira Juliet en observant par-dessus la mare le couple le plus heureux de toute la terre.

Je baissai les yeux sur le petit garçon qui se tenait sur mes genoux et lui couvris les oreilles.

— Meuf, ton langage !

Juliet leva les yeux au ciel.

— Relax. Je suis sûre que « putain » est le premier qu'il a entendu de sa vie quand je l'ai éjecté de mon ventre.

— C'est cela, oui. J'y étais et je crois me souvenir que celle qui a crié ce mot, c'était moi.

Juliet éclata de rire.

— Ouais, juste avant de t'évanouir.

Abasourdie, je secouai la tête.

— Si t'avais vu ce que j'ai vu…

— T'as vu quoi, tata BB ? demanda Romeo en levant la tête vers moi, clignant ses adorables yeux en amande, qu'il avait hérités de sa mère.

— Alors… comment t'expliquer…

Juliet ricana tandis que j'essayais de trouver un moyen de décrire joliment à un gosse les horreurs de l'enfantement vues par une adolescente de quinze ans.

— *Toi*, mon grand ! J'ai été la première à te voir, avant même ta maman !

Et bien avant ton loser de père !

— Je ressemblais à quoi ?

À un cochon d'Inde, tout couvert de sang gluant.

— À un tout petit ange !

Satisfait de cette réponse, Romeo recommença à picorer dans l'assortiment de fromages, d'amuse-gueules, de fruits et de mini-sandwichs que nous avions rapporté du buffet pour l'occuper.

Dans un murmure, je m'adressai à sa mère :

— Tu m'as traumatisée à vie.

— On s'en fout, répondit-elle en papillonnant des paupières. Tu vas avoir tout plein d'enfants.

— Tsss. J'en aurai un. Grand max. Sauf si j'ai des jumeaux. Oh, Seigneur ! dis-je, une vive douleur dans l'estomac. Et si j'ai des jumeaux ?

De tous les moments inopportuns qu'il aurait pu choisir pour se pointer, Ken choisit celui-ci. Il s'installa face à nous à la table de pique-nique et déposa deux gobelets en plastique – un rempli d'eau et l'autre d'un liquide rouge que j'espérais être du punch pétillant. Je tirai ce dernier vers moi et Ken m'adressa un regard m'indiquant qu'il en avait entendu bien plus que je l'aurais souhaité.

Je battis des paupières et portai le verre à mes lèvres :

— T'inquiète, je suis pas enceinte.

Merde. C'est pas du punch qui pique.

— Dans sa famille, ils ont beaucoup de jumeaux, précisa Juliet.

Ken leva légèrement les sourcils.

— Ça craint pour toi.

— Cha craint ! répéta Romeo en mâchant un morceau de gouda.

Je pris la voix la plus sarcastique et doucereuse possible :

— Tu n'as pas envie d'avoir de jumeaux, Ken ?

— Ce que je veux, c'est une *vasectomie*, mais les médecins refusent que j'y passe avant d'avoir trente ans.

J'avalais de travers et m'étouffai avec ma boisson.

— Quoi ? T'as demandé une vasectomie ?

— Putain, ouais !

— Putain, ouais ! répéta Romeo.

Je couvris la bouche toute pleine de miettes du petit et dévisageai mon mec, bouche bée.

— Laisse-moi deviner, dit Juliet d'une voix impertinente. T'es aussi anti-mariage ?

— Exact, répondit-il d'un ton badin, rivant sur Juliet son regard inexpressif avant de vivement reporter son attention sur moi. Mais je comprends qu'on puisse être pour.

Désarmée, je cachai mon trouble en buvant une nouvelle gorgée.

— Ah, vraiment ?

— Bien sûr. Les gens ont besoin de se sentir en sécurité.

Il porta son regard de l'autre côté de la mare en direction de son meilleur ami, qui souriait d'une oreille à l'autre en faisant semblant de jeter sa fiancée dans la fontaine pour les besoins d'une photo.

— Donc, quand tu regardes ces deux-là, tout ce que tu vois, ce sont des gens qui veulent de la *sécurité* ? demandai-je d'un ton un peu trop agressif. Moi, je vois deux personnes qui s'aiment à la folie et veulent vivre ensemble dans le bonheur jusqu'à la fin de leurs jours !

— C'est quoi la *sicurité* ? marmonna Romeo, la main devant la bouche.

— Viens, mon grand, fit Juliet. On va aller te nettoyer un peu.

Elle prit son fils dans ses bras et m'adressa un message silencieux. *Détends-toi un peu, espèce de tarée.*

Dès qu'ils furent partis, il ne restait plus au jardin que moi, mon nouveau mec et un gros malaise.

Ken ne veut ni se marier ni avoir d'enfants.

J'aurais mieux fait de me lever, de lui souhaiter longue vie et de m'éloigner au plus vite de toute cette hostilité qu'il manifestait envers l'amour. J'aurais dû écouter ce que disait Maya Angelou[1] : « Quand une

1. Écrivaine et poétesse afro-américaine.

personne vous montre sa vraie nature, fiez-vous à ce que vous voyez. » J'aurais mieux fait de me dégotter un type cool, avec des tatouages plein les bras, un boulot tout bête et qui m'aurait offert tous les mariages et tous les bébés dont j'avais envie.

Mais savez-vous ce que j'ai fait à la place ? Évidemment que vous le savez.

Je regardai Ken, son visage superbe et morne, et je redressai fièrement ma colonne vertébrale. *On va voir ce qu'on va voir, espèce de connard.*

Une fois la fête finie, je pris Allen et Amy dans mes bras, m'extasiai une ultime fois devant la bague et fis volte-face pour découvrir que Ken se tenait derrière moi, à environ un mètre, les mains fourrées dans les poches de son pantalon de costume noir.

Il adressait au charmant petit couple son fameux regard d'avertissement : « Oubliez-moi, vous n'aurez pas de câlin. »

Lorsque je me tournai vers Allen et que je vis sa mine déconfite, je pris une décision : Ken avait grand besoin qu'on l'emmerde un bon coup.

— Bouge pas, bébé, dis-je en le contournant. Je crois que tu as une peluche sur le… Allen, chope-le !

Je lui immobilisai les bras dans le dos pendant qu'Allen lui assenait une franche accolade.

Ken se libéra sans le moindre effort mais pas avant que son meilleur ami ait pu lui faire un bon gros câlin viril.

Avec Amy et Allen, nous nous bidonnâmes comme des baleines tandis que Ken, l'air renfrogné et les poings serrés dans ses poches, battait en retraite à l'autre bout du grand vestibule du manoir.

— J'adore le rodéo ! caquetai-je à bout de souffle. Objectif pour la prochaine fois : tenir deux secondes !

Ken nous dépassa et traversa le grand portail tandis que nous continuions de rire à ses dépens, mais je pourrais jurer avoir vu l'ombre d'un sourire sur son visage.

Je m'élançai derrière lui, essuyant mes larmes tandis que je me ruais en talons sur le parking mal éclairé. On pouvait très facilement deviner que je ne portais ce genre de chaussures qu'aux mariages et aux enterrements.

— Hé, attends-moi ! le hélai-je en le rattrapant enfin, prenant son bras pour me stabiliser.

Son biceps se contracta sous mes ongles, mais il ne me repoussa pas. Il ralentit même le pas pour m'éviter de me casser la gueule.

Après le coup du câlin forcé, je m'étais attendue à ce qu'il tire la tronche, mais à ma grande surprise il aborda un tout autre sujet :

— Je n'ai pas vu Jason, ce soir. Et toi ?

Un sentiment d'épouvante s'insinua dans mes veines.

— Non, moi non plus.

À la voiture, Ken m'ouvrit la portière côté passager et me tint le bras pour m'aider à m'asseoir.

— Tu devrais lui passer un coup de fil.

Ouais. Un coup de fil, évidemment. Pourquoi n'y avais-je pas pensé ?

Je piochai mon portable dans mon sac en m'imaginant Jason, réduit à une masse sanglante et désarticulée sur le trottoir devant chez lui.

Merde, on est dimanche ! On est pas allés le voir de

tout le week-end ! Ça m'est complètement sorti de la tête !

Je trouvai son numéro dans mes contacts et pressai le bouton d'appel.

Faites qu'il aille bien, faites qu'il n'ait rien, pitié…

— Salut, meuf ! Quoi d'neuf ? répondit Jason d'une voix pâteuse, par-dessus une véritable cacophonie.

Je bouchai mon autre oreille pour mieux l'entendre et j'élevai la voix :

— Salut, m'sieur J ! Tout va bien ? On revient de la fête d'Allen et Amy ! Tu nous as manqué !

— Je suis au concert de Pearl Jam ! hurla-t-il à l'autre bout du fil.

Tandis que nous sortions du parking, Ken et moi nous fixâmes.

— Pearl Jam ? C'était au moins deux cents dollars la place !

— Deux cent cinquante ! corrigea Jason.

Je rigolai.

— Connard, va ! Elle est où, ma place ?

Mais Jason ne m'entendait plus. Ivre, il éructa de tout son cœur le refrain du morceau *Jeremy*.

Je m'apprêtais à raccrocher lorsque j'entendis à nouveau sa voix au bout du fil :

— Yo, B ?

— Ouais ?

— Tu viens chez moi la semaine prochaine ?

La culpabilité effaça aussitôt mon sourire.

— Ouais, je serai là, mon pote !

Avec une voix de fausset, Jason accompagna Eddie Vedder en hululant sur les dernières mesures de la chanson. Soudain, la musique devint bien plus forte, comme s'il avait orienté son portable en direction de la sono, ou un truc du genre. Je fis la grimace et raccrochai.

— Tout va bien, dis-je à Ken en fourrant mon portable dans mon sac. Il est au concert de Pearl Jam.

Ken ricana.

— Le bâtard ! Il devrait m'engager pour être son chauffeur perso !

— Mais tu es déjà le mien, soulignai-je en papillonnant des paupières.

Ken m'adressa soudain un petit sourire en coin.

— D'ailleurs, à ce sujet : tu peux être chez moi à 8 heures demain avec ta valise ? Avec les vacances, j'aimerais éviter les embouteillages au maximum.

J'acquiesçai avec un rictus.

— C'est noté.

Chapitre 16

Le matin suivant, ma voiture s'arrêta devant chez Ken en crissant des pneus à 8 h 52. Je n'étais pas maquillée et mes cheveux étaient encore mouillés.

Tout le long du trajet, nous écoutâmes toute sa collection de CD – y compris celui des All-American Rejects, *merci beaucoup* – et nous prîmes seulement trois fois la mauvaise route. La faute m'incombait, car je n'avais pas fait attention aux panneaux sur l'autoroute. Et, chaque fois, Ken prenait la sortie suivante et faisait un détour, comme s'il n'était absolument pas grave qu'on perde – *encore* – un quart d'heure par ma faute.

Au moment de nous garer devant l'adorable petit bungalow de Bobby, je me sentis presque triste que le voyage soit fini.

Bobby, le compagnon de Chelsea, était un campagnard pur jus – avec tout l'attirail, des têtes de cerfs empaillés sur les murs jusqu'à sa boucle de ceinture frappée du drapeau confédéré. Il nous accueillit chaleureusement et nous fit faire le tour du propriétaire en jacassant. Dans son petit polo BCBG et son short blanc impeccablement repassé, Chelsea nous suivit en acquiesçant à tout ce qu'il disait.

Et dire que je trouvais que Ken et moi étions aux antipodes l'un de l'autre !

— Bon, on va faire un tour à la plage ou quoi ? demanda Bobby en craquant la languette de sa Budweiser. Vaut mieux y aller maintenant si on veut pas rentrer à pattes dans le noir.

Puis, avec un ricanement, il pointa son pouce dans ma direction et ajouta :

— C'est une vraie crevette, celle-là ; les alligators vont n'en faire qu'une bouchée !

Avec les beaufs, les virées à la plage impliquent forcément trois choses : de la bière, du ruban adhésif et du système D.

Après avoir planté une chaise en métal dans le sable et scotché un parapluie sur le côté, Bobby m'offrit une canette de bière qu'il venait de sortir d'une glacière à roulettes.

— Merci ! dis-je en tendant ma main couverte d'écran solaire.

Ken la prit et ma la tendit. Avec ses lunettes de soleil et son caleçon de bain noir, il était vraiment à croquer.

Tout en passant de la crème sur mes bras décharnés et mouchetés, je souris face à mon propre reflet dans ses verres de lunettes. Mon nouveau bikini léopard m'allait à ravir et, alors que j'espérais que Ken soit en train de me mater, lorsqu'il ouvrit la bouche je n'eus pas droit à un compliment :

— Tu as oublié d'en mettre sur les orteils.

Monsieur tenait juste à s'assurer que je me tartinais comme il fallait.

Scriiiitch ! Bobby déchira une autre bande de

ruban adhésif et entreprit de scotcher un autre grand parapluie à la seconde chaise longue.

Dans ma tête, je m'étais imaginé faire de longues balades avec Ken sur la plage, pieds nus, main dans la main pendant que les mouettes nous chanteraient du Toni Braxton. Romantique, quoi.

Au lieu de cela, les Easton frère et sœur s'emparèrent de leurs planches de bodyboard et foncèrent droit dans la flotte, me laissant sous le cagnard de Floride, à boire de la bière tiède avec Bobby.

Résignée, je me rassis sur la chaise près du copain de Chelsea, prenant garde à ne pas m'éborgner avec le parasol improvisé, et sirotai une longue gorgée de bière avant d'entamer la conversation :

— Alors, Chelsea est une sportive, elle aussi ?

Bobby cracha dans le sable.

— Je veux, ouais ! Si elle avait pas été là, j'aurais foiré tous les exams sportifs de l'Air Force. Cette nana, elle me tire du pieu tous les matins et elle m'oblige à aller courir. Du jogging, bordel ! On dirait un couple de bobos !

Je gloussai.

— Ken fait du jogging aussi. Je te jure, mec, je pige pas. Le seul moyen de me faire courir, ce serait qu'un des alligators dont tu parlais tout à l'heure essaye de me bouffer.

Bobby rigola tandis que je regardais Ken et Chelsea, côte à côte, poussés jusqu'à la rive sur la même vague. J'étais consciente d'être abasourdie devant ce spectacle. Ken se redressa et ébroua sa chevelure rendue plus sombre par l'eau. Puis il décocha à sa sœur un sourire de star d'Hollywood tandis qu'une nouvelle vague la heurtait dans le dos et la repoussait sur le sable. Ken n'offrit pas de l'aider à se relever et elle ne lui demanda rien. Elle se redressa tout simplement et les Easton retournèrent dans l'océan, leur planche sous le bras.

Sans quitter des yeux le joyeux duo, j'interrogeai Bobby :

— Chelsea n'est pas très tactile non plus ?

— C'est-à-dire ? À cause des microbes et tous ces machins ?

Je me tournai et fis face à mon nouveau meilleur pote :

— Non, je parle plutôt d'espace personnel. Ken refuse les contacts humains. Il veut bien de *mes* câlins – *et de mes sévices au plumard*, ajoutai-je dans ma tête – mais, à moins d'y être obligé, il refuse catégoriquement qu'on le touche. C'est super bizarre.

— Maintenant que tu le dis, Chelsea est un peu comme ça aussi. C'est une nana adorable, mais c'est vrai qu'elle est pas très câline. La plupart des filles, et le prends surtout pas mal, précisa-t-il en levant sa main libre. Je dis bien la plupart des filles… sont un peu trop dépendantes de leur mec, tu vois le genre ?

J'acquiesçai en ricanant.

Oh, oui, je vois très bien le genre.

— Mais Chelsea est super cool, poursuivit-il. Elle dépend de personne.

Bobby prit une longue gorgée de bière et contempla sa copine, qui discutait avec son frère, immergée dans l'eau jusqu'à la taille.

Ils parlent sûrement de ma dépendance à mon mec.

— Ça ressemble beaucoup à Ken, dis-je. Il n'accepte même pas que je lui fasse des cadeaux !

— Ouaip, bah j'espère que Chelsea est pas comme ça, parce qu'elle va bientôt avoir droit à un très beau cadeau.

Mon regard s'illumina.

— Genre une alliance ? Hiiii !

— Chuuut ! gronda-t-il, tournant vers moi ses yeux marron chargés d'anxiété. Pas si fort !

Avec un grand sourire, je poussai un murmure extatique :

— C'est si excitant !

Puis je songeai à toutes les similitudes entre le frère et la sœur et mon visage se décomposa.

— Quoi ? Qu'est-ce qui t'arrive ?

— C'est rien, répondis-je avec un sourire forcé. C'est juste que… Ken n'a pas envie de se marier. Il ne *croit pas* au mariage, dixit lui-même, précisai-je en levant les yeux au ciel.

Bobby balaya cette remarque d'un geste de la main.

— Tss ! Tous les mecs sont comme ça. Pour te dire la vérité, même moi je suis pas sûr d'y croire. Pourquoi j'aurais besoin que le gouvernement me délivre un bout de papier qui prouve que j'aime vraiment ma femme ? Putain, ça les regarde pas, ces cons-là. Ça commence comme ça, puis ils te collent sur écoute et ensuite ils viennent te piquer tes armes, les fumiers.

Sa franchise toute provinciale me fit pouffer.

Un sourire malicieux étira ses lèvres, coupant court à sa vindicte.

— Mais ma nana veut se marier et j'ai envie de lui offrir tout ce qu'elle veut, reprit-il avant de vider sa canette d'une traite et de la broyer dans sa main. Laisse-moi te poser une question : est-ce que Kenny t'a dit texto qu'il ne se marierait *jamais* ?

— En fait, on sort ensemble depuis, quoi, deux mois. On n'a pas vraiment parlé de…

— C'est pas la question. Il dit qu'il n'y croit pas, mais est-ce qu'il a dit qu'il ne le ferait pas ?

Je songeai à la discussion que nous avions eue la veille lors de la fête de fiançailles d'Allen et Amy.

— Bah… non.

Bobby s'ouvrit une nouvelle bière et l'inclina vers moi.

— T'as ta réponse.

*

— Tu es sûre que tu veux pas que je te porte ? se moqua Bobby sur le chemin du retour.

— Ça va aller, insistai-je en boitant, honteuse de n'avoir pas prêté plus d'attention à la remarque de Ken.

Le soleil m'avait tellement cramé les orteils que je ne pouvais même plus enfiler des tongs.

Ken confia sa planche et sa serviette à Chelsea, marqua une halte et s'agenouilla près de moi. Pas de « je te l'avais dit » ni aucune jubilation d'avoir vu juste. Mon piteux état ne le fit même pas rire.

Ken se contenta de soupirer.

— Grimpe.

Je souris et passai mes bras autour de ses épaules bronzées, inhalant le doux parfum marin de ses cheveux séchés à la serviette. Tandis que les bras de Ken formaient une boucle pour maintenir mes genoux et qu'il me hissait sur son dos pour me ramener à la maison, Bobby m'adressa un clin d'œil complice auquel je répondis télépathiquement avec un cri enthousiaste.

T'as vu ça ? Ken me transporte sur son dos !

Alors que nous remontions lentement vers la maison le long des rues endormies de Fort Walton Beach, je souris et j'embrassai délicatement les cheveux mouillés de Ken.

Aux chiottes, les balades sur la plage ! songeai-je en raffermissant mes cuisses autour de sa taille.

Tout en marchant, nous rîmes des gamelles de Chelsea et des marques de bronzage du marcel de Bobby, mais je n'étais qu'à moitié attentive. L'autre moitié de mon attention était accaparée par les mains de Ken, posées sur mes cuisses. Bon d'accord, ses mains accaparaient 75 % de mon attention. Et cela me convenait tout à fait. Jusqu'à ce que Bobby ouvre la porte et que mon attention soit distraite par les incessants *dilidilidilidili* en provenance de l'intérieur de la maison.

— La vache, dit-il. C'est à qui, ce téléphone qui arrête pas de sonner ?

Le cœur battant, je descendis maladroitement du dos de Ken, traversai le petit salon de Bobby et pénétrai dans la cuisine décorée à la mode des années 1980. Je cherchai l'interrupteur à tâtons sur le mur et, une fois la lumière allumée, je m'emparai vivement de mon sac sur la table de la cuisine et j'y enfonçai le bras jusqu'au coude.

Tandis que je me frayais un chemin dans mon bazar à coups de griffes, la peur s'empara de moi.

La perspective que cela puisse être Knight me terrorisait. J'étais horrifiée d'avoir à expliquer aux autres pourquoi je n'avais pas répondu. Horrifiée de créer un malaise.

Et si encore il ne s'agissait que d'un *malaise*.

Au moment où je tirais le portable du sac, une sonnerie d'alerte retentit dans ma main, m'informant que j'avais un message. Plusieurs, en fait. Mon petit doigt me dit qu'il aurait mieux valu que je m'assoie avant de l'écouter. Mais je restai debout.

***Reçu lundi 7 avril à 18 h 14** : Salut, BB.* (La voix à l'autre bout du film n'était ni rauque ni sadique. Elle ne me traitait pas salope ou de pute. C'était une voix féminine et familière : la Goth. Sa voix traînante et pince-sans-rire réveilla de douloureux souvenirs qui s'imposèrent comme des flashs à mon esprit : l'image de ses longs cheveux noir de jais étalés sur mon oreiller, le tee-shirt de Nine Inchs Nails d'Hans étiré sur son opulente poitrine et sa peau laiteuse qui se teintait de rose après la gifle retentissante que je lui avais collée.

À l'autre bout du fil, sa voix se brisa et commença à monter dans les aigus.) *Je sais que tu me hais, mais… faut que tu me rappelles d'urgence, d'accord ?*

***Reçu lundi 7 avril à 18 h 57** : BB…* (La Goth renifla bruyamment et poussa un long soupir chevrotant avant de reprendre.) *Rappelle-moi, s'il te plaît. Il s'est passé un truc… Un truc vraiment horrible.*

***Reçu lundi 7 avril à 20 h 21** : OK putain, fais comme tu veux, me réponds pas !* (Elle avait la voix toute pâteuse, comme si elle s'était envoyé la moitié d'une bouteille de vodka depuis son dernier coup de fil.) *Je voulais te prévenir : Jason est mort. OK ? Il s'est bourré la tronche au concert de Pearl Jam et il a eu un accident de bagnole en rentrant chez lui !* (Sa voix s'éteignit et elle renifla, ravalant une partie de sa colère.) *Je suis désolée. L'enterrement aura lieu mercredi. On s'y verra peut-être.*

Les yeux grands ouverts, je tâchai d'assimiler le message larmoyant et aviné de Victoria. Le téléphone toujours collé contre l'oreille, je fixai Ken sans le voir. Il se tenait dans le salon, les yeux rivés sur la moquette.

Il demanda :

— C'est Jason ?

D'un geste lent et robotique, je hochai la tête.

— Est-ce qu'il est…

Je hochai à nouveau la tête. Du moins, je crois.

Ken entra dans la cuisine, mais je gardai le regard rivé sur l'endroit où il se trouvait juste avant. Puis il s'approcha à un mètre de moi sans rien dire. Et la réalité de cette distance s'installa jusque dans la moelle de mes os.

Un mètre.

L'accès à la bulle m'était à nouveau refusé.

Chapitre 17

Le jour suivant, Ken et moi quittâmes la Floride en voiture sans rien dire.

En revanche, c'était loin d'être le silence dans ma tête.

Encore avant-hier soir, on se parlait au téléphone.

Je savais qu'il était bourré. On a même plaisanté avec Ken, comme quoi il devrait être son chauffeur. Bordel, on en a ri !

Je ne suis même pas allée chez lui la semaine dernière.

Je n'ai même pas pensé à lui.

Putain, depuis que je fréquente Ken, je suis la pire amie du monde !

J'aurais dû intervenir, organiser un groupe de soutien, n'importe quoi !

Mais je n'ai rien fait. Rien de rien. Et maintenant, il n'est plus là.

Je jetai à Ken un regard en biais, son visage brouillé à travers les larmes que je retenais. Depuis que nous avions appris la mort de Jason, il ne m'avait pas touchée une seule fois. Tout ce que je voulais, c'était pleurer et me recroqueviller sur ses genoux pour qu'il me réconforte, mais il était évident que les sentiments abrupts n'avaient pas leur place au sein de son monde stérile et étriqué.

Des larmes d'amertume me piquèrent les yeux. *Jason m'aurait prise dans ses bras, lui.* Je le revoyais me soulever dans les airs pour me faire tourner. *Jason était toujours content de me voir. A-t-il su que j'étais heureuse de le voir, moi aussi ? Savait-il à quel point ses gros câlins allaient me manquer ?*

Sous mes yeux, les orangeraies cédèrent la place à des prés où des vaches pâturaient. Aux petites villes succédèrent de grands quartiers commerciaux. Et, tandis que le soleil se couchait, les gratte-ciel d'Atlanta s'élevèrent vers les nuages. Le monde évoluait si vite en dehors de cette voiture.

Mais, à l'intérieur, une seule chose progressait : ma souffrance, tandis que je restais dans l'attente que Ken me réconforte. Ou qu'il reconnaisse que j'avais du chagrin. Merde, qu'il fasse un truc, bordel !

À la nuit tombée, au moment où il se garait devant chez mes parents, j'étais au bord de la crise de nerfs. Tout en retenant sa respiration, il se tourna vers moi, s'attendant probablement à ce que je pète les plombs, que je fonde en larmes ou que je le contamine par mes sentiments qui débordaient. Alors, je ne fis rien. Je refoulai toutes mes émotions. Dans ma tête, je n'eus qu'un geste à lui manifester : un doigt d'honneur invisible. Puis je claquai la portière et rentrai chez moi d'un pas décidé.

Une fois à l'intérieur, un sanglot retenu pendant vingt-quatre heures m'échappa soudain et maman se rua dans l'entrée.

— Mon bébé ! Que s'est-il passé ?

Je pressai mon visage contre son épaule, ses longs cheveux roux épongeant mes larmes.

— C'est Jason, il… il est mort dans un accident de voiture !

Elle me cajola en faisant courir sa main burinée le long de mon dos.

— Oh, ma chérie ! Je suis désolée, quel malheur ! Quel épouvantable malheur !

Elle secoua la tête et me serra davantage contre elle avant d'ajouter :

— Il t'aimait si fort.

Chapitre 18

Au funérarium d'Ivy and Sons, j'étais assise près de mon chéri, et pourtant il me semblait être à des kilomètres ; il aurait tout aussi bien pu se trouver sur une autre planète. Désormais, son costume trois-pièces noir n'aurait plus le même attrait. Il me ramènerait sans cesse à cette journée où je retenais mes larmes et où il avait obstinément refusé de me réconforter alors que je n'étais qu'à quelques centimètres de lui.

Il t'aimait si fort.

Maman n'avait vu Jason qu'une fois ou deux, mais cela lui avait suffi pour deviner ce à quoi j'étais restée aveugle : Jason avait des sentiments pour moi. Et je venais de passer plusieurs mois à courir après un homme incapable de ressentir la moindre émotion.

Plus je restais assise pendant que les amis et la famille de Jason défilaient sur l'estrade pour faire part de leur déchirement, plus ma colère s'intensifiait. J'en voulais à Jason de nous infliger une telle souffrance, j'étais en colère contre moi de ne pas avoir fait plus attention à lui, et surtout j'en voulais à Ken, qui ne daignait même pas passer son putain de bras autour de mes épaules. De ne pas m'aimer de la manière dont Jason m'avait aimée. De ne pas me soulever dans les airs et me faire tourner, juste parce qu'il serait heureux de me voir.

Dès que l'office toucha à sa fin, je filai en trombe vers la sortie. Le poing crispé autour de l'ourlet de ma robe noire, je remontai l'allée centrale, faisant claquer les talons hauts que je portais pour la seconde fois en moins d'une semaine. Mes coups de soleil me hurlaient de ralentir le pas, mais je ne pouvais pas m'arrêter. Pas avant d'être enfin seule pour pouvoir pleurer tout mon soûl.

Une voix profonde et familière me héla depuis le centre de la chapelle :

— BB !

J'eus un aperçu de cet immonde salaud juste avant de passer devant lui. Dans son jean et son tee-shirt moulant noirs, Hans avait tout de la rock star élégante. En revanche, la fille assise à côté de lui, avachie dans sa robe baby-doll, le visage caché derrière le rideau noir de sa chevelure, avait tout de la belle salope que j'avais envie de gifler.

Encore.

Je dépassai Amy, Allen, les frères Alexander et aussi Juliet, qui ne fit pas attention à moi, trop occupée à lancer des œillades assassines à Ethan Alexander. Il avait probablement eu le culot de lui faire du rentre-dedans en pleines funérailles.

Je marchai d'un pas décidé jusqu'à la voiture de Ken et m'allumai deux cigarettes que je fumai en même temps.

Bon sang, BB, calme-toi !

Je fis les cent pas sur le parking, faisant crisser des petits morceaux d'asphalte sous mes talons.

Qu'est-ce qu'il fout, bordel ?

Mes yeux et ma gorge me piquaient, mais je refusais de pleurer. Pas avant d'être loin de Ken. Je souffrais suffisamment comme ça. La dernière chose dont j'avais besoin, c'était de craquer en présence d'un type qui ne ferait même pas semblant d'en avoir quelque chose à foutre.

Je lançai un regard furieux vers l'entrée principale du funérarium, dont commençait à sortir une lente procession de couples aux yeux rougis de chagrin. Des vieux, des jeunes, des homos, des hétéros. Tous se tenaient par la main ou par le coude et s'accrochaient l'un à l'autre, se donnant et recevant le réconfort dont l'un et l'autre avaient cruellement besoin.

Je les détestais tous !

En particulier le couple que j'avais découvert dans mon plumard en décembre dernier.

Au moment où Hans et la Goth quittaient la chapelle, leurs regards se posèrent sur moi. Elle resta figée, mais lui continua à marcher droit dans ma direction.

Fait chier, pas maintenant, bordel de merde !

Aussi rapide qu'un lièvre au galop, mon pouls s'emballa tandis que Hans s'élançait à travers le parking sur ses longues jambes maigres. Au cours de notre relation, il avait perdu du poids à cause de son addiction à la drogue, mais il semblait avoir complètement perdu pied après notre rupture. Son visage était émacié. Son jean ajusté était retenu sur ses hanches grâce à une ceinture. Et il avait rasé sa somptueuse et indomptable chevelure noire.

La dernière fois que j'avais vu Hans, je lui avais

envoyé tout notre mobilier à la tronche. Cela remontait à quatre mois et pourtant l'envie me démangeait encore d'ôter un de mes talons pour le lui balancer.

Tout comme j'avais envie de me jeter dans ses bras pour y pleurer et qu'il me serre fort.

À ma hauteur, Hans leva les paumes en l'air en signe de reddition. Ses sourcils étaient froncés au-dessus de ses yeux bleus chargés de remords.

— Salut. Écoute, je sais que tu m'en veux encore. Je voulais juste te présenter mes condoléances… pour Jason. Je sais que vous étiez proches.

Je serrai la mâchoire, incapable de parler à cause de la boule d'émotion qui m'obstruait la gorge, mais je fus trahie par les tremblements de mon menton.

Hans m'ouvrit ses bras.

— Hé, c'est rien. Ça va aller.

Et, en un rien de temps, je fus à nouveau contre lui.

Ses câlins n'étaient pas aussi réconfortants que ceux de Ken. Hans était trop grand et trop maigre, son étreinte trop molle et, au lieu de sentir le coton fraîchement lavé, il empestait le tabac. Mais il m'autorisa à pleurer. En dehors de sa sympathie, Hans n'avait plus rien à m'offrir, mais je la pris quand même, de la même manière que j'avais volé son mobilier.

— Chuuut, susurra-t-il en faisant courir dans mon dos une caresse trop légère qui me fit sursauter entre ses bras. Pardon, j'avais oublié que tu étais chatouilleuse.

Il a oublié ?

Mon corps lui était déjà étranger, tout comme le sien l'était pour moi.

Faisant un pas en arrière, j'essuyai le mascara qui

avait coulé sur mon visage et portai le regard en direction des portes du funérarium, près desquelles se tenait à présent Ken. Il semblait être en train de discuter avec Amy et Allen, mais il me regardait fixement. Avec un hochement courtois de la tête, il s'excusa auprès du couple et marcha dans notre direction, les mains dans les poches et les lèvres formant une ligne. Dans mon dos, les feux arrière de sa voiture clignotèrent en même temps qu'un bip sonore se faisait entendre.

Je reniflai et m'essuyai le nez du dos de la main.

— Merci, Hans. Il… il faut que j'y aille.

Je reculai maladroitement, frottant mes talons hauts sur l'asphalte jusqu'à trouver à tâtons la portière de la voiture. Je l'ouvris d'un coup sec. Dès que je fus assise sur le siège passager, Ken s'installa derrière le volant, tout à fait détendu et peu affecté. Tout lui glissait dessus. Les funérailles, sa nana dans les bras d'un autre homme, les traces de mascara sous mes yeux…

Il enclencha la marche arrière et demanda :

— C'était qui, lui ?

— Hans, répondis-je, les bras croisés et le regard fixe.

Tandis que Ken nous faisait quitter le parking, je vis Hans grimper à bord de sa petite BMW noire. Seul. Sans la Goth.

Ils ne sont pas venus ensemble.

Une bien piètre consolation.

J'attendis que Ken se montre jaloux, qu'il me bombarde de questions sur ce grand type tatoué avec qui j'étais sortie, mais il garda le silence. Puis j'attendis qu'il tienne compte de mon état émotionnel, peut-être même qu'il me demande comment j'allais, mais non. Il se contenta de fixer la route, puis il tendit la main… et alluma la radio. Sa putain de radio !

BOUM !

D'un simple *clic*, Ken venait involontairement de déclencher la bombe à retardement qui se trouvait sur le siège passager.

— Non ! m'écriai-je en éteignant la radio. Pas question qu'on reste là à écouter du Incubus comme si de rien n'était ! Rien ne va, putain !

— Brooke…

Je pivotai sur mon siège et le regardai droit dans les yeux. La haine enflait dans mes veines et me battait les tempes.

— Jason est mort ! Et ça ne te touche même pas !

Ken garda le silence. Il ne rétorqua rien et n'essaya même pas de se défendre. Il se contenta de serrer les dents, de fixer la route et de m'exclure définitivement en cimentant la dernière brique du mur invisible qui s'érigeait entre nous.

Je balançai les bras en l'air.

— OK, génial ! Tu ne me touches plus depuis qu'on a appris la mort de Jason, et voilà qu'en plus tu ne m'adresses plus la parole ? Au top, Ken ! Merci de ton soutien, vraiment ! C'est inestimable !

— Bon Dieu, qu'est-ce que tu attends de moi ? finit-il enfin par répliquer.

Et c'est parti.

Je me penchai vers lui, bavant de rage contre sa jugulaire.

— Que tu aies un peu d'empathie, putain ! grondai-je avec un grand geste de la main en direction du funérarium. Je veux que tu passes ton bras autour de mes épaules quand je suis triste, que tu me tiennes la main en public et que tu me soulèves dans les airs pour me faire tourner, juste parce que tu es content de me voir !

— Désolé, OK ? aboya-t-il en retour, ce qui me fit battre en retraite contre mon siège. Je suis à chier comme mec ! Tu vois, c'est pour ça que je ne me mets pas en couple, putain !

L'agressivité dans sa voix disparut aussi vite qu'elle était venue. Il reprit :

— Je sais que tu as envie de tous ces trucs, mais je ne sais pas pourquoi j'y arrive pas… Je peux pas, c'est tout. Je ne sais pas ce que j'ai. Peut-être que je suis autiste ou un truc du genre.

Cette fois, ce fut à moi de me taire.

Ken ? Autiste ? Non…

Je passai mentalement en revue une liste de troubles mentaux issue de mes cours de psychologie clinique. Symptômes. Âge d'apparition. Pronostics. Outils d'évaluation. J'étais partie du principe que Ken n'était qu'un connard, mais peut-être que c'était plus compliqué que ça ? Un trouble du spectre autistique ? Un trouble de la personnalité ? Un trouble réactionnel de l'attachement ? En tout cas, j'étais déjà certaine qu'il souffrait d'un trouble oppositionnel avec provocation.

— Je pourrais te faire passer un examen.

Pour la première fois depuis le début de notre dispute, Ken me regarda. Ses sourcils s'entremêlaient sous l'effet de la confusion. Son regard était sceptique et prudent à la fois.

Je repris :

— Avant d'avoir mon diplôme, je dois fournir une

étude de cas. Si tu veux, tu peux être mon sujet d'étude. Mais ça prendra un moment. Une évaluation psychologique complète peut durer plusieurs semaines.

Ken se focalisa de nouveau sur la route.

— Et ça t'aiderait dans tes cours ?

— Oui, beaucoup.

Mais ça m'aiderait surtout à comprendre ce qui déconne dans ta putain de tête.

Ken soupira et tourna à nouveau son visage vers moi. Ce coup-ci, ses traits ne manifestaient ni prudence ni scepticisme : Ken était complètement terrifié.

Il hocha la tête et reporta son attention sur sa conduite. Je remarquai le mouvement de sa pomme d'Adam au moment où il déglutit.

— OK. Si ça peut t'aider.

Chapitre 19

Mai 2001

Je posai mes pieds nus sur les genoux de Ken, assise à ses côtés dans son bureau au Showtime Movie Theater. On se serait cru dans un bunker. Les murs étaient beiges, hideux, il y avait une moquette en tourbillon typique des cinémas, deux bureaux métalliques collés l'un à l'autre contre le mur, quelques étagères à classeurs en métal et des affiches de film roulées en tube dans tous les recoins. Manifestement, depuis qu'on l'avait nommé directeur, Ken n'avait pas touché à la déco.

Sans rien dire, il baissa les yeux sur mes pieds et reporta son attention sur je ne sais quelle fiche de comptabilité qui l'accaparait à ce moment-là. Je souris pour moi-même et repris l'évaluation du test de QI que je lui avais soumise. Chaque fois qu'il travaillait de nuit, je lui faisais passer un de ces tests dans son bureau. Une idée à lui. Une fois les dernières séances lancées, Ken disposait toujours de deux bonnes heures avant la fermeture, ce qui était plus que suffisant pour tenir une séance d'évaluation.

Ken était si intelligent.

Et tandis que je m'émerveillais devant ses résultats, je commençai à réaliser à quel point.

— Euh, Ken ?

— Ouais ? dit-il sans quitter des yeux l'écran de son énorme ordinateur.

— Je crois que j'ai merdé dans mes calculs. Tu veux bien jeter un œil ?

Je lui présentai le manuel à la page des sous-tests d'évaluation et lui indiquai comment établir le résultat brut de son degré d'intelligence non verbale par rapport à son âge.

— Cent cinquante, déclara-t-il en me restituant le manuel et la brochure de test.

Je clignai des yeux, médusée.

— C'est bien ce que j'ai trouvé.

Ken haussa les épaules et retourna tout simplement à son travail, comme si de rien n'était, alors que je venais de lui apprendre qu'il était un génie.

— Ken, regarde…

Je décollai mes pieds de ses genoux et me tournai vers le classeur ouvert posé sur le bureau. Je tirai une feuille plastifiée de la première pochette et lui collai sous le nez avant d'ajouter :

— Tu vois ce qui est écrit ?

Ken leva un sourcil, refusant de lire à voix haute.

Abruti de tête de mule.

— Je te jure ! grognai-je en la reprenant. Il y a écrit « tableau de conversion psychométrique ». Tu vois la colonne « scores standard » ? Dis-moi, c'est quoi le score le plus élevé sur le graphique ?

Toujours aucune réaction. Excédée, je me mis à poignarder la feuille avec des coups répétés de l'index.

— Cent cinquante, espèce d'enfoiré ! Ken, tu as le

QI le plus élevé du graphique ! Mémoire visuelle, rapports spatiaux, raisonnements mathématiques… Tout est au top !

Ken haussa une épaule et la laissa retomber.

— Je suis bon en maths, et après ?

— Non, tu n'es pas juste « bon en maths », répétai-je en entourant ces mots d'apostrophes imaginaires. T'es carrément Will Hunting[1] ! Qu'est-ce que tu fous là, bordel ? Tu devrais être en train de bosser pour la NASA !

Ken ouvrit la bouche, prêt à m'assener une réplique bien sentie, mais je le coupai :

— Et ne me fais pas le coup des 401(k) ou je ne sais quelle autre connerie. Je veux une vraie réponse !

Ken referma la bouche et me fusilla du regard.

Je reposai ma question plus calmement :

— Pourquoi travailles-tu ici ?

— Parce que je ne suis pas allé à la fac.

— Pourquoi tu ne voulais pas y aller ?

— Parce que j'ai horreur des études.

— Comment peut-on détester les études quand on est si malin ?

À chaque question, je me penchai davantage vers lui.

— J'en sais rien, répondit-il. J'ai toujours détesté l'école.

Et à chaque question Ken se nimbait d'un mystère de plus en plus épais et impénétrable.

J'insistai :

1. Nom du jeune surdoué joué par Matt Damon dans le film de Gus Van Sant du même nom (1997).

— Tu étais même doué en sports. Tu aurais pu décrocher tout un tas de bourses.

Il croisa obstinément les bras.

— On est pas tous obligés de suivre des études.

J'agitai la brochure d'évaluation coincée entre mes doigts.

— Euh, avec une intelligence pareille, si. Tu le dois à l'humanité tout entière. Je veux dire, tu pourrais aider à guérir le cancer ! ris-je en me rappelant que, pour vouloir guérir les gens, il faudrait en avoir quelque chose à faire. Ou alors… Tu pourrais développer un nouveau plan économique qui aiderait à enrayer le déficit national !

Cela attira son attention. Ken leva les sourcils mais ne dit rien. Le mur était déjà bâti autour de lui. Il n'avait plus qu'à rester caché derrière.

Je le dévisageai comme on regarde un puzzle dont il manque la plupart des pièces. Cela faisait des semaines que je lui faisais passer des tests et Ken était encore un vrai mystère pour moi.

— Ken, pourquoi tu n'es pas allé à l'université ? demandai-je à voix basse, comme si je m'adressais à un animal en cage. Pourquoi as-tu quitté l'équipe de football au lycée ? Pourquoi tu n'es pas sorti avec des filles ?

Tu es si intelligent, beau et athlétique. Pourquoi tu gâches tout ça ?

— C'est bien le but de ta manœuvre, non ? rétorqua Ken d'une voix impassible, le regard glacial. Trouver ce qui déconne chez moi.

Je tendis la main et cueillis le côté de son superbe visage, dont la légère barbe me piqua la paume.

— Hé, écoute. Pour autant que je puisse en juger jusque-là, le seul truc qui déconne chez toi… c'est *toi*.

Ken baissa les yeux. Ses cils se répandirent contre ses pommettes magnifiques.

Je savourai l'instant. Pour une fois, il semblait plus rassuré par ma présence que mal à l'aise.

Je fis rouler ma chaise vers lui et j'effleurai ses lèvres d'un baiser.

— Il faut que tu ailles à l'université, murmurai-je d'un ton toujours plus doux. Réfléchis-y, d'accord ? Si tu trouves un cursus que tu aimes, peut-être que ça te plaira.

Ken ne répondit rien, alors je l'embrassai à nouveau. Je l'embrassai jusqu'à ce qu'il me rende mon baiser. Je l'embrassai jusqu'à ce qu'il oublie le mur invisible qu'il avait érigé entre nous et m'attire sur ses genoux.

Puis je mis les mains entre nous et débouclai sa ceinture.

— Qu'est-ce que tu fais ? demanda-t-il d'une voix alarmée.

— J'ai oublié de te dire une chose, répondis-je en papillonnant des cils avec une timidité feinte. Cet examen comporte un test oral.

Soudain, Ken m'entoura le dos avec un bras et poussa avec son pied contre son bureau, m'arrachant un petit cri de surprise. La chaise roula jusqu'à la porte et je la verrouillai en souriant.

Chapitre 20

Juin 2001

Dix-neuf.

J'étais sur cette terre depuis dix-neuf putain d'années.

Normalement, le jour de son anniversaire, on sort se bourrer la gueule, mais, étant donné que ma carrière d'alcoolique avait débuté bien avant que j'aie mes premières règles, je savais que je ne tirerais aucune joie à aller au Bahama Breeze. Aussi, je décidai d'aller noyer mon blues d'anniversaire au Fuzzy's. Ma mauvaise humeur serait sûrement bien plus adaptée aux chopes crasseuses et aux tabourets couverts d'échardes.

Dix-neuf ans. J'ignore pourquoi, mais ce nombre me fit l'effet d'un grand coup de pied en plein dans l'entrejambe. Peut-être que je n'étais pas dans mon assiette parce que Jason n'était plus là pour fêter ça avec moi. Ou bien peut-être, et je dis bien peut-être, que c'était dû au fait que je sortais avec un type qui n'aimait pas trop les anniversaires et qui n'avait même pas daigné ne serait-ce que me faire un check pour l'occasion.

C'était comme revivre ma dernière Saint-Valentin. Je me répétais en boucle qu'il ne fallait rien attendre de la part de Ken. Les anniversaires, c'était *pas son truc* et j'aurais beau bouder, cela n'y changerait rien. Naturellement, je passai tout de même la journée à bouder comme une conne.

Je balayai du regard la troupe d'invités, tous installés autour des tables branlantes en bois du Fuzzy's, collées les unes aux autres pour former une grande tablée, et tâchai de faire preuve d'un peu d'enthousiasme – ou au moins d'un peu d'estime envers mes amis qui étaient expressément venus jusqu'à Athens pour faire la fête avec moi. Mais… *mouais.* Amy et Allen se faisaient les yeux doux. Les frères Alexander draguaient les serveuses, Ken tentait vivement de convaincre sa sœur d'investir dans une rente exonérée d'impôt – quoi que cela puisse être – et Juliet m'apporta un de ces insupportables cocktails de chochotte, confectionné à mon intention par Zach.

— Un Sex on the beach rien que pour toi, ma petite bitch, susurra-t-elle à mon oreille d'une voix pâteuse en reprenant place près de moi. J'en reviens pas, te voilà une adulte, ajouta-t-elle en ébouriffant mon carré plongeant, que j'avais passé une heure à lisser à la perfection.

— Je suis pas une adulte, répliquai-je en dégageant sa main avant de plaquer à nouveau mes cheveux.

— Mais si. Regarde.

Juliet leva la main et commença à énumérer des choses sur ses longs doigts fins :

— Tu as bientôt terminé la fac. Tu vis pratiquement avec Ken.

Elle renifla et balaya une larme imaginaire sous son œil couvert de mascara.

— J'ai l'impression que c'était hier que je t'apprenais à tirer ta première taffe !

Excédée, je levai les yeux au ciel.

— Arrête ton char. T'as à peine six mois de plus que moi.

Juliet s'apprêtait à répliquer lorsque, derrière moi, un gros nounours vint poser ses deux énormes paluches sur mes épaules.

— Quoi d'neuf, crevette ?

La voix familière fit naître sur mon visage mon premier vrai sourire de la journée. J'étirai la nuque en arrière et découvris mon collègue préféré qui me souriait.

Je poussai un petit cri extatique, pivotai sur mon siège et m'agenouillai dessus pour étreindre son corps bodybuildé.

— Jamal, tu es venu !

Juliet se racla la gorge.

Un bras passé autour du cou de Jamal, je me tournai vers elle.

— Juliet, je te présente Jamal. Jamal, voici Juliet, ma meilleure amie.

— B, c'est quoi ce bordel ? dit-elle d'un ton cassant.

Pendant un instant, je crus qu'elle était vraiment en colère, mais elle fut trahie par son sourire.

— T'as un autre pote black que moi ? Tu comptais me le dire quand, exactement ?

Je relâchai Jamal et j'enfouis honteusement mon visage entre mes mains.

— Nom de Dieu, je te déteste.

— J'allais dire la même, chose, ricana Jamal en contournant Juliet pour s'asseoir sur le tabouret vide à côté d'elle. Et moi qui me croyais unique !

Pendant que ces deux-là commençaient à faire des blagues et à rire à mes dépens, je tétais à la paille le contenu de mon verre, un breuvage aux notes beaucoup trop sucrées. Autour de la table, les invités formaient de joyeux tandems, tous plongés dans d'intenses conversations. Sauf moi.

Je m'emparai de mon sac à main sur ma chaise et plongeai le bras dedans jusqu'au coude, à la recherche d'une distraction quelconque. Un paquet de clopes, peut-être, ou un couteau. Mais je ne trouvai que mon téléphone portable, qui était en train de vibrer.

Il ne me fallut qu'un dixième de seconde pour deviner l'identité de la personne qui m'appelait. Il ne pouvait pas s'agir de mes parents. Le traditionnel dîner d'anniversaire où nous partagions une pizza et un gâteau raté – dont j'avais refilé la majeure partie au chien – avait déjà eu lieu. Tous mes proches amis étaient avec moi, à quelques centimètres les uns des autres. Quant à mes ex, Harley était toujours en taule, et j'étais à peu près certaine que Hans avait déjà oublié ma date d'anniversaire.

Mais Knight… Il n'oubliait jamais rien.

— Je sors m'en griller une, déclarai-je en repoussant mon siège.

Ken se désintéressa de sa sœur et regarda le téléphone désormais silencieux que je tenais à la main. Il leva la tête pour croiser mon regard.

— Tu peux cloper ici, souligna-t-il, la voix chargée d'une note d'accusation parfaitement assortie à son visage stoïque et taillé à la serpe.

Avec un grincement, je repoussai sous la table la vieille chaise en bois et répliquai d'un ton cassant :

— J'ai pas envie.

Nom de Dieu, je suis une vraie connasse ! Ken n'a rien fait.

Exactement. Ken n'a rien fait ! Que dalle ! Alors que c'est quand même ton anniversaire ! Au moins, Knight t'appelle tous les ans, lui.

Ouais, juste pour me crier dessus.

C'est pas faux.

Je poussai la porte d'entrée du bar, plus lourde que moi, et sentis une unique vibration dans ma main. Knight venait de me laisser un message. Je fixai mon portable du regard en m'adossant au rebord de baie vitrée, me demandant si je devais appuyer sur « écouter » ou « effacer ». D'ordinaire, je m'empressai de les effacer, comme si je désactivais une bombe. Mais ce soir-là j'étais particulièrement dans le besoin.

Au moment où mon pouce frôlait le bouton « écouter », j'entendis le vrombissement d'une moto de l'autre côté de la rue. Un cri de terreur étranglé coincé dans la gorge, je levai la tête en suffoquant et vis un type bedonnant et d'âge moyen quitter une place de parking, à cheval sur une Harley Fat Boy. Je scannai les trottoirs aux alentours en quête d'un ancien membre des Marines psychopathe en blouson de moto mais je ne trouvai que des étudiants bourrés, avec le bas du polo enfoncé sous la ceinture du bermuda.

Tout va bien.

Il n'est pas là.

Tu ne risques rien.

Il n'est pas là.

Évidemment, je ne me sentais pas *totalement* en sécurité. Baissant les yeux vers la main qui tenait mon portable, je réalisai que je serrais ma bombe au poivre dans l'autre.

Effacer.

Je venais à peine de reprendre je ne sais comment mon souffle et de fourrer mon portable dans mon sac quand la porte du bar s'ouvrit à la volée.

Un barman tatoué, coiffé avec une crête et adepte des cocktails au goût fruité, surgit à l'extérieur avec un sourire chargé de mégawatts.

— Bon anniversaire, tueuse !

Tueuse. Au vu de mon humeur massacrante, c'était un surnom très approprié.

— Merci, dis-je en tirant mon paquet de clopes de mon sac.

À la seconde où j'en coinçai une entre mes lèvres, Zach alluma son briquet. Avec un demi-sourire, je me penchai et plongeai le bout de ma Camel Light dans la flamme.

Zach fit un geste du menton en direction de la porte du bar.

— Alors, c'est ce gars-là ?

— Quel gars ?

— Le gay chez qui tu te fais des séances ciné.

Je pouffai par le nez, expulsant la fumée par les narines à la manière d'un dragon.

— Ouais, c'est lui ! Et il est pas gay, en fait.

Zach haussa les épaules.

— Un tueur en série, alors. T'as gagné !

Je rigolai. Un petit rire qui fit du bien.

— En parlant de meurtre, ta pote va finir par nous étrangler un de nos habitués, reprit Zach.

— C'est probable, dis-je avec un rictus. Je viendrai t'aider à enterrer le corps.

— Ne le prends pas mal, mais je doute que tu me sois très utile.

Les lampadaires alignés sur le trottoir firent briller les particules dorées dans les yeux de Zach, qui me détaillait des pieds à la tête.

Je rougis et tirai sur ma cigarette pour cacher combien il me plaisait.

— Je compense mon manque de force par mes qualités de meneuse, dis-je en expirant la fumée. Je suis une putain de bonne superviseuse !

Tout en calant une clope entre ses lèvres, Zach tendit vers moi un de ses bras musclés et couverts de tatouages, puis il leva la main.

— OK. Je t'engage.

Avec un sourire, je fis claquer une de mes paumes constamment gelées contre la sienne.

— Agent BB au rapport. Supervise vos enterrements en urgence !

Zach garda sa main contre la mienne un peu plus longuement que l'aurait fait un ami normal, et je le détestai aussitôt de me faire ressentir des trucs. Je me détestai d'avoir à ce point besoin de l'attention des autres. Et je détestai que Ken, mon propre mec, ne me regarde pas de la même manière que le faisait Zach, pourtant un simple barman.

En relâchant enfin ma main, Zach poussa un soupir et envoya valdinguer sa cigarette dans la rue.

— Bon, il faut que je retourne au turbin. Ça va aller, toi ?

— Bientôt fini, répondis-je en levant mon mégot.

Une fois la porte refermée derrière lui, je poussai un souffle chevrotant, espérant expulser au passage la culpabilité qui me tenaillait.

Putain, on aurait dû aller au Bahama Breeze.

Après une dernière taffe, je jetai mon mégot par terre et l'écrasai avec le talon de ma vieille ranger bousillée. Mobilisant toute ma force, je tirai la lourde porte en chêne pour rejoindre mes amis, mais ce coup-ci elle s'ouvrit sans le moindre effort. Je trébuchai en arrière au moment où Ken sortait me rejoindre. Un courant froid en provenance de l'intérieur se mêla à l'air chaud et humide de l'extérieur.

Il me jeta un regard suspicieux et se raidit.

— Tout va bien ? demanda-t-il.

— Ouais, répondis-je en me redressant. J'allais rentrer là.

— On se demandait où tu étais passée. Qu'est-ce que tu fais encore dehors ?

— Je m'empêche de te gifler en public.

J'écarquillai les yeux en réalisant ce que je venais de dire à voix haute. À croire que tous ces Sex on the beach avaient fini par me monter à la tête.

Ken dressa un de ses sourcils et sourit.

— Tu sais que j'aurais rien contre.

— Je te jure, grognai-je en levant les yeux au ciel. Tu fais exprès de m'énerver pour que je te frappe ? Sérieux, Ken, c'est tordu !

L'ébauche de son sourire s'effaça de son visage.

— T'énerver ? Qu'est-ce que j'ai encore fait ?

— Justement ! m'écriai-je en lançant mes bras vers le ciel. Rien ! Tu n'as rien fait ! C'est mes dix-neuf ans ce soir, mon anniversaire ! Et tu n'as rien fait pour moi. Pas de fête, pas de gâteau, pas de cadeaux…

— Mais si, j'ai un cadeau pour toi.

Coupée en pleine diatribe, je le dévisageai en clignant des yeux avec incrédulité.

— Pardon ?

Ken porta la main à la poche arrière de son pantalon anthracite et en tira une simple enveloppe blanche.

— J'ai un cadeau pour toi, reprit-il. Je voulais attendre qu'on soit seuls à la maison pour te l'offrir mais… tiens, conclut-il en fronçant les sourcils.

J'acceptai l'enveloppe en grimaçant et la retournai, découvrant mon nom écrit en pattes de mouche : Brooke.

C'était mon anniversaire et la seule chose dont j'avais eu envie, c'était que Ken agisse en conséquence, mais, maintenant que c'était le cas, j'eus soudainement peur d'ouvrir son cadeau. Je voyais presque mes espoirs danser au-dessus de nos têtes et ils étaient hors de portée. Qu'allais-je trouver dans cette enveloppe ? Un coupon pour une salade gratuite chez Ruby Tuesday ? Si c'était le cas, j'allais devoir le tuer et me débarrasser du corps avec Zach et Juliet. Or personne n'aime bosser le soir de son anniversaire.

Ken se tint devant moi, muet, les bras ballants, tandis que je me forçais à ouvrir l'enveloppe. Tout en lui décochant un sourire que j'imaginais malsain, je tirai de l'enveloppe une brochure en papier glacé aux couleurs vives.

Bordel de… ?
Je la retournai et lus :

European Travel Masters
Excursion de dix jours :
Londres et les îles Britanniques.
Angleterre – Irlande – Pays de Galles.

J'eus le souffle coupé. J'ignorais ce qui était en train de m'arriver, mais je ne parvenais plus à respirer.

Ken prit la parole :

— Tu as dit que la prochaine fois que j'irais en Europe je devais t'emmener. Du coup…

Je levai des yeux probablement exorbités à cause du manque d'oxygène et scrutai frénétiquement le visage de Ken, à la recherche d'une expression sarcastique. Il ne pouvait pas être sérieux ! Pourtant, sa moue intransigeante m'informa qu'il l'était autant que l'infarctus qui me menaçait.

Les larmes aux yeux, j'ouvris la brochure et me gorgeai des images des destinations disponibles : la tour de Londres, Buckingham Palace, Big Ben, Stonehenge, des petites chaumières entourées de moutons duveteux, les collines vallonnées et les plages de cailloux en Irlande, les rues pleines de pubs de Dublin et un lieu en particulier que j'avais toujours rêvé de visiter : Blarney Castle[1].

La voix de Ken flancha.

— C'est un petit aperçu…

---

1. Château médiéval situé près de Cork, en Irlande, construit au XIe siècle.

Je levai sur lui mes yeux embués de larmes, suppliant en silence que ce ne soit pas une espèce de blague tordue.

Pas de blague, Ken. Pas sur ce sujet-là. Je t'en prie.

Ken prit une longue inspiration.

— Je sais que tu suis des cours avancés cet été, et je m'en voudrais de te faire louper la fac. Du coup, le voyage n'aura pas lieu avant mai prochain… juste après ta remise de diplôme.

Je clignai des yeux avec incrédulité.

Mai prochain.

Je déglutis.

Mai prochain.

Je clignai à nouveau des yeux, chassant une grosse larme qui menaçait de couler.

— Ken… C'est dans presque un an.

— Ouais, confirma-t-il avec un sourire. Tu devrais peut-être considérer ça comme un cadeau pour ton prochain anniversaire.

Je ris – non, je caquetai comme une folle et j'enfouis mon visage contre son torse.

À contrecœur, Ken entoura mes épaules, recueillant mes sanglots tandis que je pleurais et riais en même temps.

— Et aussi comme ton cadeau de Noël, ajouta-t-il d'une voix rêveuse en se détendant progressivement contre moi. Et comme cadeau de fin d'études.

— Et de Saint-Valentin aussi ? gloussai-je en levant le visage vers sa mâchoire carrée et légèrement duveteuse.

Ses lèvres serrées s'étirèrent en un rictus et je devinai sa réplique à l'avance.

— J'emmerde la Saint-Valentin.
Je souris.
Ouais. On l'emmerde, la Saint-Valentin.

Chapitre 21

— Joyeux anniversaire ! Joyeux anniversaire ! Joyeux anniversaire, Ken et Chelsea ! Joyeux anniversaire !

Une semaine plus tard, j'étais assise dans la solennelle salle à manger de M. et Mme Easton tandis que la maîtresse de maison apportait de la cuisine un superbe gâteau d'anniversaire blanc, conçu par un pâtissier. Elle le déposa au milieu de la table, prenant bien garde à ne pas froisser la vieille nappe en dentelle, et adressa un sourire à ses deux grands enfants. Je ris intérieurement en regardant Ken, les bras croisés, refusant obstinément d'aider sa sœur à souffler leurs bougies.

Une fois tout ce pompeux cérémonial achevé, Ken consentit tout de même à aider sa mère à couper le gâteau et à faire la distribution des assiettes.

N'ayant pas de fourchette, je me rendis à la cuisine, où M. Easton se versait une nouvelle rasade de thé glacé avec une carafe qu'il reposa sur le comptoir.

— Que puis-je pour vous, gente dame ? me demanda-t-il avec un bel accent sudiste désuet à la *Autant en emporte le vent*.

— Juste une fourchette, *je vous prie*, répondis-je en souriant.

J'aimais bien les parents de Ken. Ils étaient aussi conservateurs et traditionalistes que les miens étaient excentriques et anticonformistes. En dépit de mes cheveux violets, de mon manque d'éducation et du fait que je couchais avec leur fils avant le mariage, ils me traitaient avec gentillesse.

— Tout de suite !

Il ouvrit un tiroir dont il tira une fourchette en argent poli.

— Vous savez, commença-t-il en jetant un coup d'œil discret vers la salle à manger avant de baisser d'un ton. En ayant des jumeaux, je me suis senti un peu coupable. J'estimais que mes deux enfants méritaient d'avoir chacun son anniversaire. Puis Ken a soudainement décidé qu'il ne fêterait plus le sien, alors Chelsea a eu son anniversaire à elle toute seule. Et j'ai trouvé ça un peu triste. Aujourd'hui, c'est la première fois qu'il revient à cette date depuis… oh, Seigneur, cinq ans !

— Vraiment ? murmurai-je, les yeux écarquillés, en prenant la fourchette qu'il me tendait. Mais pourquoi refuse-t-il de fêter son anniversaire ?

M. Easton haussa les épaules.

— Je ne saurais le dire. Mais je crois que c'est dû au fait qu'il déteste être au centre de l'attention. C'est un timide, celui-là. Quand il était petit, chaque fois qu'il marquait un but au football, il se cachait dans le col de son maillot, juste parce qu'il ne supportait pas que les gens le regardent.

Après avoir écouté religieusement ce récit, je me

penchai en avant, le bout de ma fourchette au bord des lèvres.

— Mais vous êtes une famille !

— Je sais. C'est bête, hein ? Flûte, lança M. Easton à voix basse en jetant un œil vers la salle à manger. Madame me regarde. On ferait mieux d'y retourner, me susurra-t-il avant de reporter son attention vers moi. Je voulais juste vous remercier. Je ne sais pas comment vous vous y êtes prise, mais c'est agréable d'avoir notre garçon à la maison pour son anniversaire.

Un sourire sur le visage, je suivis au salon une version plus âgée de Ken, plus calme aussi, et plus grisonnante. Avais-je vraiment fait quelque chose ? Étais-je en train de réparer Ken ?

Nous discutâmes le bout de gras en mangeant du gâteau, puis vint l'heure de nous « retirer dans la salle de séjour » pour le café. En entrant dans le salon, je fus horrifiée de ce que je découvris : il n'y avait pas un, pas deux, mais huit épais fauteuils. Deux étaient recouverts de plaids, deux autres étaient en cuir, deux encore faisaient face à la télé…

Mais où est leur canapé ?

Ils n'ont pas de canapé ?

Nous prîmes tous un siège, à au moins un mètre cinquante les uns des autres, et le café fut servi dans un minuscule service à thé.

Sauf pour Ken et moi. Nous restâmes à l'eau.

— Quel dommage que Bobby n'ait pas pu se joindre à nous à cause du travail, souligna Mme Easton en s'adressant à Chelsea.

— Ce n'est rien, assura Chelsea en rougissant tandis que j'échangeais un regard entendu avec Ken. Il m'emmène en week-end surprise pour mon anniversaire.

Bobby allait faire sa demande à Disney World. Pourquoi Disney World ? Je n'en avais aucune idée. « L'endroit le plus joyeux du monde » ne devait pas être de trop pour parvenir à dérider un membre de la famille Easton.

Cela dit, le sourire rêveur de Chelsea me donnait bon espoir. Si ses parents et sa sœur pouvaient se marier et avoir des enfants, peut-être Ken le pourrait-il un jour ? Après tout, ces robots étaient tous calqués sur le même modèle.

— Brooke…

Oh, merde, voilà que la belle-doche me cause !

Telle une élève qu'on vient d'interpeller en classe, je me redressai sur ma chaise et j'écoutai attentivement ce que Mme Easton avait à me dire.

— Ken nous a dit que vous suiviez des cours de psychologie à l'université d'État de Géorgie. C'est bien cela ?

— Hinhin.

Merde !

— Je veux dire, oui, madame, me corrigeai-je. Je commence mon deuxième cycle d'études l'an prochain.

— Combien d'années d'études faut-il pour devenir psychologue en milieu scolaire ? demanda M. Easton en m'observant par-dessus les verres de ses petites lunettes.

— Sept.

Sept, mon colonel !

— Sept années d'études, repris-je. J'ai encore cinq ans devant moi.

— Après quoi vous serez la plus diplômée de toute la famille, sourit-il, inconscient d'avoir fait une bourde.

Mais les trois femmes de la pièce retinrent leur souffle et dévisagèrent Ken.

Moi, en particulier.

Ce qui bien sûr poussa Ken à se lever et à quitter la pièce.

« Il déteste être au centre de l'attention. C'est un timide, celui-là. »

Les parents de Ken se levèrent à leur tour, déplissant les froissures de leurs beaux atours dominicaux, et nous escortèrent jusqu'à la sortie.

— Ce fut un plaisir de faire votre connaissance, Brooke, dit Mme Easton avec un sourire poli.

Comme ma mère, elle était professeure des écoles. Mais contrairement à cette dernière – qui enseignait le dessin dans une école publique surchargée et en manque de financements où on l'autorisait à porter des tee-shirts fantaisie et des sandales Birkenstock –, Mme Easton avait plutôt le profil des enseignantes d'écoles privées hors de prix où l'on tapait à coups de règle sur les doigts des élèves pas sages.

Avec un sourire radieux, j'ouvris grand les bras, prête à une accolade qui ne vint jamais.

— Plaisir partagé !

Comprenant ce que je m'apprêtais à faire, Mme Easton écarquilla des yeux horrifiés et garda les bras collés contre ses flancs. Le feu aux joues, je baissai les bras et me tournai vers M. Easton.

Fronçant les sourcils comme s'il ne savait pas quoi faire de moi, le père de Ken leva la main et me tapota l'épaule. Deux fois.

— Ouaip. Prudence au volant.

— Euh… Merci de m'avoir reçue, le remerciai-je, distraite par Ken qui, en périphérie de mon regard, tourna les talons et descendit les marches du perron sans même leur dire au revoir. Le gâteau était délicieux, ajoutai-je en reculant maladroitement sur le paillasson. Salut, Chelsea ! lançai-je en direction de la porte ouverte avant de m'élancer à la poursuite de Ken.

Il avait à peine ouvert sa portière que je me jetai sur le siège passager.

— C'était quoi, ce bordel ? lui demandai-je tandis qu'il mettait le contact et sortait à reculons de l'allée.

— De quoi tu parles ?

— De ça ! précisai-je avec un geste en direction de la maison où il avait grandi. Pas de câlins, pas d'au revoir, pas de « je t'aime », que dalle ! Tu es parti sans rien dire !

Ken haussa les épaules et passa la première.

— On fait pas ce genre de trucs.

— Comment ça, *ce genre de trucs* ? demandai-je avec un cri strident.

Ken me dévisagea avec agacement. Je demandai :

— Vous vous faites pas de câlins ?

— Non.

— Jamais ?

Ken m'adressa un regard d'avertissement.

Abasourdie, je me rencognai dans mon siège

— Nom de Dieu !

Et tous ces fauteuils qu'ils ont !

Songer que Ken avait grandi dans cette maison me

fit mal au cœur. Pas de canapé où se blottir. Pas de contacts physiques. Pas de chatouilles.

— Est-ce qu'ils t'ont déjà dit qu'ils t'aimaient ?

La bouche en ligne droite, Ken resta concentré sur la route.

— Peut-être bien.

— *Peut-être bien ?* hoquetai-je. Tu ne t'en souviens même pas ?

Pendant une brève seconde, Ken porta sur moi une œillade acérée.

— C'est pas la mort, OK ? Ce sont de bons parents !

— Je sais, je sais, dis-je en levant les mains. Ils sont gentils comme tout, je disais juste que…

— Ce n'est pas parce que les choses sont différentes qu'elles sont forcément mauvaises, me coupa-t-il.

Il ne m'avait encore jamais coupé la parole.

Je pivotai sur mon siège pour le confronter :

— Je sais que ce sont tes parents, et ils ont l'air charmants, mais je regrette qu'on ne t'ait jamais dit une fois « je t'aime »… c'est absolument *pas normal*, putain.

Ken continua de fixer la route et il garda le silence. De toute évidence, le sujet était clos.

Tandis que je dévisageais le profil de son merveilleux visage impassible, je ne dis pas « je t'aime », mais je le pensai très fort.

Aussi fort que j'en étais capable.

Chapitre 22

Juillet 2001

Je n'ai aucun souvenir de ce que je fichais à la maison ce jour-là. Depuis que j'avais surpris Knight en train de m'observer par la fenêtre de ma chambre, j'évitais la pièce le plus possible, mais pour je ne sais quelle raison j'étais dans ma chambre et je fumais une cigarette en peignant une tour Eiffel que je comptais offrir à Ken pour l'ajouter à la galerie d'art français qui recouvrait le mur de son salon lorsque le téléphone sonna. Et je ne parle pas de mon téléphone – pas d'adorable petit *dilidilidili* cette fois – mais du téléphone fixe, dont les sonneries tonitruantes et successives me donnaient systématiquement envie de filer me cacher.

— Maman ! Tu peux décrocher ? criai-je depuis mon lit. Je suis occupée, là !

DRIIIIIIING !

— Maman !

Fait chier !

Je posai mon stylo sur le rebord du chevalet et j'enjambai péniblement les affaires d'Hans qui jonchaient le sol de ma minuscule chambre jusqu'au combiné sans fil, fixé au mur opposé.

— Allô ? dis-je en soufflant.

— Salut, Scooter ! répondit papa à l'autre bout du fil. Ta mère est dans le coin ?

— Ouais, quitte pas.

J'enjambai un ampli guitare et me cognai la tête contre une casserole en laiton suspendue au plafond. En arrivant à pas lourds dans le couloir, je posai la main sur le combiné et hélai maman aussi fort que possible :

— Maman ! C'est pour toi !

Pour seule réponse, j'obtins une faible toux en provenance du rez-de-chaussée.

Suivie d'un grognement.

— Papa ? Ne quitte pas.

Téléphone en main, je dévalai les escaliers en tenant la rampe.

— Maman ?

Au coin du vestibule, je tournai vivement en tous sens à la recherche de maman, jusqu'à apercevoir ses pieds, étendus de travers sur le linoléum de la cuisine.

Une sandale. Et un pied nu.

— Maman !

Je me ruai dans la cuisine, où maman était étendue sur le sol.

Elle avait entraîné un tabouret dans sa chute et sa tête avait atterri dans la gamelle en plastique de Ringo.

Je plongeai sur elle et, alors que je sortais sa tête de la bouffe pour chien en dégageant la gamelle sur le côté, maman déglutit et toussa, levant sur moi des yeux écarquillés de terreur.

— Maman ! Qu'est-ce qui t'est arrivé ? Tu n'as rien ?

Elle ouvrit et ferma laborieusement la bouche, mais rien n'en sortit à l'exception d'une toux et des gargouillis de frustration.

— Tu peux bouger ? Serre ma main.

Ses doigts gelés exercèrent une faible pression autour des miens.

— Et l'autre ? demandai-je tout en retirant son bras coincé sous son poids.

Rien.

— Maman, serre ma main !

Toujours rien.

Merde !

Je la redéposai délicatement sur le sol et me ruai sur le téléphone que j'avais laissé choir par terre. Il fallait appeler les urgences. Je m'en emparai et entendis la voix de mon père à l'autre bout du fil :

— Scooter ? Qu'est-ce qui se passe ?

— Papa ! Maman fait une attaque !

— Appelle le 911 ! Je te retrouve à l'hôpital !

Jamais il ne s'était montré aussi autoritaire.

— Scooter ? ajouta-t-il. Je t'interdis de pleurer, t'as compris ? Tu vas faire peur à ta mère !

Le menton chevrotant, je me retournai vers la personne que j'aimais le plus au monde, privée de parole et paralysée sur le sol de la cuisine.

— OK, répondis-je. C'est compris.

Les secours arrivèrent très vite ; j'étais encore au téléphone avec l'opératrice quand ils frappèrent à la porte.

Je n'ai aucun souvenir du moment où ils l'ont emmenée dans l'ambulance. Aucun souvenir de l'avoir suivie jusqu'à l'hôpital. Pas plus que je ne me rappelle combien de temps papa avait mis pour arriver.

Tout ce dont je me souviens, c'est d'un mot, le seul que maman était parvenue à prononcer en attendant l'ambulance : « Brooke. »

Et « merde », aussi. Elle a dit « merde ».

Grâce à mes cours de neuropsychologie, j'étais parvenue à comprendre que maman présentait tous les signes d'une aphasie de Broca. Un caillot se forme dans la partie du cerveau qui permet d'exprimer nos sentiments et nos pensées par des mots et des phrases – ce qui entraîne un AVC. La raison pour laquelle on peut encore pousser des jurons, c'est que les insultes sont stockées dans une partie plus primitive de notre cerveau.

Maman avait donc emmagasiné mon prénom au même rang que des mots comme « conne » et « connasse ». Quoi de plus logique.

D'après les médecins, maman avait eu énormément de chance d'avoir été prise en charge aussi vite. Selon eux, l'attaque remontait à une heure ou deux et, avec un traitement, il y avait de fortes chances pour qu'elle puisse entièrement s'en remettre. Cela aurait dû me réjouir, mais j'eus tout de même l'impression d'être la fille la plus indigne du monde. Si papa n'avait pas appelé à l'improviste pendant sa pause déjeuner, maman serait restée allongée par terre pendant des heures et son cerveau aurait souffert de dommages irréversibles. Et moi, pendant ce temps, j'étais dans ma chambre en train de dessiner, de fumer et de me prendre la tête à cause d'un mec.

Maman croyait à l'existence des anges gardiens. Aussi, tandis que les médecins l'emmenaient sur un brancard pour lui administrer le traitement qui nous la ramènerait peut-être indemne, je priai le sien de lui venir en aide :

Je t'en prie, sauve-la. Si elle s'en tire, je ferai des efforts. Je passerai plus de temps avec elle, c'est promis. On ira au musée, on prendra des cours de yoga, on apprendra enfin à jouer au bière-pong. Je t'en supplie, donne-moi une autre chance !

Une fois le traitement administré, nous ne pouvions plus qu'attendre. Papa m'ordonna d'assurer le premier quart, car il devait rentrer à la maison pour sortir le chien. Un code que je ne connaissais que trop bien. Traduction : papa devait à tout prix rentrer pour se bourrer la gueule car il était incapable d'affronter un truc pareil. Il détestait les hôpitaux et son anxiété était palpable.

Je passai la nuit au chevet de maman, à demi inclinée dans un foutu fauteuil, devant l'une des quatre chaînes à disposition sur la télé, et je profitai de chaque coupure pub pour la fixer, guettant chez elle le moindre signe de vie. Les infirmières allaient et venaient. On écrivit des choses sur son tableau et on en effaça d'autres. On apporta des plateaux-repas qu'on remporta ensuite. Intacts. Et pendant ce temps maman dormait.

Quand papa se pointa enfin, longtemps après le lever du jour, il portait des lunettes de soleil et sirotait un gobelet de café.

Parfait, songeai-je. *À l'intérieur, je suis dans le même état.*

Je le laissai tranquille en compagnie de sa femme, sans savoir si elle pourrait un jour prononcer son nom à nouveau, et me tirai. Il n'y avait qu'un seul endroit au monde où je voulais être, et je n'y serais jamais assez tôt.

La veille au soir, j'avais passé un coup de fil à Ken depuis l'une des salles d'attente pour le tenir au courant de ce qui s'était passé. Il était au travail et ne pouvait donc pas trop parler au téléphone, mais il m'avait fait part de sa sympathie et m'avait assuré que, si j'avais besoin de quoi que ce soit, il serait là.

Justement, il y avait une chose donc j'avais grand besoin : m'écrouler dans ses bras.

Au moment de me garer dans son allée, je levai distraitement le pied de l'embrayage. La voiture fut prise d'un soubresaut et cala dans un sifflement. Ce fut à cet instant que je pris conscience de mon état. Je n'avais pas calé depuis mes seize ans. J'avais besoin de dormir. De bouffer. De picoler. De chialer. Et de Ken. Tout en même temps.

Épuisée et à bout de forces, je traînai ma carcasse jusqu'à la porte rouge de sa maison et m'y repris à trois fois avant de trouver la bonne clé. Lorsque je parvins enfin à déverrouiller la porte d'entrée, je mis un pied à l'intérieur et me figeai d'horreur en découvrant Ken au salon, devant le journal télévisé du matin, assis à gauche de son canapé dans un putain de fauteuil inclinable.

Une bile acide me monta à la gorge.

Des fauteuils.

Tout plein de fauteuils.

C'est le début de la fin.

C'est officiel : Ken n'a plus du tout envie qu'on se touche.

Regarde bien le canapé : c'est ma place, maintenant.

Ken s'est pris un siège rien que pour lui. L'enfoiré de sa mère s'est payé un FAUTEUIL PERSO !

— Mais d'où sort ce truc ? m'exclamai-je en désignant sa nouvelle acquisition.

Ken inclina la tête sur le côté et leva un sourcil.

— Euh… Il y avait des soldes spécial fête nationale chez La-Z-Boy. Du coup…

— Tu m'as pas entendue devant ta porte pendant que je galérais à ouvrir ? le coupai-je en désignant l'entrée d'un geste rageur. Tu étais assis à deux pas !

Ken me décocha son regard typique. Ce putain de regard condescendant qui disait « Je vais employer des mots simples à partir de maintenant, parce que tu es clairement à bout de nerfs et tu déraisonnes ».

— Tu as une clé. Je ne pensais pas que tu aurais besoin de…

— Bref, on s'en fout ! l'interrompis-je en me ruant dans la cuisine pour déposer mon sac sur le comptoir.

Penchée au-dessus de l'évier en inox, je bus de l'eau directement au robinet et m'aspergeai le visage. Puis je coupai l'eau, me séchai les joues et me retournai pour découvrir que j'étais seule dans la cuisine.

D'un pas décidé, je retournai au salon et j'adressai un regard assassin à l'enfoiré dans son gros fauteuil en cuir marron, frais et dispos dans son tee-shirt Peachtree Road Race et son short de sport. Il avait tout l'air du gros connard qui n'en avait strictement rien à foutre que sa copine ait passé la nuit à faire les cent pas à l'hôpital, morte d'inquiétude à l'idée que sa mère ne puisse plus jamais recouvrer l'usage de la parole.

Fulminante, je plaçai les mains sur mes hanches saillantes.

— Alors, ça y est ? On remet ça ?

— De quoi tu parles ? demanda-t-il en fronçant les sourcils, comme s'il n'avait pas la moindre idée de ce qui pouvait bien me mettre en pétard.

Mon visage se renfrogna.

— On recommence à jouer au même jeu : quelque chose me rend très triste et toi… tu gardes tes distances jusqu'à ce que ça passe.

Ma voix se brisa. La digue céda. Et le barrage qui jusque-là retenait mon flot d'inquiétude se rompit. Je n'avais personne pour m'aider le reconstruire.

Je restai plantée au milieu du salon, regardant Ken se creuser les méninges en quête d'une réaction appropriée.

— Brooke, je…

— Ferme ta gueule ! criai-je en enfouissant mon visage entre mes mains.

Ken ferma sa gueule, mais en plus il se leva et quitta la pièce.

Dès qu'il fut parti, mes sanglots se muèrent en un vagissement incontrôlable. Je me recroquevillai sur le canapé et me roulai en boule, *toute seule*, serrant mes genoux contre moi jusqu'à m'endormir.

Je fus réveillée par la sonnerie de mon téléphone. Il faisait encore jour et Ken n'était nulle part en vue.

Titubant jusqu'à la cuisine, je décrochai au bout de cent et quelques sonneries.

— Scooter ! Bonne nouvelle : ta mère est réveillée, et c'est un vrai moulin à paroles ! Par contre, on dirait un pirate complètement torché, ricana-t-il tandis que j'entendais ma mère marmonner une réplique grossière dans le fond. Mais d'après les médecins il n'y paraîtra plus dans quelques jours.

— C'est génial, papa.

Et je le pensais, mais ma voix n'était pas aussi enthousiaste.

— Tu te sens bien, Scooter ?

— Oui, désolée. Tu m'as réveillée, donc je suis un peu dans le gaz.

— Bon, alors passe à la maison pour sortir Ringo et ramène-toi ici avec une pizza. Ta mère a carrément dit à l'infirmière que leur nourriture avait un goût de merde de chien ! ajouta-t-il avec un nouveau ricanement.

— OK, répondis-je en bâillant. À tout à l'heure.

Je fourrai à la va-vite mon portable dans mon sac et remarquai un petit mot posé sur le comptoir.

Brooke,

Il faut que j'aille bosser. Désolé pour ta mère. J'espère qu'elle se remettra.

Ken

Je m'emparai du stylo, impeccablement posé en parallèle au bloc-notes, tournai la page et rédigeai un mémo de mon cru :

Cher Ken,
Va te faire enculer.
Avec ton fauteuil de merde.
BB

Puis j'arrachai les deux mémos, les chiffonnai et les jetai dans la corbeille du garage en sortant.

Chapitre 23

Je ne dormis pas chez Ken cette nuit-là. Ni la suivante. Ni celle d'après. Nous nous étions passé quelques coups de fil, mais nos conversations avaient été brèves. Ken ne s'était pas excusé pour son manque total d'empathie et je n'avais pas demandé pardon de lui avoir crié dessus. Il m'avait proposé de venir chez lui, de partager un dîner, mais j'avais menti et prétexté que je devais prendre soin de maman. Sauf que maman se portait comme un charme. Elle n'avait pas encore retrouvé toute sa motricité, mais elle était sur la voie de la guérison.

Pour ma part, c'était tout le contraire.

Après les funérailles de Jason, j'avais pensé que Ken s'était un peu décoincé. Il m'avait paru plus ouvert, moins réservé. Il semblait faire des efforts. Mais, depuis l'attaque de maman, c'était comme si nous étions revenus au point de départ.

Ken avait prouvé qu'il pouvait être là pour moi de toutes les manières possibles, à l'exception d'une. Un défaut auquel je pensais pouvoir remédier, et pourtant, après des mois de relation, nous en étions au même point et je n'avais toujours pas identifié la cause de son comportement.

En résumé : ma relation avec lui était vouée à l'échec et j'étais bien partie pour devenir une psy à deux balles.

Au top.

Mes journées reprirent le rythme du métro-boulot-dodo, métro-études-dodo, et pendant ce temps, de son côté, Ken était redevenu Pyjama Man. Mes cheveux avaient retrouvé leur indiscipline et leurs frisottis, et ils me tombaient jusqu'aux épaules. Comme ils étaient assez longs pour faire un chignon ébouriffé, je me dis : « Pourquoi pas ? » Je me débarrassai donc de mes vieilles barrettes et rasai toute la moitié inférieure de mon crâne.

J'avais promis à maman de ne plus me raser la tête si j'arrivais à avoir les cheveux longs et lisses. Mais c'était une promesse que je ne pouvais pas tenir. De toute façon, avec moi, tout était éphémère.

Ce soir-là, j'essayais de réviser pour mon partiel de psychologie comportementale, mais je n'avais pas la tête à ça. Mes yeux scannaient sans cesse les symboles sur la page, mais ils ne faisaient que contempler la forme des lettres tandis que mes pensées divaguaient dans tous les sens :

Alors la voilà, ma vie ?

Va-t-il falloir que j'accepte de vendre le mobilier de mon ancien appartement et de revenir vivre ici pour toujours ?

Devrais-je rompre avec Ken ?

Est-ce que je lui manque, au moins ?

Je ne me marierai jamais.

Je ferai mieux d'aller de l'avant et de faire congeler mes ovules.

Combien ça coûte, d'ailleurs ?

Un vrombissement guttural et familier résonna dans mes oreilles et me ramena sur terre. Je portai mon regard vers la fenêtre, dont les rideaux étaient encore ouverts, et je réalisai que pendant que je me prenais la tête la nuit était tombée. Tandis que le bruit de plus en plus distinct de mon pire cauchemar se rapprochait, je repoussai mes manuels scolaires sur le côté, rejetai la couette sur mes jambes nues, bondis hors du lit et tirai d'un coup sec sur la tringle en plastique qui pendait au-dessus des volets couleur de nicotine

Elle me resta dans la main. Impossible de fermer les volets.

Alors que je me tenais là, en petit haut et culotte, agrippant une tringle qui n'était plus reliée à rien, Knight gara son chopper juste sous le lampadaire.

Merde !

Je lâchai la tringle désormais inutile, fondis sur ma table de nuit, éteignis la lampe de chevet et ramassai mon sac à main par terre. La lanière se prit dans le magnéto d'Hans, ce qui me fit trébucher contre le mur situé près de la fenêtre. Glissant à terre pour ne pas être aperçue, je vidai le contenu de mon sac sur le plancher et cherchai mon portable. Knight allait m'appeler à coup sûr et il fallait que j'éteigne mon téléphone au plus vite pour qu'il tombe sur la messagerie. Mais il fut plus rapide que moi : le portable s'illumina et vibra contre mon pied, m'arrachant un cri de stupeur.

— Aaah !

J'écrasai le téléphone comme on éclate un cafard.

Dilidilidili…

Je tendis le doigt en direction du bouton « fin

d'appel » mais, à cause des vibrations, je me trompai de bouton et pressai « décrocher ».

La voix autoritaire de Knight s'éleva à la fois dans le récepteur et à l'extérieur :

— Punk !

Si je ne répondais pas, je savais qu'il allait me harceler jusqu'à ce que je cède, ou que je le fasse embarquer par la police.

Les mains et le souffle tremblants, je portai le téléphone jusqu'à ma tête et le tins à distance de mon visage. Comme si Knight pouvait me mordre à travers le téléphone.

Je répondis en grinçant des dents :

— Ouais ?

— Tu sors, putain !

Je levai les yeux vers les étoiles fluorescentes collées au plafond et priai pour qu'un gouffre s'ouvre sous les pieds de mon ex et l'emporte.

— Non, merci.

— Je m'excuse, d'accord ? Je voulais pas crier. Putain, descends s'il te plaît, qu'on puisse causer.

En prononçant le mot « descends », il bafouilla légèrement, et je compris qu'il fallait me montrer prudente. Personne d'autre n'aurait pu percevoir cette nuance, mais moi si. J'avais passé les quatre dernières années à étudier jusqu'à la moindre inflexion dans la voix de Knight, dans sa posture et dans ses expressions, afin d'y déceler un danger potentiel. Et cette hésitation dans sa voix m'indiquait qu'il y avait danger.

— Je ne peux pas, mon père est encore debout, mentis-je. S'il sait que tu es là, il appelle les flics.

— Ouais, bah toi, au moins, t'en as un, de père !

L'arrière de mon crâne heurta le mur. Je pouvais presque sentir toute la chaleur de sa rage à travers le revêtement en bois de la façade abîmée.

— Knight, commençai-je avant d'inspirer à fond en passant distraitement la main sur le spray au poivre contenu dans son étui en cuir doux. Pas besoin de descendre pour qu'on cause. On peut parler au téléphone. Il faut que tu te…

— Il est mort !

Je me redressai.

— Qui est mort ?

— Mon putain de daron !

Je levai la main au-dessus de ma tête et tirai sur la corde des rideaux, qui s'ouvrirent d'un seul coup. Puis, je me retournai et m'agenouillai face à la fenêtre. Tandis que je regardais le psychopathe ivre et dépressif en contrebas, il m'adressa aussitôt son terrifiant regard sans couleur. Même dans le noir, je voyais que ses yeux étaient irrités et injectés de sang.

— Knight, je… Je suis désolée.

Son père était un important homme d'affaires de Chicago, déjà à la tête d'une famille idéale. Comme un fils bâtard et émotionnellement instable aurait fait tache dans sa vie, il ne l'avait jamais reconnu. Ils ne s'étaient même jamais rencontrés.

Et ce ne serait plus jamais possible désormais.

Avec un grognement, Knight me montra du doigt, puis baissa son index sur le sol à ses pieds.

— Maintenant, tu descends, putain !

Je serrai davantage mon poing autour de la bombe au poivre et le pressai contre la vitre. Je voulais qu'il parte. Et j'avais aussi envie de le prendre dans mes bras et de le réconforter, plus que tout autre chose, mais ce n'était pas ce qu'il attendait de moi, je le savais. Knight ne voulait pas que je le cajole. Il voulait ma chair. Mon sang. Me briser les os. User de mon corps comme d'un réceptacle pour sa rage et, une fois qu'il se serait rendu compte de ce qu'il avait fait, il s'enfuirait et me laisserait au beau milieu de la rue à patauger dans mon propre sang.

— Je suis là, murmurai-je, le suppliant de se calmer avec mon regard et ma voix. Tu vois ? Tu peux me parler. Je suis juste ici.

— J'ai pas envie de parler, putain !

— Je sais, mais ça pourrait te faire du bien.

— Raaaaah !

En grondant, il serra son portable si fort que j'entendis le bruit du plastique craquer à l'autre bout du fil.

— Je t'emmerde, Punk, t'entends ? Descends, tout de suite !

— Je ne peux pas, murmurai-je, le front pressé contre la vitre.

Knight remonta lourdement l'allée jusqu'à la maison et tambourina contre la façade. La fenêtre trembla contre mon visage.

— Descends, Punk ! Tout de suite !

— Arrête ! lui intimai-je en le toisant de haut, remarquant ses cheveux rabattus sur son visage par la force de l'impact. Tu es tatoueur, Knight ! Tu es un artiste ! Ces mains sont tes outils de travail, alors arrête avant de te les péter ! Calme-toi.

Knight tambourina de plus belle et ce fut alors que je réalisai ce que Ken devait ressentir.

Je savais ce que c'était, que d'être en couple avec une personne incapable de s'occuper d'elle-même. Une personne qui ressentait les choses bien plus intensément que l'autre n'en était capable. Je savais ce que c'était, que de s'inquiéter pour quelqu'un qui vous demandait trop d'attention et qui s'en prenait à vous quand vous ne pouviez pas la lui accorder.

J'avais le même comportement depuis quatre ans.

En fin de compte, peut-être que ce n'était pas Ken, le problème.

Peut-être que, tout comme Knight, il était temps que j'assume la responsabilité de mes sentiments.

Je quittai ma position prostrée, me tins bien droite et, comme Ken l'aurait fait si j'avais été à la place de Knight sur la pelouse, en train de faire un caprice au beau milieu de la nuit après avoir trop bu, je m'exprimai calmement :

— Knight, je suis désolée pour ton père. Vraiment, sincèrement désolée. Mais tu es ivre et de très mauvaise humeur. Impossible de parler avec toi dans ces conditions. Alors maintenant je vais raccrocher et t'appeler un taxi.

Chapitre 24

Septembre 2001

— Ken, tu me passes cette théière ? demandai-je en désignant le bout de l'ensemble de tables pliantes en métal que nous avions installées sur la terrasse derrière sa maison.

Nous les avions recouvertes de nappes blanches, donnant l'illusion d'une longue et unique table. En revanche, les chaises étaient toutes dépareillées et, comme on ne pouvait rien y faire, j'avais décidé d'en faire un thème.

Ken baissa les yeux sur la boîte contenant les théières différentes que j'étais allée chiner chez tous les brocanteurs du comté.

— Laquelle ?

— La bleu et blanc ! répondis-je en agitant impatiemment les doigts.

Ken leva un sourcil et pinça les lèvres. Je m'impatientai :

— Allez, s'il te plaît, dépêche-toi !

Ken me la tendit enfin avec un petit sourire moqueur.

Deux mois s'étaient écoulés depuis mon altercation avec Knight et, depuis, Ken et moi nous étions plongés dans une agréable routine. Je dormais chez lui presque tous les soirs. Quand j'avais cours, il me préparait des déjeuners à emporter. Quand il s'ennuyait au travail, je lui faisais passer des tests psychologiques. Et le dimanche soir on regardait *Sex and the City* à la télé. Étonnamment, la vie s'écoulait paisiblement et une seule chose avait changé : mon comportement.

Ken et moi avions passé la matinée à cueillir des fleurs sauvages dans un champ à proximité et nous les avions arrangées en bouquets, nous servant des théières comme vases.

Lorsque je lui avais demandé son aide pour organiser chez lui une fête de mariage en l'honneur d'Amy et Allen, Ken avait accepté sans la moindre hésitation. Mais naturellement sa notion de l'aide était différente de la mienne. Il avait emprunté les tables et les chaises à ses voisins, négocié de la nourriture gratuite avec le patron de la pizzeria locale en échange de tickets de cinéma et acheté les boissons, les serviettes et les assiettes à un tarif préférentiel en les commandant via le cinéma. Au total, je crois que la fête nous est revenue à moins de cent dollars.

— Au fait, dit-il en me tendant une nouvelle théière de fleurs. J'ai déposé le dernier questionnaire sur ton sac à dos… Certaines questions étaient bien barrées !

Je ris.

— Ouais, c'est pour détecter des troubles super marrants !

— Sérieusement, le pipi au lit ? J'en reviens pas.

Avec un rictus, j'énumérai les troubles connus :

— Pipi au lit, pyromanie, kleptomanie, cruauté envers les animaux… Attends un peu, quoi d'autre ? Scarification…

Mon visage se décomposa. Je connaissais quelqu'un qui souffrait de ce trouble : Knight. Il était adepte de la scarification, mais sur les autres.

Je repris :

— Ce sont tous des symptômes pouvant résulter d'un traumatisme infantile ou d'une maladie mentale.

— Je pense que je vais bien sur ce point. Le seul où j'ai répondu oui, c'est l'autoflagellation, et c'est uniquement quand tu n'es pas là pour le faire.

— Oh, nom de Dieu, ricanai-je en lui flanquant une petite tape par-dessus la table, effleurant du bout des doigts l'étoffe de son tee-shirt old school de l'équipe de base-ball des Braves d'Atlanta. T'es vraiment qu'un gros maso ! Ce sera écrit dans les résultats de ton test : *Kenneth Easton est un masochiste de niveau cinq. Fuyez tant qu'il est temps !*

Son sourire jovial s'évanouit de son visage juste avant qu'Amy ne déboule par la porte de derrière en criant « hééééé » et en tirant son fiancé, son meilleur ami et sa sœur dans son sillage, tous fraîchement débarqués d'Arizona.

Au bout d'un moment, nous fûmes vingt-cinq sur la terrasse. D'un côté les mecs, qui s'époumonaient devant la télé (que Ken avait installée à l'extérieur) chaque fois que John Smoltz[1] faisait sortir un joueur du terrain, de l'autre les filles, protégées par des torches anti-moustiques et qui s'extasiaient en poussant des « oooh » et des « aaah » devant le planning de mariage d'Amy, épais d'environ dix centimètres. Tout en buvant du punch – généreusement gazéifié, cette

1. Lanceur de l'équipe des Braves d'Atlanta de 1988 à 2009.

fois-ci –, nous admirâmes les d'échantillons de tissu, les photos de robes découpées dans des catalogues et les exemples de faire-part.

Tout du long, je hochai la tête en souriant, faisant semblant d'être ravie pour elle, mais secrètement je ne rêvais que du jour où j'aurais moi aussi un classeur rempli de tous ces trucs. J'observai Ken, à l'autre bout de la table, qui souriait comme une star d'Hollywood en riant avec ses amis – *nos* amis.

On pourrait faire ça tous les week-ends, songeai-je.

Je jetai un regard sur le jardin, grand et boisé, constellé de lucioles et de rhododendrons en pleine floraison, et j'essayai d'imaginer le meilleur endroit où monter une balançoire. Puis je baissai les yeux sur mon annulaire gauche, un diamant taille princesse invisible scintillant devant moi.

J'étais heureuse ici, auprès de Ken. Il me faisait rire, il me rendait folle et, grâce à lui, j'étais une meilleure version de moi-même. Mais, plus que tout, il me donnait envie de choses que je n'étais pas certaine d'obtenir un jour de sa part. Des choses auxquelles il ne *croyait pas*.

Le mariage, des enfants et de la magie.

J'espérais seulement y croire suffisamment fort pour nous deux.

PARTIE 3

Chapitre 25

Je m'éveillai avec la sensation familière d'avoir une torche au-dessus des pieds.

Au début, je ne supportais pas la manière dont les rayons du soleil tentaient chaque matin de me brûler vive en filtrant par la fenêtre dès potron-minet. J'avais supplié Ken en vain de faire fabriquer des volets sur mesure. À un moment, j'en étais même venue à tailler un store de fortune en demi-cercle dans du carton et à le caler sur la partie supérieure de la fenêtre, mais il m'était tombé sur la tête en pleine nuit et j'avais donc renoncé à m'en servir.

Mais, par la suite, je ne vis plus aucun inconvénient à me réveiller avec les jambes en feu. Car cela signifiait que j'étais auprès de Ken.

Je roulai sur le côté et me lovai contre son dos robuste. Comme il dormait toujours en position fœtale, les ardentes flammes de la mort qui nous léchaient les pieds ne le gênaient pas le moins du monde.

J'enveloppai sa taille, m'immisçant entre lui et l'oreiller qu'il maintenait contre lui, et déposai un tendre baiser au creux de son cou.

— Tu es réveillé ?

— Non.

Je posai contre son mollet un de mes pieds chauffés à blanc.

— Et là ?

L'enfoiré ne broncha même pas.

— Tu sais quoi ? dis-je en souriant contre son dos. Je crois que c'est nos six mois aujourd'hui. En tout cas, notre rencard au Cirque du Soleil était il y a six mois. Techniquement, on sortait ensemble avant, j'imagine, mais c'est la première fois où tu as dit que j'étais ta copine, alors… Oh, mon Dieu, tu te souviens de comment j'étais bourrée ? gloussai-je en me rappelant que j'avais fait semblant de dormir pour qu'il me porte jusque chez lui. On devrait sortir ce soir pour fêter ça ! Ah non, merde. Tu travailles, c'est vrai. On se fait ça demain ?

Ken acquiesça doucement et marmonna dans sa barbe.

— Mmm.

Je poussai un petit cri de joie et me serrai fort contre lui. Il était si mignon quand il somnolait. D'habitude, Ken était toujours froid, sévère et sérieux – ou sérieusement sarcastique – et pourtant il s'endormait tous les soirs avec son oreiller dans les bras, comme un enfant qui tient son nounours.

Et j'étais la seule à savoir ça.

Sous la couverture, Ken trouva ma main à tâtons et la couvrit avec la sienne. Ce seul geste fit crépiter mon cœur et mon sourire s'accentua. J'entremêlai nos doigts, me motivant à prononcer les mots que je gardais sur le bout de ma langue depuis des mois. Une chose que je m'étais décidée à lui avouer la veille au soir, pendant que je feuilletais le planning de mariage d'Amy.

Un sentiment dont j'étais terrifiée qu'il ne soit pas réciproque.

Le cœur au bord des lèvres, je pressai mon front contre son dos massif, puissant et moucheté et murmurai mon aveu :

— Je t'aime.

Juste après que j'ai prononcé ces trois mots, le corps de Ken se raidit et il se mua en statue de granit entre mes bras.

Une seconde s'écoula.

Puis deux.

Puis deux cents.

Pendant tout ce temps, dans ma déplorable étreinte, l'homme statue demeura coi et rigide. Confirmant toutes mes craintes sans prononcer le moindre mot.

Pleine d'amertume, les yeux piqués par des larmes d'humiliation et suspendue dans un étrange supplice, j'attendis que quelque chose se produise. Que Ken s'exprime. Que la foudre s'abatte sur moi. Que mon putain de réveil se magne de sonner.

À chaque seconde qui s'égrenait filait un espoir. Un rêve. Une babiole clinquante en provenance de mon putain d'avenir imaginaire.

Tic.

Il ne t'aime pas.

Tac.

Il ne croit pas au mariage.

Tic.

Il ne veut pas d'enfants.

Tac.

Il te l'a dit texto.

Tic.

Tu n'es pas chez toi, ici.

Tac.

Tu agis juste comme si c'était le cas.

Tic.

Ken n'aime rien ni personne.

Tac.

Tu l'as toujours su.

BIP ! BIP ! BIP ! BIP !

Je roulai sur le côté et j'éteignis violemment mon réveil du plat de la main, chassant ensuite une larme de colère qui coulait honteusement sur ma joue.

La partie est finie.

Je me levai et me précipitai dans la salle de bains. Jamais je ne serais partie assez vite d'ici. Loin de Ken. Loin de cette maison. Loin du mensonge dans lequel j'avais vécu.

Je me préparai à aller en cours dans l'anarchie la plus complète, utilisant à la fois les produits de beauté qui étaient dans mon sac et ceux que j'avais fourrés sous le lavabo. Je coiffai ma crinière pourpre aux racines auburn en un chignon désordonné, sans prendre le temps de dessiner mes petites ailes habituelles avec mon eye-liner. À quoi bon ? Le temps d'arriver en cours, mon maquillage coulerait sur mes joues.

Les lacets défaits, je descendis en trombe au rez-de-chaussée, ramassai mon sac à dos posé par terre près du canapé et pris la tangente par la porte d'entrée sans même dire au revoir.

J'étais certaine que le claquement de porte à faire trembler les fenêtres de la baraque avait fait passer le message.

Chapitre 26

Assise dans le métro lugubre, je regardais par la fenêtre, les yeux dans le vague, repassant en boucle les événements de la matinée. Les pins et les maisons familiales de la banlieue cédèrent la place aux immeubles et aux embouteillages d'Atlanta. Le trajet vers la fac durait une heure et j'avais pour habitude de l'occuper en lisant ou en potassant mes cours. Mais j'étais loin d'avoir la tête aux études.

Je ne songeais qu'à un bel homme, vivant dans sa belle maison, et à la vie parfaite qu'on aurait pu avoir ensemble. Une illusion à laquelle j'avais été assez bête pour croire.

Je passai la journée dans un état de détresse émotionnelle et physique. Les yeux brûlants. L'estomac serré. Avec l'impression qu'un trou noir s'était ouvert dans ma poitrine. Un trou noir qui ressemblait à Ken et qui aspirait ma vie.

Ce jour-là, je ne parlai à personne. Je ne mangeai rien. Et, jusqu'à ce que je sorte du métro dans l'après-midi, je me retins de toutes mes forces de pleurer. La mâchoire serrée, je me rendis au parking du bâtiment Marta en traînant des pieds, comptant chaque pas me séparant du siège de ma Mustang, couvert de brûlures de clopes.

Enfin, je donnai libre cours à mon chagrin.

Je pleurais car je me sentais rejetée.

Parce que je me sentais stupide.

Parce que je m'étais promis de ne plus jamais pleurer pour un mec.

Parce qu'il me manquait déjà.

Et parce que ce n'était pas réciproque, je me sentis encore plus stupide et mes pleurs redoublèrent.

Je pleurai jusqu'à ne plus avoir de larmes. Puis je pris une grande inspiration, m'allumai une cigarette en tremblant, quittai le parking et passai un coup de fil à la personne la moins susceptible de me remonter le moral.

Après que j'ai tout raconté à Juliet, cette dernière me répondit en grignotant un biscuit – sûrement les gâteaux en forme de dinosaure dont Romeo raffolait :

— Putain, mais qu'est-ce qui tourne pas rond chez toi ? Ce type n'a aucune personnalité et en plus il a un placard à cravates ! C'est à cause de ça que tu pleures toute seule dans ta caisse ?

— Oui ! braillai-je.

— Bon sang, BB, t'es vraiment qu'une grosse bouffonne. Il ne t'aime pas, et après ? Tu sais qui pourrait t'aimer ? Absolument n'importe quel mec. On emmerde Ken Easton ! Sérieux, j'ai au moins trois petits canons en tête que je pourrais te présenter.

— Sérieux ? dis-je en reniflant.

— Non mais allô ! Tu te souviens de Zach ? Il arrête pas de me cuisiner à ton sujet !

— Non, c'est pas vrai.

— Si, c'est vrai. D'ailleurs, c'est méga chiant. Oh, mon Dieu ! lança-t-elle avec plus d'enthousiasme qu'elle n'en avait manifesté depuis longtemps. Passe me voir au boulot ce soir. Zach sera là !

J'examinai mon reflet dans le rétroviseur. J'avais les yeux gonflés et mes racines auburn avaient repoussé sous mes cheveux violets coiffés en chignon informe.

— La vache, je ressemble à rien.

— On s'en tape. Ramène-toi, c'est tout.

— OK, acquiesçai-je en essuyant mes larmes. Je serai là.

— Yes ! Je le jure devant Dieu, BB : je te dégoterai un nouveau mec d'ici la fin de la semaine !

— Promis ?

— Meuf, c'est une sister qui te le promet !

Je me garai dans l'allée devant chez Ken et refoulai une nouvelle vague de larmes. C'était si douloureux de revoir cette maison blanche à la porte rouge. Même la balancelle s'agitait sous le kiosque, poussée par le vent, comme pour me dire au revoir.

— Dis-le.

Je clignai des yeux pour chasser les larmes qui menaçaient.

— Hein ? Dire quoi ?

— T'écoutes ce que je te dis, BB ? Dis « j'emmerde Ken ».

— Ah. J'emmerde Ken.

— Maintenant, répète après moi : « coucouuuu Zach ».

— C'est qui, Zach ?

— Putain, BB, redescends sur terre ! Zach le barman !

— Oh, pardon. Coucou, Zach.

— T'es une bonne fille. On se voit ce soir. Et habille-toi comme une chaudasse. Je t'aime !

— Je t'aime aussi.

Je mis fin à l'appel et levai la tête vers la fenêtre en demi-cercle qui surplombait le garage.

Tu vois, Ken ? Même Juliet me dit qu'elle m'aime. Putain, c'est quoi ton problème ?

Il ne me fallut que deux minutes pour rassembler les affaires que j'avais laissées chez lui : une bouteille de Jameson. Quelques canettes de bière. Un briquet. Une brosse à dents. Et quelques articles de toilette planqués sous le lavabo. Il y avait une petite part de moi dans chaque pièce de la maison mais, comme dans le cœur de Ken, ma place y était bien moindre.

Les seules traces de ma présence que j'abandonnai dans mon sillage furent les photos de nous dans leurs cadres, posées sur la cheminée – c'était moi qui les avais mises là –, et les clés sur la table de la cuisine.

Au revoir, maison, songeai-je en refermant la porte derrière moi avant de la verrouiller. *Tu vas me manquer.*

En chemin vers chez mes parents, je me demandai quelle serait la réaction de Ken lorsqu'il rentrerait du travail et qu'il découvrirait mes clés.

Allait-il seulement le remarquer ? Évidemment que oui. Ce bâtard avait une vraie mémoire photographique. Pas moyen de bouger un dessous-de-verre sans qu'il le remarque.

Mais comprendrait-il qu'il s'agissait d'une rupture ? Probablement pas. Il faudrait pour cela qu'il tienne compte de mes sentiments et qu'il les analyse. Autant demander à un aveugle de vous décrire la couleur chartreuse.

Je devrais peut-être y retourner et lui laisser un mot ? Lui donner un rendez-vous pour qu'on en parle face à face ?

Tu sais quoi ? Aux chiottes ! songeai-je en fouillant dans mon sac à la recherche de mon portable.

J'étais épuisée. À cause des cours. Du boulot. Et d'avoir passé mon temps, nuit et jour, à percer la muraille du bastion que Ken avait construit autour de son cœur.

Mais au final ce bastion n'existait pas.

Car il n'y avait aucun cœur à protéger dans sa poitrine.

Je laissai un message :

— Salut, Ken. Écoute, je sais que tu bosses, mais… je voulais juste te dire que j'étais passée prendre mes affaires chez toi après les cours. Toutes mes affaires. Je sais que ça ne se fait pas de rompre par messagerie, mais je me suis dit que tu devrais l'apprécier plus que n'importe qui. Comme ça, pas besoin de t'épancher sur des sentiments à la con, que de toute évidence tu es incapable de ressentir, à moins que… je ne sais pas… que tu n'en aies tout simplement aucun ? Bref, quoi qu'il en soit, ce matin tu m'as clairement fait savoir que mes sentiments pour toi n'étaient pas réciproques, alors je vais arrêter de perdre mon temps. Et de te faire perdre le tien, par la même occasion. J'ai laissé mes clés sur la table. À plus.

Clic.

Je fourrai mon téléphone dans mon sac et sentis poindre une lueur d'espoir – un soupçon, une minuscule paillette d'espoir au cœur d'un océan d'autoapitoiement. Mais c'était bien là. J'avais survécu à une nouvelle rupture sans tout péter autour de moi, sans assener la moindre gifle et sans avoir été enlevée de force.

Tout irait pour le mieux.

Non, encore mieux que ça, parce qu'avant la fin de la semaine j'aurai un nouveau mec, un mec marrant – un gars qui picolerait, fumerait et aurait plus de tatouages sur les jointures des mains que de cravates dans sa garde-robe. Et, s'il y avait bien une chose dont j'étais certaine, c'était que pour se remettre d'un homme il fallait s'en trouver un autre.

Et, putain, le plus tôt serait le mieux.

Chapitre 27

Je me tenais debout face au lit, les mains sur mes hanches osseuses, pendant que maman m'aidait à attacher les bretelles en soie d'un dos-nu qui ne laissait que peu de place à l'imagination.

— Si je comprends bien, commença-t-elle en serrant le nœud, tu as un rendez-vous ce soir avec un barman, sauf que Ken n'est même pas au courant que vous avez rompu ?

Maman était une hippie plutôt débonnaire, pas du genre à porter des jugements sur les autres. Cependant, je distinguai clairement dans sa voix une note de désapprobation.

Je pivotai sur moi-même et la foudroyai du regard :

— Il *devrait* être au courant, d'accord ? Je lui ai laissé un message.

Elle me toisa en levant l'un de ses sourcils roux.

— Ne me regarde pas comme ça, repris-je. J'aurais dû faire quoi ? Attendre gentiment six mois de plus, des fois qu'il ressentirait quelque chose, par accident ? Pas que ça à foutre !

Maman leva les mains.

— Bien, comme tu veux.

— Excuse-moi, dis-je avec un demi-sourire contrit avant de lui désigner deux pantalons parmi les fringues qui jonchaient mon lit. Qu'est-ce que tu en dis ? Tigré ou skaï ?

Maman observa tour à tour les deux vêtements. Puis, elle pointa l'index vers le sol, sur un pantalon python posé près du placard.

— Celui en peau de serpent, dit-elle. C'est un de mes préférés.

— Excellent choix.

Je ramassai le futal à motif de reptile et j'y enfilai mes jambes décharnées.

Maman s'éclaircit la voix :

— Tu sais, les barmen sont plutôt volages. S'il devait se passer quoi que ce soit avec ce garçon cette nuit, surtout protège…

— Maman ! l'interromps-je en remontant la fermeture. Je sais ce qu'il faut faire, nom de Dieu !

Son visage moucheté avait viré au cramoisi et elle tortillait une mèche de ses cheveux autour de son index.

— Je veux juste que tu ne coures aucun risque, insista-t-elle en rougissant davantage.

— Je n'en cours pas, tout ira bien. Seigneur !

J'enfilai mes rangers et je m'assis au bord du lit pour les lacer. Maman ajouta :

— J'aime autant éviter à Ken une chaude-pisse quand vous vous remettrez ensemble. Le pauvre. Il est si gentil.

— Maman ! m'exclamai-je en lui envoyant un oreiller.

Avec un ricanement, elle se tourna sur le côté et le

coussin rebondit sur son tee-shirt multicolore. Je lui indiquai la porte et lançai :

— Sors d'ici ! Sors de ma chambre ! Tu es bannie à vie !

— Passe le bonjour à Ken de ma part, ajouta-t-elle en agitant les doigts avant de sortir à reculons.

Dès qu'elle fut sortie, je criai après elle :

— On ne se remettra pas ensemble ! Tu m'entends ? J'emmerde Ken Easton !

Je m'avançai jusqu'au miroir d'un pas décidé et jetai un ultime coup d'œil à mon reflet.

C'est quoi son problème ? me demandai-je en rajustant mon haut. *Elle m'a toujours soutenue, à chaque rupture. Et voilà qu'elle agit comme si elle ne me prenait pas au sérieux. Eh bah, je suis sérieuse ! Sérieuse à mort !*

J'appliquai une dernière couche de mascara et je priai pour qu'il ne fasse pas trop humide dehors. J'avais passé deux heures à lisser mes cheveux, un vrai cauchemar, et je n'avais pas envie de recommencer à frisotter. À moitié satisfaite de mes atours de chaudasse, je pris mon sac à main et fonçai vers la porte pour me rendre au Fuzzy's Bar & Grill, bien décidée à remonter en selle au plus vite avec un mec de transition.

Que Ken Easton aille se faire mettre. Bien profond dans son urètre !

Chapitre 28

À la seconde où je pénétrai dans le restaurant, la fumée de cigarette me piqua les yeux et mes oreilles furent agressées par le boucan d'un groupe de types qui s'époumonaient devant la télé.

J'entendis la voix de Juliet sur la gauche :

— Yo, morue !

Je portai mon regard dans cette direction et la vis debout près d'une table, manifestement en train de prendre une commande. Ses longues tresses noires étaient coiffées en chignon et sa tenue de travail était constituée d'un jean, d'un tee-shirt des Smashing Pumpkins[1] et d'une vieille paire de Converse.

Elle pointa son stylo sur moi et le dirigea ensuite sur un box vide, juste dans mon dos.

— Assieds-toi ! lança-t-elle avec un sourire, levant les sourcils en une grimace maniaque. Je suis à toi tout de suite !

— Bien, m'dame !

Je fis un bref salut militaire et allai m'installer dans un box.

1. Groupe de rock alternatif fondé à Chicago en 1988 par Billy Corgan.

Juliet avait toujours été du genre à donner des ordres, mais elle ne mégotait pas au boulot. Si vous pensez que votre serveuse est assez dingue pour vous pourchasser dans votre bagnole afin de vous soutirer plus de fric, vous ne l'engageriez pas.

Je pris place sur une banquette en bois si vieille qu'on aurait cru qu'elle avait fait la guerre civile avec le général Ulysses S. Grant et commençai à examiner le menu des boissons.

Bières incluses, le restaurant ne proposait que dix choix.

— Ça faisait longtemps.

Je levai la tête et sentis le feu me monter aux joues tandis que Zach en personne s'invitait près de moi sur la banquette. Il était tel que dans mon souvenir – les cheveux châtains coiffés en crête, le regard rieur, une veste anthracite et des tatouages qui dépassaient de son col. Le barman sexy dans toute sa splendeur.

Mais j'avais oublié un détail sur Zach : il ressemblait vraiment beaucoup trop à Ken.

Nom de Dieu.

Ils étaient étrangement pareils. Enfin, si Ken avait bu de la bière au lieu de son Gatorade et s'il avait passé plus de temps chez le tatoueur qu'à la salle de sport, cela va sans dire. Zach était plus élancé, son look bien plus rebelle et, quant à sa personnalité… eh bien, au moins il en avait une. On ne pouvait pas en dire autant de mon ex.

Bref, le mec de transition idéal.

— Salut ! m'exclamai-je avec une bonne humeur plutôt déplacée dans un bar aussi glauque. Zach, c'est ça ?

Tu fais mine de ne pas déjà connaître son nom et son numéro de Sécu par cœur ? Joli coup !

— C'est ça, répondit-il avec un rictus. Et tu es...

Levant les yeux au plafond, Zach prit l'air pensif en frottant son menton couvert d'un léger duvet et leva un index triomphant :

— CC !

À mon tour, je levai les yeux au ciel, souriant comme une grosse débile. Mon premier sourire de la journée.

— Alors, reprit-il. Juliet m'a dit que tu avais eu une dure journée.

Quoi ? Elle lui en a parlé ?

J'adressai un regard acéré comme un poignard à ma meilleure amie mais elle fit mine de ne pas me voir. La salope !

Je passai une mèche de mes cheveux derrière mon oreille et regardai de nouveau Zach. Lui au moins, il avait l'air d'en avoir quelque chose à foutre de moi, même s'il faisait semblant.

Ses sourcils châtains étaient froncés et les commissures de ses lèvres étaient affaissées.

— Euh... ouais, admis-je. J'ai rompu avec mon mec aujourd'hui. Mais ça va, je vais bien. Ce coup-ci, au moins, j'ai pas fini chez les flics ou autre.

Zach rigola. Un vrai rire. À gorge déployée, la tête basculée en arrière et tout et tout.

Ken ne riait jamais à mes blagues.

— Si toutes tes relations finissent au poste, rappelle-moi de ne jamais sortir avec toi, dit-il en ricanant.

Mon nez commença à me picoter.

Oh, mon Dieu, je suis en train de rougir du pif !

Je papillonnai des paupières et fis osciller mes cheveux d'une manière qui, je l'espérais, me donnerait des airs de Beyoncé.

— D'accord. Alors, ne casse jamais avec moi.

Je lui décochai un sourire timide et soutins son regard rieur pendant trois bonnes secondes. La sueur sous mes aisselles commençait à me gratter.

À la manière d'un gigolo, Zach se mordit la lèvre inférieure.

— J'aurais bien proposé de trinquer à ça, mais je constate que tu n'as rien à boire. Qu'est-ce que je te sers, tueuse ?

Soudain, je n'eus plus le moindre souvenir des dix choix de boissons proposées sur la carte. Je haussai les épaules et répondis :

— Surprends-moi.

Oh, bien joué !

Zach me fit un clin d'œil – un putain de clin d'œil – et se leva de la banquette avec autant de grâce qu'en s'y installant.

Juliet vint aussitôt prendre sa place, mais de manière beaucoup moins gracieuse.

— J'ai besoin d'une clope et d'un résumé, déclara-t-elle. Fissa !

Incapable de contenir mon sourire, je tirai deux Camel Light de mon sac et les allumai en même temps. J'en tendis une à Juliet et débutai mon récit :

— En gros, on est amoureux et il m'a déjà promis de ne jamais rompre. Alors, je dirais qu'on est déjà fiancés. Les choses semblent bien parties.

Juliet souffla la fumée par ses narines tandis que

ses lèvres se recourbèrent en un sourire digne d'une démente.

— Quoi ? demandai-je en l'imitant.

— Putain, j'adore avoir raison !

Zach réapparut avec un verre rempli d'un atroce liquide fuchsia, concocté à partir de tous les ingrédients disponibles derrière le bar.

— Pardon, *mademoiselle*, mais cette place est réservée, dit-il à Juliet en lui adressant le même regard malicieux qu'à moi, qui la fit se tortiller sur place.

Personne ne naissait avec de tels dons de séduction. Les mecs perfectionnaient ce genre de talent. Je repensai à ce qu'avait dit maman, que les barmen étaient des types volages. Je commençais à comprendre ce qu'elle avait voulu dire. Je me demandais combien de nanas Zach était parvenu à mettre dans son plumard avec quelques blagounettes de drague et des boissons gratuites.

La BB sobre que j'étais décida que Zach allait devoir ramer un peu. Puis la BB sobre s'envoya deux verres de la boisson mystère que Zach avait concoctée, et deux heures plus tard elle était parée à prendre deux billets pour Vegas pour convoler en justes noces avec lui.

Trop à fond dans mon fantasme de fugue amoureuse pour prêter attention à ce que Zach racontait, je lui posai une question complètement au hasard :

— Au fait, c'est quoi ton nom de famille ?

— Brooks.

Si j'avais été en train de boire à ce moment précis, j'aurais tout de suite craché en aspergeant tout le monde.

Brooks ? Il s'appelle Brooks ? Je rêve, c'est une blague !

Je n'allais quand même pas me tirer à Vegas avec un type qui s'appelait Brooks ! Si on se mariait, j'allais devoir m'appeler Brooke Brooks ! Brooke putain de Brooks ! Autant commencer dès maintenant à porter des robes champêtres, à apprendre à jouer de la guitare et à rejoindre un groupe de musique folk !

Et voilà, la soirée était fichue ! Zach n'était pas le bon gars. Il aurait pu s'appeler Trouduc ou Mangeur de bébé, ç'aurait été pareil. Impossible de me caser avec ce mec.

J'étirais mes bras au-dessus de moi et fis mine de bâiller :

— La vache, je suis crevée. Je crois que je vais rentrer. La route est longue. Merci pour les verres.

Je me levai et scrutai la salle à la recherche de Juliet, tâchant d'ignorer Zach et son regard surpris. Elle était derrière le bar et tendait une bière à un des types qui regardaient la télé. Zach aurait dû être à sa place. Lorsqu'elle me vit debout, elle fronça ses sourcils finement dessinés et vint me faire un câlin. Elle ne fit aucune remarque sur mon départ imminent mais, au vu de son froncement de sourcils désapprobateur et de l'intensité de son étreinte, j'allais finir par en entendre parler.

Juste quand je m'apprêtais à sortir, Zach s'immisça entre moi et la porte, me coupant toute retraite.

Et merde.

Je savais comment marchait le monde. Tenue de chaudasse + verre gratuit = attente. Zach attendait quelque chose de moi, mais quoi ? Un baiser ?

Une petite branlette sur le parking ? Qu'on couche ensemble ?

Il plaça une main tatouée contre son cœur et, comme le barman type, il m'adressa son plus beau sourire de petit malin.

— Hé ! Je suis un patron vraiment nul. J'ai oublié de te demander ton numéro, pour t'appeler quand je t'engagerai.

Incrédule, je fronçai les sourcils et il éclaira ma lanterne :

— Superviseur BB ? Planquer des cadavres ?

J'éclatai de rire en me rappelant la blague. Un rire de soulagement aussi. Il ne voulait que mon numéro ! Vache, je le donnerais à n'importe qui ! Après tout, grâce à Knight, je ne répondais plus aux numéros inconnus.

Je tirai de mon sac un stylo et un vieux ticket de caisse, au dos duquel je griffonnai mon numéro, et je le lui tendis avec un air faussement renfrogné.

— Planquer des cadavres, ça ne s'improvise pas, tu sais ? Je te prierai de prendre mon corps de métier un peu plus au sérieux.

Zach fit un salut militaire.

— Bien, chef !

En plus de mon numéro, j'accordai à Zach un bisou de remerciement et une accolade pas très assurée avant de décarrer.

Les rues d'Athens étaient pleines de filles apprêtées, portant des jupes si courtes qu'elles feraient passer ma tenue de chaudasse pour un costume trois-pièces. Plus j'approchais de ma voiture, plus l'ivresse de mon rencard avec Zach s'estompait. L'air frais de l'automne à venir s'immisça plus intensément à travers ma peau nue. Et la réalité de ma situation m'enveloppa comme une couette malvenue.

J'étais célibataire.

Et le resterais toute ma vie.

Je rentrai à la maison dans le silence, préférant l'autodérision de la musique d'ascenseur que jouait mon esprit aux chansons d'amour ridicules qui attendaient de me narguer à la radio. L'amour, c'était probablement qu'un monceau de conneries inventées pour vendre des chansons de merde et des cartes de vœux !

Peut-être que Ken avait raison depuis le début ?

Au moment de quitter le périphérique pour les petites routes, un défilé de joyeuses petites sonneries vint casser l'ambiance.

Je piochai mon portable dans mon sac, prête à découvrir le nom de Knight affiché sur l'écran. Ou bien c'était Zach, m'appelant pour accentuer davantage le malaise entre nous ? Mais, une fois le téléphone en main, le nom que je vis s'afficher en lettres noires était celui d'une personne à qui j'avais encore moins envie de parler qu'à ces deux-là.

Je poussai un soupir las et décrochai :

— Allô ?

— Salut.

Eh non, ce n'était pas Zach. Juste un mec qui lui ressemblait. Une version plus sévère, plus froide et horriblement têtue. Mais avec un nom de famille bien plus sympa.

— Je viens d'écouter ton message.

La voix de Ken était… neutre. Comme d'habitude. Calme, détendue et posée. Du Ken tout craché. Même en pleine rupture, il ne manifestait pas la moindre émotion.

Sûrement parce qu'il ne t'aime pas. Tu te souviens de ce détail ?

Je soupirai profondément.

— On peut ne pas faire ça ?

— Faire quoi ?

— Tu sais bien… Tout ce petit discours de rupture. Tu as été suffisamment clair ce matin, alors n'en parlons plus. On a qu'à… passer à autre chose.

— J'ai pas compris un mot de ce que tu racontes dans ton message. Sur quoi ai-je été clair ce matin, exactement ? Je ne t'ai même pas parlé !

Mortifiée, je sentis mes joues s'empourprer.

— Tu tiens vraiment à ce que je le dise à haute voix, pas vrai ? Très bien ! Comme tu es naze pour les histoires de couple, je vais te l'épeler.

Je prononçai les mots suivants avec lenteur et un ton chargé de condescendance :

— Je t'ai dit que je t'aimais… et… tu n'as rien répondu… Donc, je casse avec toi.

Je coupai le chauffage et j'ouvris la fenêtre en grand. Il faisait une chaleur à crever, tout d'un coup.

— Putain, Brooke, j'étais en train de dormir !

Brooke. Entendre mon prénom sur ce ton formel me fit voir rouge.

— Épargne-moi cette connerie ! Tu ne dormais pas du tout ! Tu m'as entendue et tu as paniqué ! Laisse-moi t'expliquer comment marchent les couples, *Ken* : soit on tombe amoureux, soit on se sépare. Et si tu n'es pas amoureux de moi au bout de six mois, alors…

— Je n'ai jamais dit ça, m'interrompit-il.

Sa voix était plus douce que d'habitude. Chargée de remords, même.

— Ouais, bah, t'as jamais dit le contraire non plus.

Je laissai mes mots en suspens, suppliant intérieurement Ken d'intervenir.

Je lui offrais une seconde chance de faire ce qu'il n'avait pas fait ce matin-là et, pour la seconde fois en un jour, Ken me brisa le cœur. Je poursuivis ma route avec le portable contre l'oreille, pleine d'amertume, les yeux brillants de larmes de haine à l'encontre de Ken pour m'avoir rejetée à deux reprises.

Devant le poids insupportable de son silence, je déclarai :

— Heureuse qu'on ait eu cette conversation.

Puis je lui raccrochai au nez.

Chapitre 29

Le jour suivant, je parvins à passer tout mon service chez Macy's sans adresser la parole à personne. Les enfants ayant repris l'école, je n'eus pas le moindre client au rayon streetwear. Pour seule compagnie, j'eus droit à Jay-Z et 50 Cent en boucle dans la sono.

Cette nuit-là, j'évitai de croiser mes parents, je donnai à manger à Ringo et passai le reste de la soirée à faire des recherches sur les troubles de l'alimentation dans mon manuel de psychologie. À la vue de tous ces visages émaciés et de ces clavicules saillantes, je fus rongée par les affres de la jalousie.

Je pinçai la fine couche de peau que j'avais développée au niveau du bide pendant ma relation avec Ken. *Comment elles font, ces filles ?* songeai-je. *Elles prennent du laxatif ? Il faudrait que j'essaye pour voir.*

Plongée dans mes études, j'étais parvenue à ne pas penser à Ken pendant plusieurs heures. J'avais perçu sa présence – ou, du moins, son absence – mais je m'étais persuadée que cette sensation de vide devait provenir de mon estomac criant famine. Le signe de la victoire. J'adorais quand ma vue se brouillait et que mes mains tremblaient. Cela faisait si longtemps que je n'avais pas ressenti ça. Avant, pour ne pas penser à Ken, je bouffais.

Eh bien, c'était fini tout ça.

Merde, je viens de penser à lui.

Avant même d'avoir pu chasser l'image de ses yeux bleus, son prénom apparut sur l'écran de mon portable, juste sous l'horloge – 23 h 11. À croire qu'il m'avait entendue par télépathie.

— Allô ? dis-je en décrochant.

— Salut.

Je ne pris même pas la peine de le saluer en retour. Je restai assise sans rien dire en attendant qu'il en vienne au fait.

— Comment s'est passée ta journée ?

Il est sérieux, là ?

— Euh, j'ai connu mieux. Et la tienne ?

Je m'assurai d'insuffler à cette question suffisamment de sarcasme pour bien lui faire savoir que je n'en avais strictement rien à carrer. Il répondit :

— C'était… bizarre.

— Bizarre comment ?

— Je ne sais pas. Juste… bizarre.

— OK.

Seigneur, pourquoi est-ce qu'on parle de ça ? Ce que ça peut être con ! J'espère qu'il m'entend m'ennuyer à distance aussi !

— Du coup, tu bossais aujourd'hui ? Toujours les mardis et les jeudis ?

Putain, où veut-il en venir ?

— Hinhin.

— Ça s'est bien passé ?

— Bah, comme d'hab', c'était chiant comme la

mort. Je n'ai eu qu'un seul client et je crois que c'était un voleur à l'étalage.

— Sérieux ? Tu as appelé la sécurité ?

— Non, je suis pas une putain de balance.

Ken ricana.

Je me redressai sur mon lit et m'emparai de mes clopes.

— Tu rentres du boulot ? demandai-je, une Camel Light coincée entre les lèvres.

— Ouais.

Je le voyais d'ici en chemise et pantalon de costume, sa cravate dénouée autour du cou et sa chevelure en bataille. J'aurais voulu pouvoir plonger ma main dans le téléphone pour y glisser les doigts. Je l'aurais empoignée pour lui secouer la tête dans tous les sens.

— Je me suis rendu compte que tu ne serais plus à la maison à mon retour, reprit Ken. Du coup, je sais pas… j'ai eu envie de t'appeler. Pour savoir comment s'était passée ta journée.

— Bah, elle était merdique, répliquai-je sèchement.

— Ouais… La mienne aussi.

— Bon, écoute, il faut que je te laisse, là, lâchai-je, pressée d'abréger cette conversation forcée et bizarroïde. J'ai cours tôt demain.

— Ton évaluation est pour quand ?

— Ma quoi ?

— Ton étude de cas.

— Oh. J'ai rendez-vous vendredi avec le prof.

— Bon… Si tu as besoin d'aide pour te préparer, tu me tiens au courant.

J'eus envie de lui crier dessus de toutes mes forces : « Connard, quand on casse avec quelqu'un, c'est pas comme ça que ça marche ! » puis de balancer le portable sur le mur.

Mais mon putain d'optimisme m'intima de ne pas le faire. L'espoir me murmurait que Ken temporisait et que, s'il m'appelait, c'était peut-être parce qu'il avait changé d'avis. Après tout, peut-être, et je dis bien peut-être, que Ken allait me dire qu'il m'aimait.

Il soupira à l'autre bout du fil :

— Bonne nuit, Brooke.

— Va te faire, répliquai-je avant de lui raccrocher au nez une nouvelle fois.

Chapitre 30

Au Last Call, la salle de billard juste en face du Fuzzy's, Juliet passa du bleu sur sa canne et jeta un coup d'œil en direction de l'entrée.

— Mon pote Bubby est en dernière année à Sciences Po, m'informa-t-elle. Il suit des cours de philo et, en plus, il a de beaux cheveux.

Elle me tendit le cube de bleu et je lui pris des mains :

— Attends, répète un peu : il s'appelle Bobby ou Buddy ?

— *BEU-BI*, articula-t-elle avec exagération en se penchant sur la table pour installer les boules.

— *Bubby* ? Mais c'est quoi ce prénom ?

Juliet pouffa par le nez.

— Je lui ai demandé la même chose ! Il m'a répondu que c'était sa petite sœur qui avait commencé à l'appeler Bubby, puis sa famille a pris le pli, ses amis aussi, et maintenant il s'en sert tout le temps. Il dit que ça fait politicien !

— Seulement en Géorgie, répliquai-je en levant les yeux au ciel.

Tout en retirant de la table le triangle qui entourait

les boules de billard, Juliet jeta un œil par-dessus son épaule. Je suivis son regard et vis un type débouler dans la salle. Il était sapé comme un golfeur, pas comme un mec qui vient jouer au billard. Son polo bleu ciel était assorti à son short en tartan bleu et blanc. Et ses cheveux blonds étaient coiffés à la manière de ce que les stylistes devaient appeler la coupe de l'homme d'affaires.

Un autre type entra derrière lui, comme s'il planait. On aurait dit que lui et Bubby s'habillaient dans la même boutique et fréquentaient le même coiffeur. Tout comme lui, il marchait en gardant la tête bien haute. Un vrai clone !

J'eus aussitôt envie de m'enfuir. Pas à cause de leurs beaux atours, ou parce qu'ils suintaient la confiance en eux, mais parce qu'ils puaient le fric à plein nez.

Les bourges me filaient la trouille.

Les deux poupées Ken nous rejoignirent à notre table, avec sur leurs visages lisses un sourire qui disait « votez pour moi ».

Fixant sur moi ses yeux bleus, la poupée Ken numéro 1 demanda :

— Tu dois être BB ?

J'affichai mon plus beau sourire faux-cul et acquiesçai en lui tendant la main.

— Tu dois être Bubby.

Il laissa s'échapper un petit rire aimable et, ignorant complètement la main que je lui tendais, il passa son bras autour de mes épaules et me serra contre lui.

— BB et Bubby ! lança-t-il à l'intention de toute la salle. Enfin réunis !

Tout à coup, mes narines furent assaillies par des

odeurs d'après-rasage, d'eau de Cologne hors de prix et de produits capillaires, toutes plus agressives les unes que les autres. Ken ne portait jamais toutes ces merdes. Il n'avait jamais senti que le savon et le linge propre.

Un tel culot et un tel manque de respect de mon intimité me donnèrent envie d'écraser le pied de Blondie avec le talon de ma ranger. Ou de gerber, au choix. Ou bien les deux. Je me sentais sale rien que d'être à ses côtés. Son petit pote brun avait l'air cool mais, malgré les pores parfaitement entretenus de son épiderme, ce fumier de *Bubby* – rien que son nom me filait des frissons – transpirait l'infâme saloperie.

D'un pas sur le côté, je m'arrachai à son étreinte et me hâtai de rejoindre Juliet de l'autre côté de la table.

— Une partie et je me tire, lui marmonnai-je discrètement.

Juliet tourna le dos aux gars et s'adressa à moi à voix basse :

— C'est quoi le problème encore ? Je croyais que les types BCBG, c'était ton truc maintenant ! T'es sortie avec Ken pendant, quoi… six mois ? Et il porte des cravates, putain !

Ken. Ken n'avait rien de BCBG. C'était… Ken, tout simplement. Il portait des cravates parce qu'il avait un poste de responsable. En dehors du boulot, il portait majoritairement des vêtements de sport et parce qu'il faisait de la muscu. Il ne s'habillait pas pour épater la galerie, il n'en avait même rien à foutre. Quand il entrait dans une pièce, il ne faisait rien pour attirer l'attention sur lui, parce qu'il ne voulait pas être observé.

Et jamais il n'aurait tripoté une nana qu'il ne connaissait ni d'Adam ni d'Ève.

Déjà qu'il ne tripotait pas celles qu'il connaissait !

— Ouais, répondis-je à voix basse. Mais Ken n'était pas une grosse raclure, lui.

Avec un coup d'œil par-dessus mon épaule, je vis que Bubby et son pote nous observaient en souriant et en triquant avec leur pinte.

Pouah !

— Comme tu veux, dit Juliet. J'arrive plus à te suivre. Tu n'aimes pas Zach, tu n'aimes pas les…

— Je préfère largement Zach à ce petit con, l'interrompis-je en tournant vers elle un regard assassin.

— Eh ben, va lui parler alors, espèce de bouffonne, dit Juliet et inclinant le fond de son verre vers la porte d'entrée. Il bosse en ce moment.

— Il ne m'a jamais rappelée.

— Tsss, c'était il y a deux jours. Rappelle-toi la règle des six jours dans *Swingers*[1]. Maintenant, les mecs attendent six jours pour te rappeler.

— Ça vous dérange si je casse, mesdames ?

Juliet et moi fusillâmes le futur politicien du regard au moment où il se penchait sur la table pour préparer son coup.

Ken m'aurait laissée tirer la première, lui.

Je ne jouai qu'une seule partie, esquivant Bubby chaque fois qu'il essayait de frotter son cul contre moi au moment de tirer, puis je m'en allai. J'allais leur sor-

1. Comédie romantique américaine réalisée par Doug Liman (1996).

tir une excuse bidon comme quoi je ne me sentais pas très bien, mais Juliet prit les devants et annonça que j'avais mes règles, précisant même que j'étais un « vrai geyser ».

Je fusillai du regard son visage fendu d'un sourire démoniaque mais, quand Bubby et Bubby Jr firent un grand pas en arrière pour me céder le passage, sans même un câlin d'adieu, je lui pardonnai aussitôt.

Ken aurait au moins pris la peine de me raccompagner à ma voiture, songeai-je en marchant vers la sortie. *Il est quand même 23 heures passées.*

Une fois à l'extérieur, je sortis les cigarettes de mon sac et m'en allumai une, hésitant à me rendre de l'autre côté de la rue pour dire bonsoir à un certain barman plein de charme. En expirant lentement la fumée, je pris ma décision.

Pourquoi pas ? On s'en fout, non ? Il est mignon. Et moi célibataire…

J'étais tout juste descendue du trottoir que mon téléphone se mit à vibrer. Je traversai en courant la route à deux voies, m'arrêtai devant l'entrée du Fuzzy's et sortis cette saloperie de mon sac. Je fixai l'écran, puis jetai un œil sur la porte du bar et revins au téléphone.

Bordel de Dieu !

Avec un soupir exagéré, je m'adossai lourdement contre le vieux mur de briques et répondis d'une voix impassible :

— Salut, Ken.

— Salut, Brooke.

Silence.

— Comment s'est passée ta journée ? demanda-t-il d'une voix douce et chargée de sincérité.

Je répondis sèchement, mais moins désagréablement que la veille :

— Bien, je crois. Et toi ?

Dieu, ce que c'est con !

— Euh… je ne sais pas.

— Laisse-moi deviner : c'était *bizarre* ?

— Ouais.

Si je ne l'avais pas aussi bien connu, j'aurais dit qu'il avait l'air triste. Seulement voilà, je connaissais l'animal. Je ne savais que trop bien que les sentiments comme la tristesse, la colère, la joie et surtout l'amour étaient des concepts qui échappaient complètement à Ken et à ses paramètres robotisés.

— Dis-moi, Ken, repris-je en tapotant la cendre de ma cigarette. En quoi ta journée était-elle *bizarre* ?

— T'es où ? On dirait que tu es dehors.

Mais bien sûr, change de sujet dès que je commence à aborder la question de tes sentiments. C'est tellement lui.

— À Athens.

— Athens ? La vache, c'est pas la porte à côté ! Qu'est-ce que tu fais là-bas ?

— J'avais un rencard.

Silence prolongé.

— Ken ?

— Ouais, je suis là.

Je l'entendis ouvrir et fermer la porte de son garage. Ken était chez lui.

Et moi non. Je n'étais pas sur son canapé à attendre sagement qu'il rentre du boulot.

— Avec qui tu sortais ?

Ses clés heurtèrent le comptoir avec un cliquetis

métallique. Je souris en l'imaginant marcher, esseulé dans sa grande maison plongée dans l'obscurité.

— Un mec avec qui Juliet va en cours. Là, je vais en voir un autre. Un mec qui bosse dans le coin. Quitte à venir aussi loin, autant rentabiliser la route, non ?

À nouveau du silence.

— Ken ?

Il toussa.

— Ouais ?

— Tu te décides enfin à parler avec moi, ou bien je rentre dans ce bar maintenant ?

— Pour ton second rencard ?

— Ouais. Je n'ai pas envie de le faire poireauter.

C'était cruel de ma part, mais je m'en fichais. J'allais parvenir à extirper un sentiment de cette espèce d'enfoiré, même si c'était mon dernier acte sur cette terre.

— Tu seras en état de rentrer chez toi après ? Tu veux que je passe te chercher ?

Nom de Dieu de merde, il est sérieux là ? Mais pourquoi t'es pas jaloux, connard ? Je te déteste !

— Non, ça ira, merci !

— Brooke, s'il te plaît, laisse-moi venir te chercher. J'ai pas envie que tu finisses comme Jason.

— On ne parle pas de Jason, là ! On parle du fait que je vais sortir avec un autre homme et tu n'es même pas jaloux ! J'ai même deux rencards ce soir ! Deux rencards en une soirée, et ça te glisse complètement dessus !

— J'ai pas dit ça.

— Tout comme tu n'as pas dit que tu m'aimes, que je te manque ou que je suis jolie ! Que dalle ! Jamais !

C'est pour ça qu'on a rompu, Ken ! Tu… ne dis… jamais… rien !

C'était officiel : j'étais sur un trottoir, en pleine nuit, en train de hurler sur Ken au téléphone en agitant les bras dans tous les sens. Voilà l'effet que Kenneth Easton avait sur moi : il m'agaçait au point que j'avais l'air d'une folle !

— Je suis désolé, BB.

— Hein ? T'as dit quoi, là ?

— Je suis désolé, répéta-t-il, sa voix réduite à un lointain murmure. Je suis nul comme petit copain, je le sais. Je… J'arrive pas à…

Il marmonnait, tentant de mettre des mots sur des sentiments qui étaient au-delà de sa compréhension.

— Je veux dire, j'aurais aimé pouvoir te…

— Chier ! Tu sais quoi ? Quelle que soit la connerie que tu essayes de me dire, tu n'as qu'à me l'écrire. Tu me rappelleras encore demain soir, sans aucune putain de raison ! Peut-être qu'à ce moment-là tu auras quelque chose à me dire !

J'écrasai le bouton « fin d'appel », je fourrai mon portable dans mon sac et traînai mon cul frustré à l'intérieur du Fuzzy's Bar & Grill.

Chapitre 31

Dilidilidili !

— Euarf !

Du dos de la main, je tentai d'assener une gifle au réveil pour faire taire la sonnerie enjouée qui m'agressait le cerveau. Mais ce n'était pas mon alarme.

Dilidilidili !

— Va te faire foutre, marmonnai-je en écrasant à tâtons le bordel sur ma table de nuit jusqu'à enfin tomber sur mon portable.

Dilidilidi…

— Allô ?

J'avais la voix éclatée, comme si j'avais passé une nuit blanche à fumer et à boire du whisky, ce qui était tout à fait ce que j'avais fait.

— Scooter ? Tu vas bien ?

— Hum…

Je cherchai comment répondre à cette question. Allais-je bien ? Certes, j'avais une gueule de bois carabinée et je n'étais pas des plus ravies d'avoir été réveillée par la tonalité toute guillerette de mon portable, mais, pour autant que je pouvais en juger, je n'étais ni blessée ni rien de ce genre.

— Ouais, répondis-je. Je crois bien.

— Tu as eu un accident de voiture !

OK, là, j'étais tout ouïe.

Je me redressai et m'emparai de mes clopes sur la table de nuit :

— Pas du tout.

— Je te dis que si ! Je viens de partir au boulot et j'ai vu ta voiture : elle est toute cabossée !

— Quoi ?

Je bondis hors du lit – ma clope non allumée entre les dents, le tee-shirt des Pixies que je portais la veille tout torsadé autour de mon corps émacié, un pied chaussé et l'autre à moitié – et fonçai comme une furie vers la fenêtre.

M'être levée aussi vite me flanqua le tournis. J'agrippai les bords de la fenêtre pour maintenir mon équilibre et ouvris sèchement les rideaux. Ma bien aimée Mustang se trouvait là, dans l'allée en contrebas.

La portière côté conducteur barrée d'une entaille aussi grosse qu'une benne à ordures.

Putain de merde !

Au téléphone, papa se répéta :

— Tu as eu un accident la nuit dernière ! Est-ce que ça va ?

— Mais je n'ai pas eu d'accident, insistai-je, frappée d'horreur tandis que je remuais mes méninges embrumées pour me remémorer les événements de la veille.

J'ai vraiment eu un accident ? Putain, je ne me rappelle rien ! Allez, BB, réfléchis, bon sang ! En tout cas, je n'ai pas l'impression d'avoir eu un accident. Je me souviens que j'étais avec Juliet. Puis avec Zach. Et me voilà.

Je ne me rappelle pas vraiment comment j'ai atterri là, mais…

— Scooter ! Tu m'écoutes ?

— Hein ? Papa, je n'ai pas eu d'accident ! Je te le jure… Hier, je suis allée voir Juliet à son travail. J'étais garée devant le bar. Peut-être qu'on a percuté la voiture pendant que j'étais à l'intérieur ? C'est forcément ça. Il faisait noir quand je suis repartie, je n'ai pas dû faire attention.

C'est ça, dis plutôt que tu étais trop ivre pour remarquer quoi que ce soit !

— Dieu merci, tu n'as rien, reprit papa. Je suis déjà en retard au boulot et la dernière chose dont j'ai besoin en ce moment, c'est un autre sujet d'inquiétude.

Le boulot ! Je me tournai vivement vers le réveil. *9 h 35 ? Et merde ! Je devrais déjà y être depuis cinq minutes !*

— Faut que j'te laisse, je t'aime, bye !

Je fourrai mon portable dans mon sac et renfilai les fringues que j'avais enlevées quelques heures plus tôt.

Pas le temps de faire pipi, de me brosser les dents ou de me regarder dans un putain de miroir. Je fonçai droit vers la porte, les lacets de mes rangers flottant dans mon sillage, et plongeai derrière le volant de ma voiture fraîchement accidentée.

En m'engageant sur le périphérique, alors que je m'apprêtais à allumer une clope dans l'espoir d'endiguer ma crise de panique, je constatai que j'avais pris la peine de me démaquiller. C'était officiel : mon sens des priorités était complètement barré. J'étais rentrée ivre au point de ne pas remarquer l'immense entaille qui barrait ma portière et pourtant j'avais eu le réflexe de me démaquiller et de m'enduire le visage de lotion anti-acné.

J'étais vraiment une horrible, une épouvantable personne !

C'est faux. Si tu avais été une horrible, épouvantable personne, tu aurais couché avec Zach en dépit de tes sentiments pour Ken.

J'ai pas de sentiments, on s'en fout.

Alors pourquoi tu as tourné la tête quand il a voulu t'embrasser ?

Je pouvais encore sentir sur ma joue l'impact fantôme des lèvres de Zach. Je commençai à rougir.

Je… J'en sais rien. La ferme !

Dis donc… N'aurais-tu pas des sentiments pour quelqu'un d'autre, par hasard ?

Pas du tout. Zach ne m'a pas rappelée, c'est tout. Pas de coup de fil, pas de bisou.

Je pris une pastille de menthe et m'allumai une cigarette.

Si Ken tentait de t'embrasser, tu ne l'éviterais pas.

Ouais, bah, comme il ne tente jamais rien… On ne le saura jamais.

Voilà qui cloua le bec de la petite garce qui vivait dans ma tête. C'était la vérité. Ken ne m'avait jamais embrassée. C'était toujours moi qui l'embrassais. Je l'avais dragué. Je lui avais donné mon numéro et c'était moi qui avais insisté pour qu'il m'invite à sortir. Puis j'avais emménagé chez lui, je m'étais immiscée dans son quotidien, et lui… il m'avait laissée faire.

Et c'est moi qui osais parler d'amour ? Quelle grosse imbécile !

*

En dépit de tout, je fixai l'allée centrale du premier étage de Macy's, espérant voir Ken marcher dans ma direction, avec son éternel petit sourire goguenard. Avant, il lui arrivait de venir me voir à l'improviste pendant l'heure du déjeuner. Il débarquait toujours à midi pile. Pas besoin de consulter l'heure pour savoir qu'il était largement midi passé. Les gargouillis de mon estomac me le firent amplement savoir, ainsi qu'à quiconque se trouvant à portée d'oreille.

Avec un profond soupir, je me rendis aux caisses en traînant des pieds. Je pris mon sac à main et pointai avant de me rendre au parking. Peut-être que je profiterais de ma pause pour m'acheter une brosse à dents. Et de l'Advil pour ma tête. Et une bouteille de Jameson pour faire passer tout ça.

Une voix me héla :

— Salut, BB !

Freddy, du rayon parfumerie pour hommes, était appuyé sur un présentoir, dans toute sa gloire de Latino métrosexuel.

— Tu vas déjeuner ? demanda-t-il. Ça t'ennuie si je…

— Bien sûr, Fred, soupirai-je. Allons déjeuner.

Chapitre 32

— Prête pour ton évaluation de demain ?

— Je pense que oui.

Je rassemblai les documents éparpillés sur mon lit, tous les tests et les questionnaires EAS[1] remplis par Ken et les glissai dans mon cahier avant de le refermer. De toute façon, j'avais perdu trop de temps à les fixer sans rien dire.

— Est-ce que ça signifie que tu as enfin trouvé ce qui déconne chez moi ? demanda Ken avec un petit rire.

Il voulait se montrer sarcastique, mais les notes d'inquiétude dans sa voix étaient tout à fait perceptibles.

— Non, admis-je. Pour autant que je sache, tu n'es qu'un connard avec un gros QI.

Ken ne répondit rien.

— Élevé sans canapé, ajoutai-je.

Il ricana et j'ajoutai :

— Qui n'a jamais eu droit à un câlin et à qui on n'a jamais dit « je t'aime » avant ses vingt ans.

Silence. Comme d'habitude.

---

1. Émotionnalité, activité et sociabilité.

— Mais je peux me tromper, continuai-je par courtoisie en déglutissant difficilement à cause de ma gorge serrée.

Ken essayait d'être amical. Peut-être aurais-je dû essayer d'en faire autant ? Je poursuivis :

— Le professeur va analyser tes résultats et me donnera son diagnostic à la fin de l'entrevue.

— Donc, je ne suis même pas un peu autiste sur les bords ?

Je pris une voix taquine :

— Non, t'es juste con.

Cela ne le fit pas rire.

— Au fait, je serai en congé demain, dit-il. Donc, s'il y a d'autres questions à me poser, n'hésitez pas, toi et ton prof, à me passer un coup de fil.

— Tu es en congé ? Mais tu travailles toujours les vendredis.

— J'aide quelqu'un à déménager.

— Ce que tu peux être gentil comme mec. À ta place, j'aurais justement prétexté avoir du travail pour ne pas m'infliger ça !

— Alors…

Au son de sa voix, je devinais à l'avance ce qu'il allait me demander :

— Je le jure devant Dieu : si tu me demandes comment s'est passée ma journée, je hurle !

J'entendis un petit rire à l'autre bout du fil, suivi du bruit de ses clés sur le comptoir de la cuisine.

— C'est pas drôle, Ken ! Ça fait quatre jours que tu m'appelles uniquement pour me demander comment se passent mes journées. Sincèrement, c'est quoi ce bordel entre nous ?

— On discute, c'est tout.

— Et donc tu comptes m'appeler tous les jours simplement pour t'enquérir de ma journée ?

— On dirait bien.

J'éclatai d'un rire inattendu. Folle de rage d'être aussi dupe, je poussai un grognement :

— Raaah, je te hais !

J'entendis des bruissements à l'autre bout du fil. Ken était en train d'enlever son costume et mon cœur se fendit d'un pincement nostalgique. Je sentais presque la chaleur qui émanait de son corps robuste. La fragrance de savon qui flottait dans l'air était hors de ma portée. D'ici quelques minutes, il allait se mettre au lit et se pelotonner autour de son oreiller, et je n'eus qu'une envie : le rejoindre et me blottir autour de lui.

— Ken ?

— Ouais ?

— Je retire ce que j'ai dit. Je ne te hais pas.

— Moi non plus.

À l'extérieur, le grondement d'une moto fit vibrer ma cage thoracique et la sonnerie d'un double appel me tira de mes pensées.

Je tendis la main vers ma lampe et j'éteignis la lumière.

— Merde ! Il faut que je te laisse.

Chapitre 33

Je me rendis à la fenêtre sur la pointe des pieds et jetai un œil à travers les interstices des volets. Tel le faisceau d'un détecteur de mouvement, Knight repéra mon regard à la seconde où il descendit de son chopper. Sans rompre le contact visuel, il abandonna sa bécane dans la rue et commença à marcher en direction de la maison avec sa posture intimidante habituelle. Un corps tout en muscles. Une expression menaçante et concentrée.

Mais ce boitillement ? Voilà qui était nouveau.

Je n'avais encore jamais vu Knight blessé. Jamais. Ce mec était indestructible. Un putain de Terminator ! Il avait été mobilisé à deux reprises sur le front et chaque fois il en était revenu sans la moindre égratignure. Si Ronald McKnight était blessé, sa jambe allait probablement se détacher, tomber dans l'allée devant chez mes vieux et lui ne broncherait même pas.

Le portable toujours à la main, je composai le numéro de mon ex pour la première fois depuis des mois et l'observai en contrebas porter son téléphone à son oreille. Il décrocha à la seconde sonnerie. Ses mouvements étaient lents, sa respiration aussi. Knight ne dit rien. Il se contenta de respirer contre le récepteur tout en s'adossant lourdement à l'arbre situé juste sous ma fenêtre.

Je repoussai un peu plus les rideaux afin de mieux l'apercevoir, mais il faisait nuit noire et on n'y voyait goutte.

— Knight… Qu'est-ce qui s'est passé ?

De sa main libre, il tira un paquet de cigarettes de la poche arrière de son jean en grimaçant de douleur, sifflant entre ses dents à l'autre bout du fil.

— Knight, parle-moi.

La minuscule flamme d'un briquet vint illuminer ses traits anguleux et les rides profondes qui sillonnaient son front. Knight secoua légèrement la tête en expirant, faisant faire des zigzags au sillage de la fumée.

— Je suis tombé de ma bécane sur Moreland, répondit-il.

— Oh, mon Dieu !

Je portai mon regard sur sa moto. En dehors d'une béquille tordue, elle semblait parfaitement intacte. Knight poursuivit :

— Cette saloperie m'a roulé sur la jambe. Elle m'a traîné sur une quinzaine de mètres avant de s'arrêter.

— Nom de Dieu, Knight, murmurai-je en apposant le bout de mes doigts sur les rideaux. Tu vas bien ?

— Tu vois les armoiries que j'ai dans le dos ?

— Oui, acquiesçai-je, me remémorant l'énorme blason qu'il s'était fait tatouer au moment de débuter son apprentissage au salon de tatouage.

— Elles sont plus là.

Je poussai une exclamation et retirai mes doigts des rideaux pour les porter à mes lèvres.

Knight leva vers moi son regard froid et sévère. Il portait un tee-shirt du Terminus City Tatoo, bien plus large que ceux qu'il portait d'habitude. On aurait dit du XXL. Son dos devait être dans un sale état, là-dessous.

Je demandai :

— Porter un tee-shirt te fait mal ?

— J'ai même mal en respirant, putain.

— Mon cœur, il faut que tu ailles à l'hôpital.

Knight secoua la tête, ce qui le fit légèrement vaciller sur ses pieds.

— Aux chiottes, l'hosto. Descends, bordel.

On y était. La véritable raison de sa visite nocturne. *Descends, putain. Que je te baise. Je veux juste te faire un peu mal et t'humilier un coup, jusqu'à ce que je me sente mieux.*

Mon sens de l'empathie, cette émotion qu'il voulait annihiler, se mua en colère.

— Knight, est-ce que tu es déjà venu ici ne serait-ce que pour me demander comment ma journée s'était passée ? Pour voir comment je m'en sortais ?

— Probablement pas, je suis con comme une bite, répondit-il avant de cracher sur la pelouse. Pourquoi ? C'est ça qu'il fait, ton gars en costard ?

Mon gars en costard.

C'était la première fois que Knight mentionnait Ken – peut-être l'avait-il fait sur ma messagerie, mais j'avais volontairement zappé la plupart de ses messages. Cela ne fit qu'accentuer ma rage :

— Ouais, il le fait.

— Cool. Il vaut mieux que moi, alors.

Son corps sembla se détendre contre le tronc. Ses

mots me firent presque aussi mal que de le voir dans cet état. Il tira une nouvelle taffe et reprit :

— Dis-moi : qu'est-ce qu'il a de plus que moi ?

Mon menton se mit à chevroter.

— Knight…

— Putain, Punk, dis-le-moi !

Je baissai les yeux sur mon premier amour – un homme aigri, brisé, irrécupérable – et réfléchis à toutes les manières dont j'aurais pu le réparer. À toutes les façons dont Ken m'avait réparée, moi.

— Il ne boit pas, lâchai-je.

Knight rit en toussant et, pendant un bref instant, je jurerais l'avoir vu sourire. Son premier sourire depuis je ne savais pas combien de temps. Ce n'était pas un rictus ni un sourire moqueur. Mais un vrai sourire.

Le genre de sourire qu'il me réservait ?

— C'est bien, dit-il, bafouillant légèrement. Il est clairement mieux que moi, ce mec. Quoi d'autre ?

— Knight, on n'est pas obligés de faire ça.

— Dis-le-moi, Punk, s'il te plaît. Faut que je sache…

Knight prit une longue inspiration, puis il eut un bref hoquet de douleur et conclut :

— Faut que je sache si j'ai fait au moins un truc bien avec toi.

J'avais la gorge si serrée qu'il m'était impossible de parler à voix haute. Alors je répondis en murmurant :

— OK, Knight. Pour commencer, il est calme. Discret. Et gentil. Il ne me crie pas dessus et il n'essaye jamais de me faire peur.

Un voile de larmes me brouilla la vue et Knight devint flou.

— Et il aime m'aider, continuai-je. C'est un véritable amour.

Ma voix se brisa et les grandes eaux se déversèrent sur mes joues.

— Il veut juste m'aider. Dans tous les aspects de ma vie.

Je levai la main et j'essuyai mes larmes tandis que Knight basculait la tête en arrière, levant les yeux vers ma fenêtre. Dans l'ombre de l'arbre, il me fut impossible de discerner son expression, mais lorsqu'il prit la parole en se décollant du tronc je devinai un sanglot dans sa voix râpeuse.

— Alors, ça en valait la peine.

En regardant Knight s'éloigner, tout comme il n'avait cessé de le faire depuis son intégration dans les Marines, je n'eus pas le courage de lui dire qu'il se trompait.

Que tout avait été en vain.

Car cet homme dont je lui avais dressé le portrait n'existait pas.

Chapitre 34

Le docteur Raines referma le dossier que j'avais consacré à un certain Kenneth Easton et m'observa par-dessus ses verres à double foyer.

— Ce rapport est impressionnant, mademoiselle Bradley. Un travail minutieux. On dirait bien que vous avez fait subir à votre sujet tous les tests à disposition dans votre coffre-fort !

J'émis un petit rire nerveux et je baissai les yeux sur le vernis noir écaillé de mes ongles.

— Oui, admis-je. Comme je ne trouvais rien, j'ai en quelque sorte continué à creuser.

— C'est ce qu'on appelle une recherche à l'aveuglette, mademoiselle Bradley. On se lance dans un examen psychologique à la recherche d'un trouble et on poursuit les tests jusqu'à ce qu'on le trouve. Teniez-vous *à ce point* à déceler un trouble chez votre sujet ?

Une rougeur coupable remonta le long de ma nuque.

— Pas spécialement. Je voulais juste… des réponses. Ken – mon patient – m'a fait part de ses inquiétudes quant au fait de ne pouvoir établir de lien émotionnel avec les autres. Il peine avec les mots, déteste les contacts physiques, se coupe de toute situation impliquant de l'empathie et… il préfère la douleur physique à la tendresse… sexuellement, j'entends.

Je posai les yeux sur une tache au pied du bureau du docteur Raines.

— Et vous en concluez qu'il s'agit d'un mathématicien de génie et que son manque d'empathie découle du cadre familial dans lequel il a grandi. C'est bien cela ?

— En gros, oui, acquiesçai-je.

— Je pense que c'est une conclusion tout à fait exacte, mademoiselle Bradley. En tout cas, dans le cadre de son *quotidien*. Cependant…

Mon cœur chuta dans mon estomac vide et rongé par l'angoisse.

Fait chier. J'ai oublié un truc. J'en étais sûre !

Le docteur Raines reprit :

— Il existe une zone de carences évidentes qui, je crois, pourrait éclairer votre lanterne. Vous souvenez-vous d'un domaine dans lequel votre patient a obtenu un score particulièrement bas ?

— Oui, monsieur. Il a échoué au test phonétique. Sur tous les points.

— Votre principale préoccupation ayant été l'aspect émotionnel de votre client, je dois admettre avoir été surpris que vous lui ayez fait subir un test phonétique, mademoiselle Bradley. Mais, après avoir vu ses résultats, je pense que c'est là que se situe le problème dont il doit se préoccuper.

Je poussai un soupir et secouai la tête.

— Je suis navrée, je ne saisis pas. D'ordinaire, les gens obtenant des scores phonétiques très bas manifestent aussi des difficultés d'apprentissage. Or Ken – *mon patient* – se situe dans la moyenne en écriture et en lecture. Si on s'appuie sur ces résultats, sa capacité d'apprentissage n'est aucunement affectée.

Le docteur Raines écarquilla les yeux.

— *À l'instant T*, souligna-t-il. Mais qu'en serait-il d'un enfant de six ou sept ans ayant obtenu les mêmes résultats en phonétique ?

— Je m'attendrais à ce qu'il souffre d'une dyslexie classique dont découleraient des troubles de lecture, d'écriture, d'orthographe et de l'attention.

Dès que j'eus prononcé ces mots, mes yeux s'écarquillèrent.

— Il m'a pourtant bien dit qu'il avait toujours détesté l'école, mais je ne voyais pas le rapport.

— Mademoiselle Bradley, comment un étudiant dyslexique compense-t-il habituellement de faibles capacités en phonétique ?

— Eh bien… Par la mémorisation, les stimuli visuels…

— Et rappelez-moi dans quels domaines cognitifs votre client excelle ?

— La mémoire spatiovisuelle, la mémoire photographique, le raisonnement quantitatif…

Ma mâchoire tomba, s'accordant avec mon regard ébahi.

— Docteur Raines, repris-je. Sous-entendez-vous que mon client est dyslexique et qu'il n'a jamais été diagnostiqué ?

— *Il l'était*, corrigea-t-il. Je pense qu'il était dyslexique mais que grâce à son intellect supérieur il est parvenu à apprendre à lire et à écrire tout seul par mémorisation et en faisant appel à des indices contextuels.

— Nom de Dieu.

— Donc, votre diagnostic de surface était correct. Étant donné qu'il sait lire et écrire, il ne remplit pas les critères de troubles de l'apprentissage, mais ses carences linguistiques sont toujours là.

— Cela pourrait-il expliquer pourquoi il peine à exprimer ce qu'il ressent ?

Le docteur Raines m'adressa un clin d'œil.

— Bingo ! Il est infiniment plus facile pour votre patient de raisonner en termes de chiffres et d'images qu'avec le langage et les émotions. Par là même, je m'attends à ce qu'il s'exprime davantage par des moyens non verbaux.

— Comme quoi ? Il ne compose pas de musique, ne dessine pas… Il n'est même pas tendre !

— Mademoiselle Bradley, n'avez-vous jamais entendu l'expression « un acte vaut mieux que mille discours » ?

Je retombai contre le dossier de mon siège, pantoise et stupéfaite devant ce que mon professeur venait de me révéler.

Des actes.

C'était tout à fait logique. Ken galérait pour s'exprimer et il avait encore plus de mal à accepter qu'on le touche. Depuis le début, c'était donc par des *actes* qu'il m'avait prouvé qu'il se souciait de moi.

Le docteur Raines reprit :

— Si j'en juge par son profil, votre client semble avoir l'hémisphère gauche dominant. C'est un homme de logique et d'action.

— Il l'est, confirmai-je en refoulant mes larmes. Merci infiniment, monsieur !

— Pour conclure, je recommanderais à M. Easton de partager sa vie avec une personne ayant l'hémisphère droit dominant pour équilibrer son quotidien. Une personne ouverte d'esprit, prompte à la parole. Une poétesse, une peintre, ou bien…

Il me décocha un bref sourire chargé de bienveillance.

— Une étudiante en psychologie avec des cheveux violets.

Chapitre 35

— Comment ça s'est passé, ton évaluatruc ? s'enquit Juliet à l'autre bout du fil.

Le portable calé entre l'oreille et l'épaule, je rétrogradai en arrivant dans le quartier où vivaient mes parents.

— Bien, je dirais. Et toi, le cours de philo ?

Juliet pouffa par le nez :

— Bubby a demandé de tes nouvelles.

Je levai les yeux au ciel, passant devant une douzaine de baraques délabrées, et bifurquai dans la rue où j'avais grandi.

— Et tu lui as bien dit d'aller sucer des bites ?

Le rire sec de Juliet me fit sourire.

— Je lui ai dit que tu sortais avec Zach maintenant.

Entendre ce prénom renversa complètement mon sourire. Je soulignai :

— Euh, il me semble que pour sortir avec quelqu'un il faut voir eu un rencard. Ou au moins se passer des coups de fil.

Mon ton était un peu plus acerbe ; je pouvais presque sentir l'amertume dans ma voix.

— BB, ça ne fait que…

— Quatre jours, je sais, l'interrompis-je. Les mecs attendent six jours pour rappeler, j'ai saisi le concept.

— Alors pourquoi tu fais la gueule ? Il te kiffe, meuf. Il m'a même dit qu'il avait essayé de t'embrasser mercredi soir. C'est quoi ton problème ?

Mon cri se réverbéra à l'intérieur de la voiture :

— J'en sais rien ! Peut-être que j'ai plus envie d'un mec cool ! Peut-être que j'ai juste envie d'un gars qui *m'appelle* juste parce qu'il en a *envie*, putain ! Peut-être que j'ai envie d'un mec qui se demande si j'ai passé une bonne journée plutôt que d'un type qui essaye de préserver son petit ego de merde !

Je remontai la petite allée étroite au milieu des arbres menant à notre bicoque, m'imaginant Juliet avec un sourire prétentieux étiré sur son joli visage.

— Vas-y, dis-le, crachai-je.

— Dire quoi ? demanda-t-elle d'une voix inhabituellement haut perchée.

Je me garai sur l'emplacement qui m'était réservé et tirai sur le frein à main.

— Que je suis accro à Ken et donc condamnée à mourir seule.

Juliet pouffa de nouveau par le nez :

— C'est clair, t'es accro à Ken, mais t'es pas du tout condamnée à mourir seule. Tiens, je connais un gars dans mon cours de marketing qui…

J'éclatai aussitôt de rire, puis je fondis soudainement en larmes.

— Hé, ça va ? s'enquit Juliet en entendant mes sanglots discrets. Je suis désolée, j'abuse, je vais…

— Non, je vais bien, dis-je en reniflant, m'essuyant

le nez du dos de la main. C'est juste que… je t'aime, Jul'.

— Haaaan, je t'aime aussi, pouffiasse !

Alors que je fourrais mon téléphone dans mon sac et claquais la portière cabossée de ma bagnole, je perçus quelque chose de différent dans la maison. À première vue, tout avait l'air normal : la bagnole de maman était à sa place devant le garage. Les volets étaient ouverts et la porte de devant fermée. Les oiseaux gazouillaient et la lumière de l'après-midi filtrait en rubans diffus à travers les grands pins. Pourtant, tous mes sens étaient en alerte.

Je balayai ma paranoïa, que je jugeai n'être qu'un effet secondaire de mon état émotionnel, et pénétrai dans ma maison.

Dans la cuisine, maman était accoudée au comptoir et fêtait l'arrivée du week-end avec son habituelle bière du vendredi soir. Elle portait encore son tee-shirt de l'école primaire de Peach State, taché de peinture et de traces d'argile séchée, et elle avait rassemblé ses cheveux roux en un chignon, sommairement maintenu par un stylo.

À mon arrivée, elle m'accueillit avec un rictus et demanda :

— Qu'est-ce que tu fais là ?

— Bah, j'habite ici, rétorquai-je en déposant mes sacs sur le minuscule îlot de cuisine avant de poser mon cul sur un tabouret tout aussi étroit.

Maman secoua la tête et réprima un sourire.

— Oh, que non, plus maintenant.

— Allons bon ? dis-je en souriant et en jetant un

œil à sa bouteille de Corona à peine entamée. C'est ta combientième bière, maman ?

Maman rentra les lèvres, peinant à contenir son hilarité à propos d'un truc manifestement tordant.

— Je suis sérieuse, insista-t-elle avec une expression tout sauf sérieuse. Va voir par toi-même, ajouta-t-elle en levant les yeux au plafond, là où se trouvait ma chambre à coucher.

— D'a-ccoooord…

Je laissai les sacs sur le comptoir et sortis de la cuisine à reculons, sans quitter ma mère du regard. Elle semblait être à deux doigts d'une crise de rire.

Maman avait toujours été incapable de garder un secret. C'était systématique. Chaque année à Noël, elle m'avouait toujours ce qu'elle allait m'offrir, elle me spoilait la fin de tous les films qu'elle voyait, et je savais par avance si elle m'avait préparé une surprise pour mon anniversaire. Quoi que cela puisse cacher, si elle n'avait pas encore vendu la mèche, cela devait être un sacré truc.

Une fois au bas des escaliers, je pivotai et grimpai les marches deux par deux jusqu'en haut, contournai la rampe et courus jusqu'à la porte ouverte de ma chambre.

Puis je freinai des quatre fers.

Ma commode avait disparu.

Mon bureau aussi.

Mon ordi, mon imprimante, toutes les fringues qui traînaient par terre, mon panier à maquillage, mes bouquins, mon lit…

Toute ma vie… envolée.

Je me ruai sur le placard et ouvris les portes.

Vide.

Je fonçai dans le couloir pour me rendre dans ma salle de bains et j'ouvris chaque tiroir.

Vide. Vide. Vide.

— Maman !

Elle ne répondit pas, mais je l'entendis glousser.

— Putain, maman, où sont passées mes affaires ? Qu'est-ce que t'as fait ?

— *Moi ?* Mais je n'ai rien fait du tout ! répondit-elle en criant d'une voix chantante et chargée de culpabilité.

Descendant les escaliers en trombe, je franchis le palier de la cuisine, furieuse.

— Tu vas me dire ce qui s'est passé, bordel ?

Maman avait pressé ses poings contre sa bouche et ses yeux verts, d'ordinaire si fatigués, brillaient comme des émeraudes. Elle sautilla sur la pointe des pieds et murmura :

— C'est si romantique !

— Bon Dieu de merde, c'est quoi cette histoire ?

— Ken est venu ce matin et il a emporté toutes tes affaires chez lui !

Je pivotai sur un talon et découvris papa dans l'embrasure de la porte qui donnait sur le salon. Manifestement, il n'était pas aussi ravi que maman.

— Il a quoi ? crachai-je.

— Pendant que tu étais en cours, il s'est pointé avec un camion, précisa-t-il. Il a dit qu'il l'avait emprunté à son père. On a pas mal discutaillé. J'en reviens pas que ce garçon se soit coltiné ta commode en cerisier à lui tout seul. Elle pèse un âne mort !

Ça me revient : il a dit qu'il aidait quelqu'un à déménager aujourd'hui !

Je regardai alternativement mes deux parents.

— Oh, mon Dieu ! Attendez… Il a embarqué toutes mes affaires sans même me demander mon avis ? Mais qui fait ce genre de trucs ? Pourquoi vous l'avez laissé faire ?

Maman sourit et se mordit la lèvre. Résigné, papa haussa tristement une épaule.

— Allez, file, dit maman en balançant ses mains vers l'avant pour me chasser. Sors de ma maison ! Maintenant, si tu veux venir nous voir, il faudra prévenir avant.

— C'est vraiment n'importe quoi ! pleurnichai-je en enfilant sac à dos et sac de cours sur la même épaule. Vous êtes tous complètement tarés !

Mes parents me firent un câlin en sandwich et me relâchèrent. Je me retrouvai seule face à mon sort.

Tandis que j'ouvrais la porte, maman lança :

— Je t'aime, mon bébé !

— Je t'aime, Scooter, grommela papa.

Sur le palier, je soufflai lourdement et me tournai vers eux. Mes parents étaient debout au salon, les yeux brillants de larmes, bras dessus, bras dessous, et me faisaient coucou. C'était à se demander pourquoi ils se montraient si émotifs. C'était moi qu'on fichait dehors !

Je poussai un soupir :

— Je vous aime aussi.

Puis, telle la sale gosse que j'étais, je claquai lourdement la porte derrière moi en partant.

Chapitre 36

Le cœur battant et les mains tremblantes, je fonçai jusque chez Ken en quatrième vitesse, réfléchissant à cent à l'heure.

Il a pris mes affaires.

L'enfoiré, il a pris mes affaires, putain !

J'ai l'impression d'avoir été vendue comme un genre d'esclave sexuel ! Comment mes parents ont-ils pu me faire ça ? Pour une fois que je sors avec un mec qui a plus d'hypothèques que de tatouages sur le dos, ils lui font raquer une dot ! Quel couple de beaux salauds !

Et Ken... S'il croit pouvoir me forcer à emménager chez lui comme ça, il n'a aucune idée d'à qui il a affaire !

C'est hors de question !

Ça ne lui ressemble tellement pas, en plus.

Seigneur, ce qu'il me manque !

Ça fait seulement quatre jours, mais on dirait que je l'ai plaqué il y a quatre mois !

Non, une minute... Qu'il aille se faire mettre !

Je ne vais pas me remettre avec lui aussi facilement. C'est pas comme ça que ça marche ! Bordel, c'est moi qui dicte les règles ! Et la première règle, c'est qu'avant de faire de moi sa concubine il faut d'abord me dire qu'on m'aime !

Une fois arrivée devant mon endroit favori au monde, je m'engageai dans l'allée et remarquai que la porte du garage avait été laissée ouverte. À l'intérieur, la petite Eclipse de Ken était garée sur la gauche, et l'emplacement de droite, là où se garait Chelsea avant d'emménager avec Bobby, était vide. Je ne m'étais jamais garée à l'intérieur – ni dans aucun autre garage, d'ailleurs. Mais, si ce connard s'était permis de venir chez moi prendre mes affaires, je pouvais tout à fait me permettre cet écart.

Prise d'une soudaine montée de fierté, je m'invitai à l'intérieur en souriant.

J'empiète sur tes limites, enfoiré ! C'est mon garage, maintenant.

Je sortis de voiture et, en me dirigeant vers la porte qui débouchait sur la cuisine, je me dis que la meilleure façon de mener cela à bien, c'était de débouler comme une furie dans la maison et de traiter Ken de tous les noms. Aussi, j'ouvris la porte à la volée et posai lourdement le pied dans la cuisine, le menton bien haut. J'allais enfoncer mon index dans la poitrine de ce connard prétentieux jusqu'à atteindre son cœur froid et le lui arracher.

— Ken ! hurlai-je en lançant des regards à droite et à gauche.

Au salon, la télé était éteinte. Les lumières aussi. Mais les volets de la baie vitrée étaient grands ouverts et toute la pièce baignait dans la lueur rosâtre et orangée du soleil couchant filtrant à travers les pins dans le jardin.

— Ken ?

Sur la table d'ordinaire si propre, l'éclairage de l'extérieur scintillait et dansait latéralement sur un assortiment de trucs. Des papiers et de petits objets étaient soigneusement alignés dessus, et au centre se trouvait un vase en verre rempli de roses rouges soyeuses. Ken n'achetait jamais de fleurs. Il disait toujours qu'elles « allaient finir par mourir » et que c'était « de l'argent jeté par les fenêtres ». Cependant, je reconnus ces fleurs : je les admirais chaque fois que je sortais fumer sous le kiosque. Des fleurs qui étaient de la même couleur que sa porte d'entrée. Ken n'avait pas acheté ses roses ; il les avait fait pousser.

Je me penchai en avant, humai le parfum de l'un des gros bourgeons et laissai mon regard survoler les objets minutieusement alignés sur la table.

Le jeu de clés que je lui avais rendu lundi matin était posé là, exactement à l'endroit où je l'avais laissé. Je le frôlai du bout des doigts, regrettant son poids sur mon porte-clés. Juste à côté, Ken avait déposé son bip de rechange pour le garage. Enrubanné d'un nœud rouge.

Merde, alors, songeai-je avec un rictus. *Et moi qui croyais avoir piqué l'emplacement du garage. Il avait prévu que je m'y gare !*

Près du bip se trouvait une feuille de papier pliée en trois. Après avoir jeté un regard par-dessus mon épaule pour m'assurer que j'étais bien seule, je pris une profonde inspiration et dépliai cet étrange parchemin. Je n'avais parcouru que les trois premières phrases du paragraphe quand mon incertitude se mua en une joie pétillante et absolue.

Félicitations, monsieur Easton.
Votre candidature au cursus de comptabilité
de la College of Business Administration
a été acceptée. Soyez le bienvenu
à la fac technique d'East Atlanta.

Je lus et relus ces trois premières lignes, le cœur tellement gonflé de fierté que j'en eus mal à la poitrine. Même si notre histoire n'avait mené à rien, si je devais tourner les talons, sans rien toucher, et m'en aller pour ne plus jamais revenir, ma relation avec Kenneth Easton aurait au moins servi à ça. Il allait devenir le meilleur comptable que la terre ait porté. Il n'avait eu besoin que d'un petit coup de pouce pour l'encourager.

Je serrai la lettre contre mon cœur et laissai vagabonder mon regard vers la fin de la rangée, sur une petite pile de trois documents. Ils formaient un éventail parfait et un stylo avait été déposé à la verticale sur le côté.

À contrecœur, je reposai la lettre d'admission et piochai le premier document de la pile :

Office postal des États-Unis :
déclaration de changement d'adresse.

Puis je passai à la feuille suivante :

Département automobile :
déclaration de changement d'adresse.

Puis à la suivante :

Banque nationale :
déclaration de changement d'adresse.

— J'aurais bien rempli tout ça pour toi, mais tu sais combien j'écris mal.

Je poussai un cri de surprise et fis volte-face, les documents serrés dans le poing. Ken déboula dans la cuisine et s'appuya sur le comptoir, à quelques mètres de moi. Il portait un bas de jogging gris et un simple tee-shirt blanc. Ses cheveux étaient trempés et en bataille à cause de la douche. Il sentait le savon, une odeur qui me fit me sentir chez moi.

Je le giflai sur le torse avec les papiers et poussai un cri :

— Tu m'as foutu les jetons !

— Désolé, dit-il en souriant.

Avec ce simple sourire, mon cœur lui pardonna tous ses manquements : passés, présents et futurs.

Mais mon cerveau n'en fit pas autant.

— Putain, Ken, qu'est-ce que c'est que ce bordel ? Tu ne peux pas piquer mes affaires, mettre quelques fleurs de ton jardin dans un vase, rapporter de la paperasse et penser que ça suffira à me faire emménager chez toi comme si rien ne s'était passé ! Ce n'est pas ça, le problème. Rien de tout ça n'est le problème, putain, précisai-je en agitant les papiers en direction de la table.

Son sourire s'évanouit, et je me haïs aussitôt de l'avoir fait disparaître.

— Je sais.

Il baissa les yeux sur ses pieds avant de les lever sur le mur, puis sur le plafond – évitant à tout prix l'expression accusatrice de son visage. Tirant la main de sa poche, Ken me tendit une feuille de carnet de notes, pliée en un rectangle parfait.

Il prit la parole en la dépliant :

— Tu m'as dit de t'écrire ce que j'avais sur le cœur… alors je l'ai fait.

Les yeux bleus de Ken établirent brièvement le contact avec les miens, puis il les baissa aussitôt sur la feuille dépliée qu'il tenait dans la main.

— Ça va faire un moment que je sais exactement ce que j'ai envie de te dire, c'est juste que…

Il secoua la tête et reprit :

— Quand je l'ai écrit, j'ai trouvé ça tout nul. Ce ne sont que trois phrases.

Ken leva vers moi son regard terrifié et courageux. Il précisa :

— Dix mots, au total.

Son torse se gonfla et ses narines se dilatèrent.

— C'est pas grand-chose, dix mots… Je peux les dire.

J'observai Ken livrer bataille dans une guerre qu'il avait menée toute sa vie. Le voir lutter pour transformer ses sentiments en paroles et les prononcer était un spectacle presque insupportable. J'eus envie de lui dire d'arrêter. Que je me fichais de l'entendre prononcer ces mots. Mais je réalisai qu'il le faisait autant pour lui que pour moi, alors je restai immobile et attendis qu'il sorte victorieux de cette bataille.

Il me tendit la feuille de papier et inspira à fond tandis que je l'acceptais.

Puis Ken fourra les mains dans ses poches et, le regard rivé sur le sol, il prononça à mi-voix les dix mots les plus doux et sincères qu'on puisse dire à quelqu'un :

— Je t'aime. Tu me manques. T'en va pas.

L'allégresse qui s'empara de moi au moment d'entendre ces dix petits mots fut complètement submergée par la fierté que j'éprouvais pour Ken. Un sourire s'étira lentement sur mon visage et d'intenses larmes de joie me piquèrent les yeux tandis que je voyais la tension quitter ses larges épaules et la joie danser sur son visage, rehaussant et illuminant les traits de son expression. Je chassai mes larmes d'un clignement des paupières afin que son sourire adorable, timide et fier ne me paraisse plus aussi flou.

Ken retira les mains de ses poches et me prit dans ses bras. Il était robuste, chaud, propre, sécurisant et il déposa un baiser sur le haut de ma tête pendant que je pleurais, souillant son tee-shirt blanc désormais maculé de hideuses larmes noires.

— Je regrette de ne pas l'avoir dit plus tôt, murmura-t-il contre mes cheveux. Je le voulais. Je t'ai appelée tous les soirs en me disant que je te le dirais. Mais je…

Il s'interrompit, à nouveau à court de mots.

Je me reculai juste assez pour contempler son beau visage :

— Je sais, mon bébé. Aujourd'hui, j'ai enfin tout compris.

Ken fronça les sourcils et son corps se raidit.

— Alors, il y a *bien* un truc qui cloche chez moi.

Je lui souris.

— Il y avait. Mais tu l'as réparé. De la même manière que tu répares tout. Tu as utilisé toute ta force pour compenser une seule faiblesse. Tu t'es réparé tout seul.

Je me dressai sur la pointe des pieds et déposai un baiser sur ses lèvres infiniment douces avant d'ajouter :

— Et tu nous as réparés, nous.

Ken baissa les yeux sur mon épaule tandis qu'un profond sillon de perplexité creusait son front. Il semblait réfléchir, probablement en lutte contre lui-même pour trouver les mots justes. J'eus envie de l'interroger, mais je décidai d'attendre et de le laisser s'exprimer tout seul.

Il fallait qu'il s'exprime de lui-même.

Finalement, il plongea son regard dans le mien.

— Brooke ?

— Oui ?

— Tu te souviens de ce que tu as dit à propos d'Amy et Allen ? De la raison pour laquelle elle l'avait quitté ?

Mon corps souple et jusque-là détendu se figea entre ses bras. Mes poumons me brûlèrent, jugeant qu'il était plus urgent d'entendre ce que Ken avait à dire que de s'octroyer de l'oxygène.

— Hinhin, répondis-je en expirant.

— Tu as dit qu'elle voulait… se marier.

Ken apposa son front contre le mien et ferma les yeux, probablement pour éviter d'affronter mon regard. Puis il demanda :

— *Toi*, tu as envie de te marier ?

Mon pouls battit contre mes tympans.

Tomp, tomp, tomp, tomp, tomp.

— Ken…

Mon cœur pulsa dans ma gorge.

Tomp, tomp, tomp, tomp, tomp.

— Est-ce… une demande ?

Sa réponse ne se fit pas attendre :

— Non.

Je fus si déçue que je faillis perdre l'équilibre.

— Mais je t'en ferai une, précisa Ken d'une voix ferme et résolue.

Ce n'était pas une question ; c'était une affirmation.

— Sérieux ?

À la fin de ce mot, ma voix monta dans les aigus, presque aussi haut que mon moral, qui grimpait en flèche.

Le front toujours appuyé sur le mien, Ken acquiesça, me forçant à imiter son mouvement.

En hochant la tête, je sentis mon menton chevroter. C'était mon souhait le plus cher, mais une petite voix dans ma tête m'avertit que Ken était peut-être en train de proposer une chose qu'il n'aurait pas la force de m'offrir. Je ne voulais plus vivre dans un monde de rêves.

Je pris une longue inspiration et lui demandai la vérité, déballant tous mes rêves et mes espoirs à ses pieds :

— Ken… As-tu *envie* de te marier avec moi ?

Il hocha la tête sans aucune hésitation.

— Si ça peut te faire rester.

Si ça peut te faire rester.

Cela n'avait rien de romantique. On était loin des petits cœurs, des arcs-en-ciel et des feux d'artifice.

C'était la vérité, franche et honnête, et c'était tout ce que j'avais besoin d'entendre. Enfin, presque…

— Et tu veux des enfants ?

— Un seul.

Je partis d'un rire inattendu. Je me reculai légèrement et j'observai Ken d'un œil en ricanant, essuyant les larmes qui coulaient de l'autre. Je demandai :

— Tu vas me faire un enfant ?

— Juste un. Donc, il vaut mieux que tu nous le foires pas.

Les mains posées sur mes hanches, Ken me fit reculer dans la cuisine jusqu'à ce que mes cuisses heurtent la table.

Avec un éclat de rire, j'agrippai ses épaules pour maintenir mon équilibre et demandai :

— Et si c'est des jumeaux ? On en a plein dans ma famille, tu sais ?

Avec un petit sourire narquois, Ken quitta mes hanches et fit glisser ses mains jusqu'à la fermeture de mon jean.

— Tu n'auras qu'à choisir ton préféré.

Zip !

Je poussai une exclamation au moment où les doigts de Ken glissaient sur le devant de ma culotte et que ses lèvres découvraient un point sensible situé juste sous mon oreille.

— Ken ? haletai-je.

— Mmm ? marmonna-t-il contre ma nuque.

— Je t'aime.

Tandis que sa main libre remontait le long de mon dos et allait cueillir l'arrière de mon crâne rasé, Ken maintint ma tête en place et déposa un baiser sur mes lèvres entrouvertes.

— Je t'aime aussi.

Des larmes de joie coulèrent sur mes joues. J'essayais de lui rendre son baiser, mais mes lèvres ne m'obéissaient plus. Je n'avais jamais remarqué combien il était difficile d'embrasser quand on sourit comme deux idiots.

J'imagine que je n'avais encore jamais été assez amoureuse pour m'en rendre compte.

J'aimerais vous raconter que Ken a balayé la table d'un revers de son bras musclé et m'a prise devant la fenêtre sans fermer les rideaux. Mais il n'en fit rien. Au lieu de cela, il me guida au salon, où mon chevalet et ma toile de la tour Eiffel avaient été placés dans un coin près de la cheminée, puis dans les escaliers, où il avait accroché à intervalles parfaitement réguliers toutes mes peintures style Warhol que j'avais peintes en première, puis nous passâmes devant l'ancienne chambre de Robin, dans laquelle se trouvaient désormais mon ordi et ma bibliothèque, et nous franchîmes la porte menant à l'ancienne chambre de Chelsea. La grande chambre – notre chambre.

Ken avait repeint les murs beiges en gris ardoise – ma couleur préférée – et avait décoré la chambre avec un mélange de nos meubles : son lit, ma commode, ses tables de nuit, mes rideaux, son énorme télé, ma lampe… et il avait accroché mes tableaux un peu partout.

Des actes. Des actes tout partout !

— Alors, c'est chez moi ? murmurai-je entre mes doigts tandis que Ken me guidait jusqu'au lit.

Il m'adressa un petit sourire narquois par-dessus son épaule.

— Chez nous, corrigea-t-il.

Alors que mes grands yeux, ébahis et embués de larmes, se gorgeaient de chaque détail et de chaque surprise contenus dans cette chambre et issus de mon ancienne vie, Ken retira son tee-shirt et s'assit au bord du lit.

Je regardai son corps – torse nu, ses secrets révélés et débarrassé de toute inhibition – et ce fut comme si je le voyais pour la toute première fois. Avant, je pensais que j'étais amoureuse de Ken, mais en réalité j'étais tombée amoureuse d'une infime partie des qualités qu'il recelait. Elles étaient étalées devant moi, en HD et en plein écran. Sa force. Son altruisme. Sa grâce. Son amour.

J'avais embrassé un prince et, sans que je puisse me l'expliquer, il s'était transformé en un prince meilleur encore.

En passant mes doigts dans sa chevelure mouillée, je ne ressentis pas le besoin de tirer dessus. En embrassant ses lèvres ourlées vers le haut, je ne le mordillai pas. Et je rétractai mes griffes en faisant courir mes mains le long de ses biceps et de ses omoplates. Pour la première fois depuis que nous sortions ensemble, je ne ressentis aucune frustration à ne pas laminer son corps. Je n'avais envie que d'une chose : l'aimer.

Et, pour une fois, il me laissa agir à ma guise.

Je me mis debout et commençai à me déshabiller, me penchant vers lui entre chaque vêtement pour lui voler un baiser ou deux. Son beau regard azuré m'observa sans la moindre lueur de défi. Son petit sourire suffisant n'était plus là, remplacé par des paupières lourdes et une bouche légèrement entrouverte que j'embrassai à nouveau en m'immisçant entre ses jambes et en me frottant contre l'étoffe grise de son jogging.

J'eus envie de l'embrasser partout. Pour toutes les fois où on aurait dû lui dire je t'aime, je voulais le couvrir de tellement d'amour que plus jamais il n'en refuserait.

Je fis courir des baisers sur le duvet de sa mâchoire jusque sur ses lobes d'oreille et souris lorsque je sentis sa queue durcir contre ma main. Tandis que je m'immisçais dans son pantalon et m'emparais de son membre, Ken leva les mains et cueillit ma poitrine menue. Comme je faisais courir mon pouce sur son gland humide, ses doigts agacèrent les piercings de mes tétons. Pendant que je couvrais sa nuque de baisers en descendant, sa main migra vers mon bas-ventre. Et, alors que ma langue traçait un chemin de plaisir sur la vallée de son sternum et sur ses abdominaux saillants, il glissa deux doigts sur le piercing intime qui barrait mon clitoris.

Il n'y eut aucune lutte de pouvoir. Ni exigence ni refus. Pas de sado-masochisme. Il n'y avait que nous – deux personnes qui avaient enfin appris à parler le même langage.

Je fis remonter mes lèvres le long de sa queue et, une fois au niveau de sa taille, je me penchai, prête à lui faire du bien. Mais, avant que j'aie pu l'engouffrer dans ma bouche, Ken agrippa mes hanches étroites et me fit monter sur le lit. Avec un cri de surprise, j'atterris à quatre pattes près de lui tandis qu'il s'étendait sur le dos, un petit rictus satisfait sur le visage.

Mes yeux suivirent le chemin que ma langue venait d'emprunter – de ses lèvres merveilleusement pincées jusqu'à sa queue glorieuse et luisante. Ayant la ferme intention de finir ce que j'avais commencé, je glissai le long de son corps, mais Ken s'empara de mes fesses à deux mains et m'intima de me placer à califourchon sur cette merveilleuse bouche que j'étais justement en train d'admirer.

Je le pris au fond de ma gorge et gémis autour de sa peau tandis que sa langue pourléchait avidement mon intimité. Pendant que je le masturbais avec plus d'ardeur, mes jambes commencèrent à trembler et je luttai pour ne pas m'écrouler sous le poids de mes sentiments, conjugués à la pression qui s'intensifiait entre mes cuisses. C'était trop intense et je n'avais rien à quoi me raccrocher. Alors que mes gémissements cédaient la place à des râles extatiques et que mes tremblements se muaient en secousses, Ken, attentif à mon agonie, finit par céder.

M'intimant de me mettre à plat ventre sur le matelas, Ken me recouvrit telle une couverture, m'enveloppant de sa chaleur, de son poids et de l'intense bourdonnement électrique qui émanait de lui. J'étais tel un fil électrique et, lorsqu'il me pénétra par-derrière et que je contractai mes muscles intimes autour de lui en enfonçant mes ongles dans le matelas, je poussai une plainte de bonheur et il s'illumina à son tour.

Ken jouit en poussant un juron et, lorsqu'il s'effondra sur moi, j'eus un sourire encore plus grand que celui de Julia Roberts en train de retenir ses larmes devant Hugh Grant dans sa librairie. Car je n'étais plus simplement une fille qui se tenait devant un garçon et qui lui demandait de l'aimer. J'étais une fille qui se tenait *sous* un *homme* et qui l'aimait encore plus qu'elle ne l'aurait jamais cru possible.

Chapitre 37

Pendant un instant, je fus envahie d'une paix intérieure que je n'aurais jamais imaginé pouvoir éprouver un jour. La promesse de Ken de m'épouser me faisait l'effet d'une couverture de survie, réconfortant mon âme égarée et sans repos. Toute ma vie durant, j'avais cherché un avenir. Inlassablement. Compulsivement. Que ferais-je de mon existence ? Que deviendrais-je ? Qui épouserais-je ? Où vivrais-je ? Chaque matin, je me levais, prête à repartir en quête d'une vie d'adulte et, chaque nuit, j'allais au lit frustrée, découragée et épuisée d'avoir essayé de m'extirper des sables mouvants de l'adolescence. Mais, alors que tout espoir semblait perdu, Ken avait plongé les deux bras pour me déterrer. Il avait épousseté le sable sur moi. Et comme nous nous tenions tous les deux face à un avenir radieux, il m'avait susurré les réponses que j'avais tant cherchées.

Ce week-end-là, nous trouvâmes naturellement notre rythme, découvrant notre nouveau quotidien. Ken fit la vaisselle et moi la lessive, il s'occupa du jardin et je fumai tranquillement sur la balancelle en le regardant, Ken fit les courses et je l'accompagnai, mais je ne fus autorisée à rien. Ni toucher, ni regarder, ni mettre le moindre article dans le Caddie, à moins que Ken ait un coupon de réduction ou qu'il y ait un autocollant « promotion » dessus.

Le lundi matin, je fus tirée du lit par mon réveil et non par la sensation d'avoir les pieds qui brûlent – merci Chelsea d'avoir installé des volets aux fenêtres de la grande chambre – et, lorsque je me lovai contre le dos de Ken pour lui dire que je l'aimais, il serra ma main dans la sienne et dit : « Je t'aime aussi. »

Je me rendis en cours avec la sensation de planer sur un tapis volant tissé à partir d'ailes d'ange et de crinière de licorne. Je passai ma journée comme transportée par une brise aux senteurs d'assouplissant. Et, dans l'après-midi, tandis que je cheminais gaiement en direction du métro, impatiente de retrouver mon aimé, une explosion sonore surgit de mon sac à main

Un ensemble de sifflements, de carillons, de sonneries et de *dilidilidili* jaillirent de toutes parts tandis que j'empruntais l'escalier mécanique qui montait en direction du quai.

— Bordel de Dieu de merde, marmonnai-je en farfouillant dans mon sac jusqu'à mettre la main sur l'origine de cette incessante cacophonie.

L'appareil vibra violemment dans ma main tandis que les notifications s'enchaînaient sur l'écran.

Flash, bzzz. Flash, bzzz.

Un, deux, trois, quatre, cinq… six appels en absence et quatre messages vocaux !

— Nom d'une bite, c'est quoi ce merdier ?

Je fis défiler les appels en absence, tous venaient du même numéro inconnu. Puis, en attendant le train, j'écoutai les messages vocaux qui inondaient ma messagerie :

Reçu mardi 16 septembre à 1 h 03 : Yo, BB, c'est Zach ! Quoi de neuf ? Je t'appelle depuis mon portable, des fois que tu voudrais me rappeler. C'était trop cool l'autre soir, j'ai passé une super soirée ! Repasse quand tu veux ! Juliet est bien moins flippante quand t'es dans le coin !

Reçu mercredi 17 septembre à 20 h 38 : Hé, BB, c'est Zach ! Juste pour te dire qu'il y a Drivin' N' Cryin[1] *qui passe au Georgia Theater ce week-end. Si t'es chaude pour y aller, mon coloc est barman là-bas, je peux nous avoir des verres gratos. J'espère que t'es dispo !*

Reçu jeudi 18 septembre à 17 h 22 : Salut, BB, Zach à l'appareil. Désolé pour hier soir, j'y ai été un peu trop fort. La faute au whisky, hé hé. Écoute, j'ai un pote qui ouvre son bar à tapas et il organise une soirée de lancement demain soir. J'adorerais que tu viennes avec moi. Promis, je serais le plus irréprochable des gentlemen ! Tiens-moi au jus.

Reçu dimanche 21 septembre à 00 h 38 : Salut, BB, c'est Zach. Juliet m'a dit que tu t'étais remise avec ton mec. Bon, euh… Je pensais qu'il y avait un lien entre nous, mais… faut croire que je me suis trompé. C'est cool, t'inquiète, j'espère que tout va bien pour toi. À un de ces quatre.

---

1. Groupe de rock formé à Atlanta en 1985.

Je regardai fixement mon portable.

Je clignai des yeux.

Et clignai encore des yeux.

Je rangeai le petit appareil dans mon sac.

Je fixai les rails sur la voie.

J'attendis que mon cerveau forme une pensée cohérente.

Zach m'a rappelée ?

Clignement de paupières.

Zach… m'a… rappelée.

Clignement de paupières.

Six fois.

Cligne, cligne.

Zach m'a appelée presque tous les jours et je n'ai reçu aucun de ses appels.

Ken m'a appelée tous les jours et je les ai tous reçus.

Ma mâchoire tomba.

Oh, mon Dieu ! Et si je les avais reçus, ces coups de fil ?

Certaines personnes vous diraient que c'était une intervention divine, d'autres parleraient de providence. Moi, tout ce que je sais, c'est qu'à cet instant précis tous les doutes que j'avais pu avoir sur l'existence des anges gardiens furent réduits en poussière. Les miens avaient carrément bloqué Zach pendant toute une semaine. Comme une mère trop protectrice, ils l'avaient poliment renvoyé sur ma messagerie, mais ils ne m'avaient pas autorisée à écouter avant d'être absolument certains que j'avais remis le couvert avec le gars qu'ils préféraient.

— Bande d'enculés, dis-je avec un grand sourire en secouant la tête.

Mon train arriva. Il portait le numéro 1111.

Le nombre qui m'indiquait toujours la voie à suivre. Et, cet après-midi-là, mes anges gardiens me l'envoyèrent pour me ramener chez moi.

ÉPILOGUE

Chapitre 38

Mai 2002

— Tu comptes bouder pendant tout le trajet ?

Par la fenêtre de l'autobus, je regardais défiler les collines verdoyantes et les gros moutons pelucheux. On avait peint sur les fesses de chacun un point de couleur différente. J'eus envie de sourire, de tapoter du doigt sur la vitre et de demander à Ken ce que cela signifiait. Il me donnerait la réponse. Lui, au moins, il écoutait ce que le guide touristique nous racontait.

Moi, j'étais bien trop occupée à faire la sale gosse.

— J'arrêterai de bouder quand tu arrêteras d'être un connard pas romantique !

C'était dit. Nous étions en Irlande, un voyage que Ken avait entièrement payé de sa poche, et moi, je venais de le traiter de connard pas romantique.

— Waouh, d'accord, une minute, s'insurgea-t-il. Parce que je n'ai pas envie d'avoir du sable partout, je suis un connard, moi ?

— C'était la plus belle plage que j'aie jamais vue, répliquai-je, le regard fixé sur la fenêtre. Et toi, tu refuses d'aller y marcher avec moi, main dans la main, juste parce que tu vas avoir un peu de sable dans les pompes ?

— Si je finis avec du sable dans mes pompes, c'est qu'il y en aura aussi dans ma valise. Et, dès que ça commence, tu finis avec du sable partout ! On n'aura pas le loisir d'aller faire des lessives, *Brooke*, conclut-il en prononçant mon nom comme s'il m'avait traitée de bouffonne.

Je tournai vivement la tête pour me confronter à lui.

— Il n'est pas uniquement question de cette foutue plage. Tu n'as même pas voulu monter sur le pont du ferry avec moi pour regarder les châteaux parce que tu trouvais qu'il y avait trop de vent !

— Tu n'avais même pas le droit de monter là-haut ! Le vent a failli t'emporter !

— Et à Londres tu ne m'as pas prêté ton manteau.

— Je t'avais bien dit de prendre le tien. Tu n'écoutes jamais rien ! Pourquoi je devrais en pâtir ?

— Et tu te souviens, à Stonehenge ? Toutes ces adorables petites fleurs jaunes près des ruines ? Tu ne m'as même pas laissée aller en cueillir une !

— Brooke, l'accès aux ruines est interdit ! Il y avait un cordon de sécurité autour !

— Un petit cordon de rien du tout ! Personne nous regardait, en plus !

Ken souffla d'agacement et tourna la tête pour regarder par la fenêtre de l'autre côté du bus.

Je poursuivis :

— On est cernés par des trucs romantiques et j'ai l'impression que tu ne fais que chercher des excuses pour ne pas les partager avec moi. « Y a trop de sable », « y a trop de vent », « c'est interdit », « vaut mieux retourner au bus » et bla et bla et bla, dis-je en balançant la tête des deux côtés et en imitant Ken avec ma meilleure voix de pleurnicheuse. Bon Dieu de merde, c'était trop demander que tu m'embrasses devant un château ?

Ken ne répondit rien. Il me battait froid, comme chaque fois que son manque de romantisme revenait sur le tapis. Cela faisait neuf mois que j'avais emménagé chez lui et que nous vivions une idylle monotone et euphorique, mais il arrivait parfois que les déficiences émotionnelles de Ken provoquent chez moi des éruptions de pétassitude.

Et ça n'aidait pas qu'Amy et Allen soient déjà mariés et que Chelsea et Bobby le soient d'ici quelques semaines.

Lorsque Ken m'avait dit qu'il me ferait sa demande, j'avais pensé que ce serait bientôt. Mais Noël, la Saint-Valentin et ma remise de diplôme étaient passés et toujours pas de bague en vue. Je m'étais alors dit qu'il attendait peut-être qu'on soit en Europe.

Oui, c'est forcément ça ! Il va mettre un genou à terre et me faire sa demande devant l'abbaye de Westminster ! Ou peut-être qu'il va attendre qu'on soit tout en haut du London Eye ! Ou bien m'emmener dans une petite prairie irlandaise pendant une de nos excursions, ou alors au sommet d'une montagne du Pays de Galles !

Ce fut un véritable calvaire. À chaque bel endroit où nous allions, panorama ou vieille cathédrale enchanteresse, je regardais Ken en papillonnant des paupières et lui envoyais le même message télépathique : « Fais-le ! Allez ! Fais-moi ta demande ! »

Et, immanquablement, il se plaignait toujours de quelque chose : de la bruine, du monde, d'avoir oublié ses lunettes de soleil dans le bus… Il gâchait… systématiquement… la magie de l'instant.

Lorsque nous atteignîmes les portes de Blarney Castle, je pris la décision de ne plus y penser. Embrasser la Pierre de l'éloquence[1] figurait sur ma liste de choses à faire avant de mourir et il était hors de question que je laisse quoi que ce soit ruiner cette expérience, encore moins mes propres espoirs illusoires.

C'est plus fort que lui, me rappelai-je à moi-même en sortant du bus derrière lui. *C'est pas sa faute, alors cesse de le faire culpabiliser. Il t'a offert ce voyage, ça n'arrivera qu'une fois dans ta vie. Alors essaye de ne pas faire ta tête de con, d'accord ?*

J'opinai du chef tandis que notre groupe suivait un chemin de gravier menant au château.

D'accord. L'opération « sois pas une tête de con » commence… maintenant.

Je pensais qu'il me serait difficile d'arrêter de faire la gueule mais, à la seconde où nous débouchâmes au milieu des bois et que je me retrouvais dans l'endroit le plus idyllique que j'aurais pu m'imaginer, *pouf* ! Plus rien.

Blarney Castle n'avait rien à voir avec les autres châteaux que nous avions visités, chargés de tragiques événements et hantés par de vieux fantômes. C'était une charmante petite tourelle de pierres en ruines, recouverte de mousse et nichée au creux d'une colline verte, près d'une petite mare chatoyante. Le genre d'endroit

1. La Pierre de l'éloquence est une pierre sertie dans le mur du château de Blarney, en Irlande. La légende dit qu'embrasser cette pierre donnerait le don de l'éloquence.

qui vous donnait envie de vous façonner un sceptre à partir d'une branche et de jouer les rois et les reines dans les cavités qui creusaient les murs.

J'agrippai Ken par le bras et descendis le chemin en courant, m'arrêtant brutalement tous les deux mètres pour prendre des myriades de photos.

On court ! On s'arrête ! On court ! On s'arrête ! Ooh ! Aah ! Ooh ! Aah ! Clicki-clicki-clicki !

Et, pendant ce temps, Ken me suivait, patient et silencieux pendant que je m'extasiais devant un château abandonné.

À plusieurs reprises, je me retournai pour m'assurer qu'il était toujours là, ou pour voir s'il était encore en colère après moi parce que je l'avais traité de connard. Mais il avait l'air de bonne humeur. Il observait les alentours. Et il me rappela aussi que, si je comptais embrasser la Pierre de l'éloquence, je ferais bien de me dépêcher avant que le bus ne reparte.

— Oh, mon Dieu ! La Pierre de l'éloquence !

J'étais tellement absorbée par la magie qui régnait autour du château que j'en avais oublié la raison initiale de notre venue ici. Je pris la main de Ken et remontai en vitesse la colline jusqu'au château, abasourdie en découvrant qu'il y avait autant de végétation et de soleil à l'intérieur de la tour qu'à l'extérieur. Le toit avait complètement disparu. De l'extérieur, on pouvait voir des vestiges d'escaliers et d'anciennes pièces, mais l'intérieur du château était complètement ouvert sur le ciel printanier.

Nous fîmes la queue avec les autres touristes dans un escalier de pierre tortueux et étroit, traversâmes une passerelle en ruine menant à une autre mortelle volée de marches en spirale et émergeâmes sur le toit du château. Mes cheveux auburn battus par les vents, je regardai à travers les rainures de la tourelle, vers la petite mare et les collines en contrebas. Les seuls vestiges qui se trouvaient ici étaient les quatre murs d'enceinte et un étroit rebord en pierre qui encerclait le périmètre. Un rebord qu'il allait falloir franchir pour pouvoir embrasser la légendaire pierre.

J'en reviens pas qu'on nous fasse pas signer un formulaire de renonciation à des poursuites judiciaires, songeai-je en avançant à pas précautionneux et en tâchant de ne pas regarder en direction du trou béant au milieu du château.

Lorsque j'atteignis enfin la pierre, je réalisai qu'elle était encastrée dans un mur.

Il y avait deux bons mètres entre nous et la passerelle.

Et au milieu le vide.

Une chute de trente mètres, direction l'étendue herbeuse en contrebas.

Oh, et pour couronner le tout, pour pouvoir embrasser la pierre, il fallait se pencher en arrière au-dessus du vide, retenu par les hanches par un vieil Irlandais sympathique.

Ce qui était tout à fait sensé.

— Pourquoi je fais ça, déjà ? demandai-je en regardant le farfadet au regard pétillant de malice qui m'aidait à me mettre en position.

Il me décocha un sourire radieux et enserra mes hanches entre ses paumes pleines d'assurance :

— Pour avoir le don de bien jacter, ma p'tite !

J'éclatai de rire et je pointai mon doigt en direction

de Ken, tout à fait à son aise au sommet d'un bâtiment délabré et au bord du vide.

— Dans ce cas, faites-lui embrasser la pierre deux fois, à celui-là !

Tandis que je me penchais en arrière et que j'embrassais la pierre que mes grands-parents irlandais avaient embrassée plusieurs décennies auparavant, mon cœur s'emplit de gratitude envers le bel homme tranquille qui m'avait amenée jusqu'ici. Le même type qui ne voulait pas avoir de sable dans sa valise. L'homme qui avait fait en sorte que tous mes rêves se réalisent, sans jamais me faire part des siens.

Lorsque ce fut au tour de Ken, j'immortalisai la scène en prenant une dizaine de photos. Comme d'habitude, il fut la grâce incarnée et j'éclatai de rire au moment où il déposait un second baiser sur la pierre.

Au moment de redescendre l'escalier mortel, je pris Ken par le biceps pour conserver mon équilibre, ivre d'amour pour lui, et prenant bien garde à ne pas mourir avant de lui avoir fait part de toute ma gratitude.

Dès que nous fûmes sortis du château, Ken fit passer la bandoulière de mon appareil photo par-dessus ma tête et déclara :

— Attends ici, je vais demander à quelqu'un de nous prendre en photo.

Han, songeai-je. *Ken veut qu'on prenne une photo tous les deux. Comme c'est mignon !*

Je l'observai tandis qu'il abordait un groupe de dames qui se tenaient à quelques mètres de nous. Il leur parla et leurs regards s'illuminèrent – sûrement parce qu'il était beau à croquer. Les dames nous regardèrent l'un après l'autre, leurs visages radieux.

J'adore cet endroit. Les gens sont si gentils.

Ken me rejoint en haut de la colline et je tournai mon regard vers la dame qui tenait mon appareil. Je tendis le bras pour entourer la taille de Ken. Ce dernier vint à mes côtés mais ne resta pas debout.

Il s'agenouilla.

Bon sang, Ken, c'est pas le moment de refaire ton lacet. Cette dame n'a pas que ça à faire...

Je me tournai vers lui pour voir quel était le problème. Ken n'était pas en train de faire son lacet. Il n'avait pas non plus perdu une lentille de contact. Il ne cueillait pas non plus un pissenlit ni ne faisait une des mille et une choses qui m'étaient passées par la tête ce jour-là, où il avait mis un genou à terre devant Blarney Castle.

Appuyé sur son genou, les yeux plissés face au soleil de fin d'après-midi, Ken me présenta une boîte en velours noir.

Ma main vint aussitôt couvrir ma bouche béante de surprise. Je flottai au-dessus du monde, figée d'incrédulité. Je n'en revenais pas. Ça y était : ça m'arrivait enfin.

Ken n'avait eu besoin que de dix mots pour me convaincre d'emménager chez lui, mais il ne lui en fallut que neuf pour que je devienne son épouse :

— Je t'aime, Brooke. Veux-tu être ma femme ?

J'acquiesçai énergiquement, incapable de retirer mes mains de mon visage tandis que Ken ouvrait la boîte.

Puis je fondis en larmes.

Ma bague de fiançailles était sous mes yeux, me souriant de tout son éclat.

Pendant que Ken la glissait à mon annulaire tremblant, je déblatérai des questions d'une voix étouffée, sans parvenir à en finir une seule :

— Comment as... Elle y était plus, quand... J'y suis retournée et... Quelqu'un l'avait achetée entre...

Avec un petit sourire de fierté, Ken lâcha ma main des yeux et posa les siennes sur mon visage à la fois confus, ravi et ruisselant de larmes.

— Ils proposaient un crédit très intéressant, déclara-t-il. Pas d'intérêts pendant les douze premiers mois.

Tout en éclatant d'un rire à faire s'envoler tous les oiseaux des alentours à tire-d'aile, j'essayai de déchiffrer ce qu'il venait de dire.

— C'était toi ?

Ken confirma d'un hochement de tête.

— Mais...

Mes souvenirs me ramenèrent au jour où Ken et Allen étaient venus me rendre visite au centre commercial.

— Ken, on ne sortait pas encore ensemble à l'époque. On ne s'était même pas encore embrassés.

Il haussa les épaules et fixa ses pieds.

— Elle te plaisait, tu me plaisais. Je n'avais pas la moindre idée de ce que j'étais en train de faire, mais je me suis dit que j'avais douze mois pour voir venir.

Je gloussai :

— Douze mois exempts d'intérêts.

— Exempts d'intérêts, confirma-t-il en souriant, levant sur moi son regard bleu comme la mer.

— Hé, vous deux, on fait risette !

La dame qui tenait mon appareil photo tamponnait

le coin de ses yeux embués de larmes avec un mouchoir.

J'entourai mon fiancé par la taille, nous nous tournâmes et sourîmes face à l'objectif pour notre première photo en tant que M. et Mme Easton. Puis, comme si l'instant n'était pas déjà assez magique, Ken m'accorda une autre chose à laquelle j'avais complètement renoncé : il m'embrassa devant un château.

Chapitre 39

Juin 2003

Le matin du jour de mon mariage, comme tous les jours, j'entrai dans la salle de bains – après être allée faire pipi, histoire d'être libérée d'un poids – et montai sur la balance. Les chiffres qui s'affichèrent sous mes yeux étaient presque plus réjouissants que la perspective d'être bientôt Mme Brooke Easton.

Quarante kilos.

Quarante putain de kilos !

Entre la demande en mariage de Ken et sa concrétisation, une année entière s'était écoulée, la plus stressante de toute ma vie. Je savais que mes parents n'avaient pas les moyens de payer un mariage et mon fiancé aurait préféré chanter l'hymne national en direct à la télé plutôt que de dépenser des mille et des cents dans l'organisation d'une fête. J'avais donc pris sur moi de tout payer de ma poche.

Pour amasser suffisamment d'argent, j'avais quitté mon job à mi-temps dans la vente et étais devenue professeure de prépa spécialisée pour des enfants en bas âge souffrant de troubles autistiques. Je n'avais aucune expérience dans l'enseignement et pas le moindre diplôme dans ce domaine. Mais j'avais appris suffisamment de choses sur l'autisme pendant mon cursus, ce qui me permit de passer un examen d'État. De plus, le comté cherchait désespérément quelqu'un pour assurer ce poste. Alors, j'ai eu le job…

… et j'ai très vite compris pourquoi personne n'en voulait.

Chaque matin, je me levais, me maquillais et je me rendais au travail en pleurant, sachant ce qui m'attendait pour les six prochaines heures : coups de poing, coups de pied, griffures, crachats, éternuements en plein visage, hurlements, caprices, fuites, ou alors on ferait comme si je n'existais pas. J'avais la charge de neuf adorables et beaux petits garçons, tous très sensiblement attardés et à qui je devais apprendre à parler. Je devais également leur enseigner les bases de l'éducation – apprendre à se servir de ciseaux, à écrire leur prénom, à manger avec des couverts, comment aller aux toilettes, se laver les mains –, les bases de l'interaction sociale et comment rester assis plus de cinq minutes sans bouger. Et tout cela en dépit de leur agressivité, de leurs divers troubles et aversions, et de mon manque total d'expérience.

Puis, à l'issue de chaque épuisante mais enrichissante journée, je galérais dans les bouchons jusqu'en ville, où je suivais des cours pour décrocher ma maîtrise de psycho.

Et comme si cela ne suffisait pas, j'ajoutais à mon calvaire la perte de mes deux derniers grands-parents – ceux qui étaient irlandais – et d'un oncle dont j'étais très proche, à seulement quelques mois du mariage.

Ma robe de mariage était un 34 et, à mon dernier essayage, il avait encore fallu l'ajuster.

Le tulle meurtrissait mes hanches saillantes et tentait de rester accroché à mes côtes, les seules choses qui l'empêchaient de tomber. Mais, en dépit de mon apparence, j'étais heureuse. Heureuse en couple, dans mes études, heureuse des grands progrès effectués par mes neuf bambins en cours d'année, heureuse de ma maigreur et de pouvoir enfin me marier. Oui, j'étais stressée à un point inimaginable, je pleurais tous les jours dans ma voiture, il m'arrivait encore de m'évanouir d'inanition, j'étais sans arrêt percluse de frissons, je perdais mes cheveux et, parfois, mes pieds viraient au violet et s'engourdissaient, mais c'était le prix à payer.

Ça vaut largement le coup. Regarde tout ce que j'ai accompli !

J'étais malade. Terriblement malade. Et personne n'était au courant. Chaque fois que le sujet de ma perte de poids venait sur le tapis, je mettais systématiquement ça sur le dos du stress. Quand il fallait manger en public, je m'y pliais. Puis, à la première occasion, je m'enfuyais à l'abri des regards pour me faire vomir. Je n'avais jamais avoué à Ken qu'on m'avait hospitalisée pour anorexie. Pas besoin. J'allais parfaitement bien. La situation était parfaitement sous contrôle.

Maiiiis bien sûr.

Les cheveux frisés, coiffée d'une tiare et entourée de mes demoiselles d'honneur, je débarquai en sautillant sur les lieux du mariage – le vieux manoir aux somptueux jardins où Amy et Allen avaient célébré leurs noces. Cela allait être le plus beau jour de ma vie. J'avais tout organisé de A à Z. Impossible que ça dérape.

Puis je passai la porte et ce fut le drame :

Le fleuriste ? Pas là.

La pièce montée ? Une pyramide au lieu d'une tour Eiffel.

La météo ? Il commençait à pleuvoir et la cérémonie devait avoir lieu à l'extérieur.

Le célébrant ? Perdu en chemin.

Le DJ ? Problèmes techniques.

Et mes drogués de parents ? Aux abonnés absents.

Profitant qu'on ne s'adressait pas à moi pour me faire part d'un nouvel imprévu ou me demander comment remédier à un des précédents, je sortis dehors en courant dans ma robe de mariée et respirai profondément jusqu'à ce que me passe l'envie de hurler.

Pendant que je fumais près de l'issue de secours, mon photographe – un type adorable, dodu et chauve, âgé d'une quarantaine d'années et qui conservait tout son matériel dans une veste de pêcheur verte – m'apporta un cadeau. Il semblait avoir deviné que j'étais au bord de la crise d'angoisse. Son visage rose et rond apparut par la porte entrouverte.

— Je sais qu'on n'est pas censé voir son époux avant le mariage mais je me disais que, peut-être, il serait sympathique de prendre quelques clichés de vous deux avant la cérémonie.

Puis il ouvrit en grand la porte, me révélant mon futur mari dans un magnifique costume trois-pièces sur mesure – il était noir, mais la cravate était blanche pour s'accorder avec ma robe.

Ken était bien coiffé, rasé de frais et il avait la grâce naturelle d'un mannequin dans un catalogue de vente par correspondance. Mieux encore : il semblait vraiment, authentiquement heureux. Avec un sourire radieux, je levai les bras en l'air, comme un enfant qui veut qu'on le soulève. Ken réduisit l'écart entre nous de deux longues enjambées et me prit dans ses bras. Je posai la joue sur son torse et je sentis le stress, l'angoisse et le perfectionnisme que je m'étais infligés fondre sur mes épaules avant de former une flaque à mes pieds. Je ne me souciais plus des fleurs, que la sono déconne, que mes parents viennent ou pas, que le ciel nous tombe sur la tête ou que notre gâteau donne l'impression que nous allions partir en Égypte et non à Paris pour notre lune de miel. Je n'en avais strictement rien à foutre. Car mon meilleur ami était là et j'allais me marier avec lui.

— Salut, dis-je, en mettant probablement du fond du teint partout sur son costume.

— Salut.

Ken raffermit davantage son étreinte autour de mes épaules.

J'entendis le photographe prendre des clichés, mais je ne pris même pas la peine de relever la tête. Je restai là, dans les bras de Ken, à l'abri dans son champ de force vrombissant, et le monde entier pouvait bien aller se faire foutre.

Je basculai la tête en arrière pour mieux le voir et fis courir mes doigts sur sa joue glabre en souriant.

— Tu es tout beau !

— Toi aussi, répliqua-t-il avec un petit sourire prétentieux.

Je plissai le nez.

— Tu veux dire que je suis tout beau ?

— Les femmes peuvent l'être.

— Pas quand elles portent une robe de mariée chatoyante et une tiare ! soulignai-je en pointant l'index en direction de mon front. J'ai mis deux heures à me préparer !

— Tu aurais peut-être dû opter pour un costume de pharaon plutôt qu'une tenue de princesse. Tu as vu le gâteau ?

Je soufflai par le nez.

— Nom de Dieu. Les gens n'arrêtent pas de me demander si on va en Égypte pour notre lune de miel.

— Tu l'a revu depuis un quart d'heure ?

Je le dévisageai d'un œil suspicieux.

— Euh non. Pourquoi ?

Le sourire inflexible de Ken s'élargit.

— Tu vois les petits mariés au sommet ? Ils se sont cassé la gueule. Tout le glaçage est foutu sur une des façades.

Pliée en deux, du moins autant que mon corset le permettait, j'explosai d'un rire caquetant et pas très distingué :

— Bon Dieu, cet endroit est hanté ! Pas question que j'y remette les pieds !

Ken me toisa en levant un sourcil.

— Tu n'as pas payé le bar d'avance ?

— Très juste. Vous marquez un point, mon bon monsieur.

Je rajustai ma tiare et j'acceptai le bras que Ken m'offrait avant de reprendre :

— Passez devant, je vous suis.

Une fois la cérémonie commencée, je me fichai éperdument de qui était en retard, de qui était perdu et d'où les fleurs pouvaient bien se trouver. J'étais à moitié bourrée et sûre à 100 % de n'avoir jamais pris de meilleure décision de ma vie.

Chacun à l'autre bout de l'allée centrale, Ken et moi établîmes un contact visuel et nous nous sourîmes, tels deux vieux amis. Lorsque nous nous fîmes face pour prononcer nos vœux – bien sûr, j'avais aussi rédigé les siens – nous dûmes nous retenir de rire. Quand vint l'heure de s'embrasser, notre baiser dura un peu plus longtemps que nécessaire. Puis le célébrant annonça que nous étions mari et femme et, comme dans un film romantique avec Hugh Grant, nous descendîmes l'allée au son de *All You Need Is Love*, des Beatles.

À l'issue du dîner, on prononça des discours, on servit des tranches de la tombe du roi Toutankhamon et le DJ transforma l'intérieur du manoir en boîte de nuit avec boule à facettes, accessoires fluorescents pour les invités et playlists de pop et de hip-hop qui déménageaient, incluant quelques petits standards de rock alternatif des années 1990 juste pour nous.

Coiffé d'un chapeau haut de forme, papa fit la choré de *YMCA*. Un invité trop bourré pissa dans un pot de fleurs près de la piste de danse. Juliet renversa par mégarde sa coupe de champagne sur mon bustier et, une heure plus tard, mon talon piétina l'ourlet de ma robe, qui se déchira. Puis Ken, Allen et les frères Alexander nous firent la sérénade et entonnèrent une chanson ringarde issue de la bande originale de *Top Gun* – vous avez bien lu, Ken a *vraiment* chanté en public.

Notre mariage fut un bordel innommable, un épouvantable merdier mais, chaque fois que nous étions ensemble, nous nous amusions comme des fous. Et n'est-ce pas là ce qu'on attend d'un conjoint ? Qu'il rigole quand vous faites cramer le dîner et vous commande des plats à emporter ? Qui profite de s'être trompé de route pour prolonger l'écoute de votre album favori ? Qui vous aime quand vous êtes pire que tout mais qui sait que vous allez vous améliorer ?

Cette nuit-là, mon mari me souleva dans ma robe de mariée déchirée, me fit franchir le palier de notre maison… et je me retrouvai au pays des merveilles, entourée de petites bougies dans des lampions et de pétales de rose aussi rouges que notre porte d'entrée. Il m'aida à m'extraire de ma robe, qui tint debout toute seule dès que je l'eus retirée, et je l'aidai à enlever son costume.

Tandis qu'il s'allongeait sur le dos et que je chevauchais son corps nu, Ken me rendit mes baisers avec un égal enthousiasme. Je glissai le long de son membre et il arqua les hanches pour venir à ma rencontre. Je tirai ses cheveux châtain clair et il enleva délicatement la tiare de mon front. Pendant que je mordillai son oreille et sa nuque, Ken retira prudemment chacune des épingles qui maintenaient mon chignon en place jusqu'à ce que mes boucles auburn tombent en cascade autour de nous. Puis, tout en me massant le cuir chevelu, il me pénétra profondément d'un unique et intense coup de reins.

Je poussai un gémissement d'extase tout en suçant le majeur de son autre main.

— Mmm…

Au moment où je baissais les yeux sur lui, Ken croisa mon regard et leva les sourcils.

— Tu as beaucoup bu ?

— ‘as mal, marmonnai-je avec son doigt entre les dents.

Il m’adressa un rictus, une lueur coquine dans le regard.

— Assez pour faire des trucs cochons ?

Je m’immobilisai, réfléchis à la question et confirmai d’un hochement de tête, mimant une gâterie autour de son doigt.

— Bien assez.

Chapitre 40

Février 2009

Pendant les quelques années que durèrent nos études, entre son salaire de gérant de cinéma et les quelques deniers que rapportaient mes stages, Ken et moi vécûmes dans la quasi-pauvreté, mais ce ne fut pas un problème. Nous avions tout le nécessaire : une famille, des amis, une adorable maison, ainsi que deux véhicules en état de marche, même si Ken refusait de dépenser le moindre centime pour les entretenir un minimum.

Mais, une fois mon diplôme en poche, avec un vrai boulot, jouissant d'un salaire stable et d'assez de temps libre, une fièvre s'empara de moi : l'envie d'enfanter… et pas qu'un peu.

Une maladie contre laquelle mon mari était malheureusement totalement immunisé.

— Ken, je peux arrêter de prendre la pilule ?

— Non.

— Le mois prochain, alors ?

— Non.

— L'année prochaine ?

— Euh… non plus.

Je suppliais, marchandais et plaidais ma cause auprès de Ken depuis deux ans lorsque Sara Snow, une de mes collègues et ma nouvelle meilleure amie, entra dans la partie.

Sara et moi avions été engagées au même moment en tant que psychiatres pour enfants dans le même secteur. Nous nous étions rencontrées lors d'une réunion de nouveaux embauchés. Ce fut l'amour au premier regard. C'était la première fois que je rencontrais une personne dont le sens de l'humour était plus limite et irrévérencieux que le mien. Ce que je pensais tout bas… elle le disait à voix haute.

Avec ses grands yeux marron, ses longs cils sombres et son adorable petite coupe afro qu'elle coiffait en chignon bouffant au sommet de son crâne, Sara semblait être l'innocence même, mais en réalité c'était le mal incarné.

— Tu crois qu'on va me virer si j'inscris « noyade » sur ma liste de recommandations d'intervention ?

Je ris dans mon verre de martini à la grenade.

— Mets-le. De toute manière, personne ne lit jamais ces rapports.

— Pendant que j'y suis, j'ajouterais peut-être « stérilisation parentale ». Je te jure, BB, si tu avais vu la mère de cette gosse…

Sara se pencha vers moi au-dessus de la table du Bahama Breeze, où nous avions l'habitude de venir profiter de l'happy hour, et plongea son regard dans le mien avant de reprendre :

— Elle avait une barbe de couleur pêche ! On aurait dit… Spencer Pratt[1].

---

1. Acteur américain né en 1983, connu à l'époque pour son rôle dans la série *Laguna Beach : The Hills.*

— Tu n'es pas sérieuse ?

— Et elle portait un tee-shirt avec écrit « Potelée, mais dangereuse ».

Je m'étouffai avec ma boisson.

— Sans déconner !

Avec un sourire, elle s'adossa à la banquette.

— C'est pas du baratin, je te jure.

— Eh bien moi, aujourd'hui, en consultation, une mère m'a soutenu que son fils est un cancre parce qu'il est du signe du Taureau.

— Ah, ça, ce sera toi dans quelques années, dit Sara en inclinant vers moi son verre de martini à moitié vide. Je te vois bien avec, genre, cinq enfants, tous baptisés d'après des constellations. Tu enverras des mots aux professeurs du style : « Veuillez excuser le comportement de Cassiopée à l'école aujourd'hui, son astre lunaire est en pleine rétrogradation. »

Je levai les yeux au ciel.

— C'est ridicule, voyons. L'astre lunaire ne rétrograde pas.

Cette remarque fit ricaner Sara. J'émis un grognement :

— Et puis je pourrais m'estimer heureuse si Ken me faisait déjà au moins un môme. Il traîne tellement les pieds ! Il veut encore attendre cinq ans, tu te rends compte ? Et quand je tomberai enfin enceinte, tu verras qu'il voudra donner au gamin un nom en rapport avec la finance. Genre Cash, Benjamin ou…

— Dow Jones[1] ? ajouta Sara avec un rictus.

1. Le Dow Jones Industrial Average est le plus ancien indice boursier de la Bourse de New York.

— Exactement !

Avec une tristesse feinte, je secouai la tête et continuai :

— Mon enfant unique se nommera Dow Jones Industrial Average Easton. Prions pour lui.

— Si ça peut te rassurer, la semaine dernière, j'ai évalué un gamin qui s'appelait Anointed Love[1].

Je ricanai.

— Remarque, ça passe pas mal. C'est quoi son diminutif ?

— Aucune idée, fit Sara en haussant les épaules. Je l'appelle Ted.

— Ted ! La crise !

Je caquetai peu discrètement, attirant sur nous les regards désapprobateurs des clients. Sara reprit :

— Et, la semaine d'avant, j'ai eu un gamin qui s'appelle Sevenn. Avec deux *n* !

Je cessai de rire et portai mon verre à mes lèvres avant de réagir à ce qu'elle venait de dire.

— Attends… Ça vient d'un épisode de *Seinfeld*, non ? Ou *Mariés, deux enfants* ?

— Les deux ! éructa-t-elle en finissant cul sec les dernières gouttes de son martini. Au fait, tu as regardé *Jon & Kate Plus 8* ? C'est une nouvelle télé-réalité.

— Meuf, je suis accro !

— Eh bien, moi, je dis que Kate devrait divorcer de Jon et se caser avec ce mec qui joue chez les Bengals[2]. Comme ça, on pourra renommer la série *Kate Plus 8 Plus « Ochocinco »*.

1. Marque américaine de lait pour le corps.
2. Équipe de football de Cincinnati.

Avec un ricanement, je reposai un peu trop violemment mon verre sur la table.

— Pitié, Sara, jure-moi de ne jamais avoir d'enfants !

— Bah, tu en auras sûrement assez pour nous deux.

Excédée, je levai à nouveau les yeux au ciel.

— Pas si Ken a son mot à dire.

Un sourire pompette et maléfique s'étira sur le visage de Sara. Je l'avais déjà vue sourire de cette manière. J'adorais ce sourire. Car d'ordinaire il annonçait que Sara allait m'encourager à faire toutes les conneries qui me traversaient l'esprit.

Elle secoua la tête comme devant une petite fille sotte et déclara :

— Nous, BB, on ne demande pas la permission : on ordonne.

Chapitre 41

Avril 2009

C'est ainsi que j'arrêtai de fumer. Et de prendre la pilule. Et de demander la permission. Je fis savoir à Ken que, s'il ne voulait pas d'enfant, il n'avait qu'à prendre lui-même ses précautions. J'en avais marre d'essayer de me prémunir contre une chose que je mourais d'envie d'avoir.

Je m'attendais à ce que Ken en fasse tout un fromage, ou qu'au moins il stocke des provisions illimitées de capotes négociées au prix de gros, mais il n'en fit rien. Résigné, il accepta son destin de bonne grâce et, quelques semaines plus tard, je pissai sur une languette.

— Ken, demandai-je. Tu vois une ou deux barres roses ?

— Deux.

— Mais la deuxième est très floue.

— Tu viens de dire « la deuxième ». C'est donc qu'il y en a deux.

— Peut-être que je devrais faire un autre test. Je veux dire, je n'ai même pas encore eu de retard.

— Alors, pourquoi avoir fait ce test-là ?

— Parce que ces derniers temps j'ai eu des migraines et que j'ai un peu envie de tuer tout le monde.

— C'est pas plutôt des symptômes prémenstruels, ça ?

— JE SAIS PAS ! C'EST JUSTEMENT LA RAISON POUR LAQUELLE JE FAIS CE TEST ! Excuse-moi. Tu vois ? Je te l'avais dit. C'est plus sûr d'en faire un autre.

— Regarde. La seconde barre s'est assombrie.

— Oh, mon Dieu… Ken… Je suis enceinte !

— Félicitations.

Enculé.

Aussitôt la bonne nouvelle reçue, je me rendis chez le médecin d'un pas plein d'entrain, mon visage radieux réchauffé par le soleil, prête à entendre de sa bouche que tout irait pour le mieux. Mon bébé serait l'enfant le plus intelligent, adorable et sain que le monde ait porté. Après tout, grâce à mon métier, j'en savais *un rayon* sur le développement de la petite enfance. Je serais la meilleure des mères. Les médecins m'épingleraient un ruban bleu sur la poitrine pour me récompenser et on me renverrait chez moi.

Sauf que cela ne se déroula pas du tout comme prévu.

Par-dessus mon dossier, le docteur riva sur moi un regard sévère.

— Madame Easton…

— Oui ? dis-je en triturant nerveusement le bord de ma blouse d'hôpital.

— Saviez-vous que vous êtes en déficit pondéral de sept kilos ?

Je mentis :

— Non.

Merde, alors. Sept kilos ? C'est tout ?

Il m'observa d'un air suspicieux.

— Votre poids nous oblige à déclarer votre grossesse comme étant à haut risque.

À haut risque ?

Le médecin continua :

— Honnêtement, c'est une chance inouïe que vous ayez pu ne serait-ce que concevoir cet enfant.

Hein ?

Le docteur déposa le bloc-notes médical sur la table et fixa sur moi un regard intraitable :

— Je vais être tout à fait franc avec vous, madame Easton. Si pendant votre grossesse vous ne gagnez pas suffisamment de poids et ne consommez pas assez d'aliments riches en nutriments, votre enfant risque fort de naître prématuré ou en déficit pondéral, ce qui, et vous devriez le savoir en tant que psychologue pour enfants, pourrait entraîner de graves retards de développement et soucis de santé.

Des retards de développement ? Des soucis de santé ? À cause de moi ?

Lorsque je retrouvai le soleil à l'extérieur, j'étais dans le brouillard, avec une ordonnance d'antinauséeux dans une main et le creux de mon estomac dans l'autre. Toute ma vie, je n'avais été sûre que d'une seule et unique chose : qu'un jour je serais une mère trop géniale. Je l'avais su dès mon plus jeune âge, en donnant le biberon à mes poupées. Je l'avais su à l'adolescence, lorsque je m'étais découvert un instinct maternel naturel en prenant soin de mes amis égarés. Je l'avais su tandis que je suais sang et eau pour faire progresser les bambins de maternelle à qui je m'étais dévouée corps et âme. Jamais encore on avait remis en question le fait que je puisse être une bonne mère et, alors que j'étais assise derrière le volant de ma voiture, jetant un regard meurtrier à la baie vitrée de mon obstétricien, je me fis la promesse solennelle que cela n'arriverait plus jamais.

Je vais te montrer, moi, enfoiré. Mon enfant sera le meilleur et je vais l'élever à la perfection. Attends voir.

Mon obsession pour la bouffe ne diminua en rien, sauf que cette fois-ci, au lieu des calories, je décomptais jusqu'au moindre milligramme d'acide folique que j'ingérais. Au déjeuner, je cuisais toujours ma viande au micro-ondes pour tuer la listeria, et ne buvais plus ni café ni alcool. Tout en bannissant les aliments transformés et colorants artificiels de mon alimentation, je m'assurais de consommer suffisamment de protéines et de calcium.

Et, quand vint l'heure de la première échographie, on me signala que j'étais en bonne voie pour atteindre un poids équilibré et que mon bébé semblait en parfaite santé.

« Parfaite santé ». C'étaient les mots que j'espérais entendre, mais ma joie et mon soulagement furent complètement éclipsés par un sentiment d'anxiété et de chagrin.

Pas à cause du bébé.

Mais à cause d'un coup de fil que j'avais reçu deux jours plus tôt.

Un appel que j'avais craint de recevoir depuis ma première rencontre avec Ronald « Knight » McKnight.

Chapitre 42

Mai 2009

Après avoir emménagé chez Ken, je n'avais plus revu Knight. Mais il lui arrivait encore de m'appeler. Après notre mariage, il m'avait dit qu'il était heureux pour moi. Il semblait sincère. Il m'avait aussi confié qu'il se battait souvent dans les bars, ce qui de sa part n'était pas surprenant. Knight disait toujours qu'il mourrait avant d'avoir trente ans.

Et il avait vu juste.

Les infos présentèrent Knight comme un vétéran qui avait tenté de mettre fin à une bagarre dans un rassemblement de motards. On lui avait tiré dessus pendant l'altercation et il avait succombé à ses blessures sur le chemin de l'hôpital. Au journal du soir, on diffusa une photo de lui en uniforme militaire, un cliché qui donnait de lui l'image d'un citoyen respectable.

Je n'en crus pas un mot.

Le Knight que j'avais connu n'avait rien d'un sauveur, c'était un irresponsable rebelle, couvert de tatouages, sujet aux accès de colère et souffrant d'un grave syndrome de choc posttraumatique. Il n'arrêtait pas les bagarres : il les provoquait. Et quand il déclenchait une baston, il fallait au moins une balle pour l'arrêter.

Mais peut-être était-ce uniquement ce que je voulais entendre. Peut-être que croire Knight responsable de son destin m'aidait à dormir la nuit. Qu'il ait pu survivre à deux missions sur le front pour être finalement abattu dans la rue, dans le pays même pour lequel il avait risqué sa vie, était probablement pour moi une tragédie si épouvantable que je préférais me raccrocher à cette idée.

J'entrai dans le funérarium d'Ivy and Sons, ma première échographie dans la poche. Les lieux étaient bondés d'un mur à l'autre de gros motards en blousons de cuir, soulevant des effluves de tabac froid et de gaz d'échappement chaque fois qu'ils se prenaient dans les bras et s'assenaient une claque de sympathie dans le dos. Des filles tatouées, en tee-shirts noirs déchirés, essuyaient les larmes de leurs yeux trop fardés en regardant un diaporama projeté sur le mur du fond. La plupart des photos montraient Knight sur sa moto, en train de faire un doigt d'honneur à l'objectif, ou flattant un des nombreux pit-bulls qu'il avait recueillis *tout en* faisant un doigt à l'objectif. Mais un des clichés le montrait en train de sourire, bras dessus, bras dessous avec ses amis du club de moto.

Je ne connaissais personne sur ses photos – ni dans la pièce, d'ailleurs. Aucun des anciens élèves de notre lycée n'était venu, mais pourquoi se seraient-ils donné cette peine ? Knight les avait tous chassés de sa vie, physiquement pour la plupart. Son père biologique était mort. Son beau-père avait demandé une ordonnance restrictive et quant à sa mère… La dernière fois que je l'avais vue, elle lui pointait une arme sous le nez. Peut-être que Knight n'avait jamais trouvé le salut, ni la paix intérieure, ni même une raison de vivre, mais, en jetant un regard circulaire autour de moi, je constatai qu'il s'était finalement trouvé une famille. Et ces gens l'aimaient tous très fort.

Il n'y eut aucune cérémonie. Pas d'officiant pour nous faire dire des prières. Il n'y avait qu'une pièce pleine de bikers…

Et un cercueil ouvert.

Au moment de me retourner pour m'en aller, je le remarquai dans un coin reculé du funérarium. Personne ne semblait y prêter attention. Les vieux potes de Knight se réconfortaient les uns les autres et faisaient circuler des flasques de liqueur entre eux en se remémorant de vieux souvenirs. Pendant ce temps, Knight était étendu là, seul à sa propre fête d'enterrement.

Je ne pouvais décemment pas partir sans lui dire bonjour.

Ou adieu, dans le cas présent.

Chaque pas qui me rapprochait du cercueil fit s'accélérer mon pouls jusqu'à ce que mon cœur soit à deux doigts de bondir hors de ma poitrine. J'avais eu peur de Ronald McKnight presque toute ma vie et voilà que tout à coup je me retrouvais à ses côtés, à convaincre mon corps que je ne risquais rien.

Je scrutai son visage, cherchant d'instinct ses intenses yeux bleu pâle dont les pupilles me transperçaient autrefois l'âme comme des lasers brûlants. Mais ils n'étaient plus là, clos à jamais par deux membranes de peau veineuse et translucide. Sans cils, ni sourcils, le regard de zombie de Knight était autrefois le seul et unique éclat de couleur sur son visage naturellement blême. À présent que ses yeux étaient fermés, j'eus l'impression de regarder un homme portant un masque en caoutchouc flasque de couleur chair.

Et j'imagine que c'était tout ce qu'il était. Comme nous tous. Nous ne sommes que des âmes recouvertes d'un masque.

Mais le masque de Knight était vide désormais. Je le sentais. Il n'était plus là.

Il est parti.

Je ne risque rien.

Il est parti.

Je ne risque rien.

Je me répétais ce mantra chaque fois que je sentais la lame argentée de la peur glisser le long de mon échine. Chaque fois que Knight m'observait, tapi dans l'ombre, son regard bleu et glacé posé sur moi. Mais plus jamais je ne ressentirai cette peur.

J'étais libre.

Knight aussi.

Tandis que mon pouls reprenait un rythme normal, je réalisai que j'enserrais d'une main mon échographie dans la poche de ma veste et que de l'autre j'agrippais ma bombe au poivre dans mon sac.

Je retirai la main de mon sac et fixai l'étui en cuir, déchiré et usé, lissant les lettres en relief avec le bord du pouce. En le décrochant de mon porte-clés, je pris une longue inspiration et le glissai dans la poche avant de son veston en cuir.

Je tapotai le renflement, les yeux chargés de larmes, et murmurai :

— Au revoir, Knight.

Je voulus dire beaucoup d'autres choses, mais j'avais la gorge trop serrée pour parler. Alors je jetai à Knight un dernier regard, j'enregistrai dans ma mémoire jusqu'aux moindres de ses taches de rousseur et de ses rides, et je laissai mon cœur les prononcer tout bas.

En mettant le pied dehors, alors que je souhaitais plus que jamais être autorisée à boire, à fumer ou à prendre n'importe quel truc à même de chasser la douleur qui m'enserrait la poitrine, je reconnus une odeur qui flottait dans l'air : du tabac mentholé. J'inspirai à fond et je suivis mon flair jusqu'à une femme blonde et maigre assise sur le rebord du trottoir, en train de fumer une longue et fine Virginia Slim.

Candi. La mère de Knight.

Mon instinct me dicta aussitôt de m'enfuir dans la direction opposée, mais la future maman qui était en moi eut de la peine pour elle. Candi n'avait peut-être pas été une bonne mère, mais aucun parent ne méritait d'enterrer son enfant unique. Aucun.

En m'asseyant près d'elle sur le trottoir, j'ouvris la bouche pour lui parler mais je ne parvins à souffler qu'une plainte affligée :

— Hé.

Candi leva vers moi son visage ridé, trempé de larmes et vierge de tout maquillage. C'était la première que je la voyais sans ses faux cils. Elle semblait si âgée. Si épuisée. Des rides profondes creusaient ses lèvres amincies par des années de tabagisme. Ses yeux bleus cristallins étaient mornes et injectés de sang. Et les muscles de son visage s'affaissaient, comme si elle n'avait pas souri depuis des années.

Lorsqu'elle parla, son menton se recroquevilla sur lui-même et sa voix grinçait :

— BB… Oh, BB !

Elle jeta ses bras squelettiques autour de mon corps à peine plus épais, posa son front contre mon épaule et reprit en reniflant :

— Je suis si heureuse que tu sois venue !

Son accent du Sud profond, celui qu'elle peinait tant à dissimuler autrefois quand elle revêtait ses atours de femme-objet, était de retour au grand galop.

Je lui tapotai le dos avec raideur :

— Moi aussi. Toutes mes condoléances.

Candi releva la tête et plongea son regard dans le mien :

— Je ne connais personne ici.

— Moi non plus, admis-je avec un bref sourire.

Candi secoua la tête.

— Je n'arrive pas à croire qu'il ne soit plus là. J'ai toujours cru que tu finirais par être la mère de mes petits-enfants.

Elle fixa un point invisible sur l'asphalte et reprit :

— Je ne serai jamais grand-mère, maintenant.

D'une main, je frottai son dos décharné pour la consoler pendant que de l'autre je frôlai mon échographie du bout des doigts. Je ne lui confiai pas que j'étais enceinte. Je restai là et partageai son chagrin pendant que tombaient sur mes chaussures les cendres froides de la cigarette qu'elle n'avait pas touchée.

Soudain, Candi écrasa sa clope et porta les mains vers le col de sa robe noire :

— Tiens. Ronnie voudrait que tu aies ça.

Quand ses longs ongles peinturlurés émergèrent du corsage, ils tenaient les plaques militaires frappées du nom de Knight.

— Oh, Candi, non. Gardez-les, je ne peux pas accepter.

— Il y en a deux, précisa-t-elle en décrochant derrière sa nuque le fermoir de la chaînette argentée avant d'en faire glisser une des plaques. Une pour moi…

Elle leva son regard triste et tendit la main vers moi :

— Et une pour toi.

Avec des gestes hésitants, je pris la petite plaque métallique. J'étais mariée à un autre homme et cela ne me semblait pas correct d'accepter ce présent. Mais Candi avait raison : Knight aurait voulu que j'en aie au moins une.

Tout comme il aurait souhaité que j'aie un mari et un enfant.

Sachant que plus jamais nous ne nous reverrions, je ravalai mes sanglots et pris Candi dans mes bras pour lui dire au revoir. Puis je me levai, m'époussetai et regagnai ma voiture pendant que dans ma poche dansaient côte à côte la fin d'une vie et le début d'une nouvelle.

Chapitre 43

Décembre 2009

Mon fils naquit sept mois plus tard après trente-six heures en salle de travail, deux péridurales inefficaces et deux injections de narcotiques qui n'eurent aucun effet.

Il semble que certaines rouquines naissent naturellement résistantes aux antidouleurs.

C'est bien ma veine.

Pendant tout le temps que dura la procédure, Ken fut admirable. Il réagit à chaque ordre que je lui aboyai, maintint une de mes jambes au moment de pousser et m'observa sans ciller expulser un petit être chauve par mon vagin charcuté. Il se chargea même de couper le cordon ombilical noueux et violacé qui en sortait.

Ken me présenta mon bébé. Je m'attendais à ce que mon enfant ait les yeux fermés, comme les petits chiots à la naissance, mais ce ne fut pas le cas. Le bébé me fixait intensément – en fait, il me foudroyait du regard – comme s'il me tenait pour personnellement responsable de ce qui venait de se passer. En gage de paix, je lui offris mon sein gonflé de lait. Il l'accepta mais il me regarda tout au long de l'allaitement.

— J'espère vraiment que tu vaux le coup, murmurai-je au merveilleux nouveau-né, vigoureux, suspicieux et aussi étrangement vigilant. Parce qu'il est hors de question que je refasse ça un jour.

Ken prit place près de nous sur le lit et je scrutai sa réaction avec une attention presque égale à celle de mon fils.

Allait-il pleurer ? S'émouvoir ? Flipper ? Serait-il un bon père ?

Mais toutes ces inquiétudes fondirent comme neige au soleil lorsque l'infirmière emmena mon fils prendre son premier bain.

Ken partit avec lui et revint une heure plus tard, poussant notre fils dans un petit lit d'hôpital en parlant à cent à l'heure :

— J'ai eu le droit de le sécher et de changer sa couche et, quand on change sa couche, il ne faut pas oublier de baisser les rabats de devant à cause du bout de cordon ombilical, et puis aussi…

Il s'interrompit et sortit son portable pour me montrer les photos qu'il avait prises dans la nurserie.

— Il fait cinquante-cinq centimètres. Il est si grand ! Regarde celle-là, quand il s'étire, et il a un tour de tête de trente-six centimètres.

— Ouais, je sais, j'ai senti ça en poussant, répliquai-je avec un sourire sarcastique.

Mais Ken ne m'écoutait pas et poursuivit l'énergique récapitulatif de tout ce que j'avais loupé en une heure.

La vache, c'est un vrai moulin à paroles.

Et il est tout sourires, en plus.

C'est bizarre. Pourquoi est-il si bizarre ?

Et on le voit sur la moitié des photos. Il a forcément demandé à quelqu'un de les photographier ensemble.

Nom de Dieu... Ken serait-il... exalté ?

J'avais uniquement droit au Ken exalté les jours où la saison de football débutait, ou lorsqu'il tombait par hasard sur un film de Hugh Grant à la télé. Pourtant, il était bien là, heureux comme tout, en train de faire les cent pas dans ma chambre d'hôpital en déblatérant sur les classements de tour de tête pendant que j'attendais patiemment qu'il me rende notre fils.

Non, Ken ne *serait pas* un bon père : il en était déjà un.

En revanche, en ce qui me concernait, j'avais encore du pain sur la planche.

De retour de l'hôpital, j'avais encore l'air d'être enceinte de cinq mois. Mes changements corporels post-partum me terrifiaient. La seule chose dont j'avais envie, c'était de me menotter au tapis roulant et de suivre un régime à base d'eau chaude citronnée jusqu'à remaigrir, mais je n'avais pas le droit. J'avais fait le choix d'allaiter mon enfant, ce qui signifiait que je devais me nourrir. Beaucoup. Donc je mangeai, encore et encore, et je continuai même après le sevrage, histoire d'avoir assez d'énergie pour galoper après lui. Chaque repas – chaque bouchée, même – était un combat harassant opposant ma volonté d'être une bonne mère à celle d'être mince.

Mais l'envie d'être une bonne mère l'emportait de loin.

Afin de bien garder mes objectifs en tête, je pratiquais désormais la méditation. J'appris aussi à faire preuve de gratitude. Au lieu de détester mon corps, je devais au contraire le remercier pour tout ce qu'il m'apportait. Grâce à l'introspection, j'appris également la raison de mon perfectionnisme obsessionnel et de ma volonté d'autodestruction : je m'étais sentie incomplète dès la naissance.

J'avais passé ma vie entière à chercher de quoi combler ce vide : les mecs, la drogue, l'alcool, les clopes, les buts à atteindre, la quête de la perfection, les piercings, les bolides… mais tout cela n'avait servi à rien, car ce vide n'avait rien d'existentiel. Il n'était ni imaginaire ni affectif : il était physique.

Ce vide venait de mon utérus.

Ken ne voulait pas se marier ni avoir d'enfants, et pourtant il avait mis ses désirs de côté pour satisfaire les miens. Quand j'étais perdue, il m'avait ouvert sa maison. Quand j'avais eu besoin de me sentir en sécurité, il m'avait offert une alliance. Il m'avait aussi inondée de soutien durant nos longues et pénibles années d'études. Et, en dépit de toutes mes teintures de cheveux et de ma maladie, Ken m'avait toujours acceptée sans la moindre réserve. Pas une fois il ne m'avait foutu la pression pour que je me soigne, il m'avait simplement fait don de l'unique chose qui m'ait permis de le faire moi-même :

Mon fils.

Notre conte de fées aurait pu s'arrêter là, mais Ken Junior était comme sa maman : il était né incomplet. À la seconde où j'avais posé les yeux sur lui, j'avais compris que mon fils cherchait lui aussi des réponses. En grandissant, il se mit à arpenter la maison et à fouiller dans les placards et sous les lits, son beau visage renfrogné et déterminé. À la recherche d'une chose qu'il ne découvrit jamais. Je ne parvins pas à mettre le doigt sur ce qui manquait à mon petit garçon, si futé et sérieux. Jusqu'au jour où, à deux ans, il trouva enfin les mots :

— Manman, popa, dit-il, ses yeux bleus passant entre Ken et moi. Quand est-ce qu'elle arrive ma 'tite sœur ? Demain ?

Dès cet instant, Ken Junior posa quotidiennement des questions sur sa petite sœur imaginaire. Il entrait dans la chambre d'amis en clamant : « C'est la chambre de ma 'tite sœur ! » Il nous informa qu'elle était blonde et avait les yeux bleus. Qu'il partagerait ses jouets avec elle et lui ferait faire de la balançoire. Il lui avait même choisi un prénom qui lui allait comme un gant : Spider-Man des Neiges.

Je compatis. Je ne connaissais que trop bien cette souffrance, quand une personne vous manque mais que vous ne l'avez jamais rencontrée. Jusqu'à sa naissance, j'avais ressenti exactement la même chose. Comme mon petit garçon voulait une sœur, j'eus envie de lui en offrir une.

Ce qui, bien sûr, n'était pas le cas de Ken.

Mais, égal à lui-même, il renonça à ses désirs pour satisfaire les miens.

Et puis, de toute façon, si tout se passait bien, je lui avais promis qu'il aurait droit à une vasectomie.

Chapitre 44

Avril 2013

Les yeux plissés de fatigue, Ken m'observa depuis le palier de notre grande chambre.

— Qu'est-ce que tu fais ? Il est trois heures du matin.

Je baissai mon mascara et me tournai vers lui, faisant tomber au passage mon fard à paupières dans le lavabo à cause de mon gros ventre.

— Je crois que j'ai perdu les eaux, expliquai-je. Enfin, c'est plutôt un genre de fuite, mais j'ai d'énormes…

Interrompue, j'agrippai fermement le rebord du lavabo et je sifflai de douleur entre mes dents.

Ken termina ma phrase :

— Contractions ?

Je confirmai d'un hochement de tête, le visage tordu de douleur. Ken reprit :

— J'appelle ma mère pour qu'elle garde le petit.

— Non !

Je pris une profonde inspiration. La douleur qui m'enserrait la colonne vertébrale comme dans un étau commençait à s'apaiser.

— Ne la réveille pas pour rien, continuai-je. Tu

te souviens de la dernière fois ? On est allés à l'hôpital à 6 heures du matin et le bébé n'est pas né avant 8 heures…

Je grimaçai et lâchai mon mascara, enfonçant le bout de mes doigts dans mes reins pour effectuer une contre-pression.

Avec une expression endormie, Ken me toisa en levant un sourcil.

— Prends tes affaires. J'appelle ma mère *et* l'obstétricien.

Mme Easton arriva une demi-heure plus tard, encore en pyjama. Pendant qu'elle et Ken discutaient au salon, j'essayai de faire des allers-retours dans la pièce. Avec le sourire, je commentai ce qu'ils racontaient, fis deux pas en avant et me courbai en deux de douleur. Je respirai, jurai, grimaçai, me contorsionnai et me redressai de nouveau avec le sourire. Puis je recommençai le même manège en boucle.

Mme Easton m'observa avec une expression horrifiée.

— Euh, Ken ? Je crois vraiment que tu devrais l'emmener à l'hôpital.

Ken m'aida à grimper sur le siège passager de son SUV puis, une fois sur la route, il dépassa l'hôpital le plus proche pour aller dans un meilleur hôpital. Celui que j'avais visité et où je m'étais inscrite. Là où le médecin devait nous retrouver à la minute où nous l'appellerions et où se trouvait mon plan d'accouchement, long de dix-huit pages.

Un hôpital dont je commençais à penser que nous ne l'atteindrions jamais, car mon bébé était à deux doigts de naître dans la foutue Nissan X-Terra de mon mari.

Pour ce genre de cas, l'établissement était équipé d'un parking spécial, mais Ken ne s'y gara pas. Il trouva un emplacement libre sur le parking des visiteurs, à environ vingt putain de mètres de l'entrée principale, et commença à sortir de la voiture tout le barda qu'il avait embarqué : mon sac, le sien, le sac de couches, deux oreillers, mon coussin d'allaitement, ma pompe à lait, un énorme ballon de gymnastique, un duplicata plastifié de mon plan d'accouchement, des cookies pour les infirmières…

Après m'être éloignée de seulement quelques pas, une énorme contraction me força à prendre appui contre un pilier en béton. Je pointai du doigt les portes coulissantes en verre et hurlai à pleins poumons :

— Ken, putain ! Va chercher un fauteuil roulant !

Ken se précipita à l'intérieur et revint quelques secondes plus tard avec un fauteuil, un infirmer et un chariot pour trimballer nos affaires. Je n'arrivais pas à me tenir debout, mais je doutais franchement de pouvoir m'asseoir. Donc, je me tins debout sur les repose-pieds, j'agrippai fermement les accoudoirs et je roulai jusqu'à l'hôpital, le cul à deux mètres au-dessus du siège.

Une fois à l'intérieur, les enfoirés derrière le comptoir d'accueil me laissèrent mi-assise, mi-debout pendant que Ken remplissait encore de la paperasse.

— On a… aaaaaaah… déjà… rempli ces trucs-là !

Je criai et criai, rompant le silence qui régnait dans le tranquille petit vestibule. Je hurlai et me tordis de douleur… Puis vinrent les grognements. Bon Dieu, ce son ! Rauque, guttural. Comme si je m'apprêtais à démouler le cake du siècle. J'étais mortifiée, mais impossible de retenir les râles qui sortaient de ma bouche :

— Les papiers d'inscriptions sont… raaaaaaaah… dans mon dossier ! J'exige une… raaaaaah… péridurale !

Je savais qu'une péridurale ne servirait sûrement à rien mais, à ce stade, j'étais prête à tout tenter.

Une infirmière intervint :

— Madame, votre médecin n'est pas encore arrivé mais nous avons une sage-femme, elle est prête à…

— Pas de sage-femme ! Je veux l'anesthésiiiiiste !

— Je suis navrée, madame, mais c'est trop tard. Votre bébé va arriver.

Mon quoi va quoi ?

Là-dessus, on me fit rouler jusqu'à une chambre, on me força à enfiler une blouse d'hôpital – ce qui frôle l'impossible quand vous avez une tête qui vous sort d'entre les jambes – puis on me fit de nouveau rouler jusqu'à la salle de travail où je fus assaillie par des infirmières.

Je ne vis rien. Même si je l'avais voulu, je n'aurais pas pu ouvrir les yeux. La douleur était si intense, si implacable que je ne pus que tordre mon visage, enfoncer mes ongles dans le matelas et hurler.

Et grogner, bien sûr.

Par chance, la sage-femme était une putain de ninja envoyée par le ciel et, au bout de vingt minutes de travail harassant, elle me présenta une adorable petite fille aux yeux bleus et aux sourcils sombres. Contrairement à son frère, ce bébé ne me foudroya pas du regard. On n'aurait pas pu faire plus paisible. Elle leva les yeux vers moi, cligna des paupières à plusieurs reprises et, satisfaite de ce qu'elle voyait, la petite Spider-Man des Neiges se recroquevilla sur ma poitrine et finit par s'endormir.

J'adressai un sourire à Ken. Lui-même n'était pas peu fier.

— Tope là, déclara-t-il en me présentant sa paume, un grand sourire étiré sur son visage marqué par l'épuisement.

D'un air fatigué, je dévisageai mon mari et tapai doucement ma paume contre la sienne en prenant garde à ne pas déranger la petite.

Ken rayonnait de joie.

— Eh non, docteur. Pas de péridurale. C'est la livraison la moins chère du monde !

The end

PLAYLIST

Cette playlist référence les chansons mentionnées dans le livre et d'autres qui illustrent un sentiment précis ou une scène spécifique de l'histoire. Certaines ont été ajoutées par Ken, car il a tenté de s'ingérer dans ma playlist.

Toute ma reconnaissance va à ces grands artistes. Leur créativité nourrit la mienne.

Vous pouvez écouter cette playlist sur Spotify :

Chansons choisies par BB :
26, Paramore
Alive with the Glory of Love, Say Anyting.
Bizarre Love Triangle, Frente !
Call It What You Want, Taylor Swift
Crazy, Aerosmith
Drink About You, Kate Nash
El Scorcho, Weezer
Hands Open, Snow Patrol
IFFY, Black Kids
Jacked Up, Weezer

La, La, Lie, Jack's Mannequin
Swing, Swing, The All-American Rejects
The Graveyard Near the House, The Airborne Toxic Event
This Charming Man, Death Cab for Cutie

Chansons choisies par Ken :
Amber, 311
Cigarette Lighter Love Song, Marvelous 3
I Want You, Third Eye Blind
Pleae, Please, Please, Let Me Get What I Want, The Smiths
The Start of Something, Voxtrot

PAPIER À BASE DE FIBRES CERTIFIÉES

Le Livre de Poche s'engage pour l'environnement en réduisant l'empreinte carbone de ses livres. Celle de cet exemplaire est de :
350 g éq. CO_2
Rendez-vous sur www.livredepoche-durable.fr

Composition réalisée par NORD COMPO

Achevé d'imprimer en avril 2022 en Espagne par
BLACKPRINT
Dépôt légal 1re publication : mai 2022
LIBRAIRIE GÉNÉRALE FRANÇAISE
21, rue du Montparnasse – 75298 Paris Cedex 06

80/4048/0